許地山著

許地山作品選集

SELECTED WORKS of XU DISHAN

以〈落花生〉為人所知的文學瑰寶

空靈思辨的筆墨展現散文的美與光

幽默流暢的敘事反映民國社會的景況

好讀出版

目次

許地山·散文選

許地山・小說選

許地山・散文選

弁言

生本不樂，能夠使人覺得稍微安適的，只有躺在床上那幾小時，但要在那短促的時間中希冀極樂，也是不可能的事。

自入世以來，屢遭變難，四方流離，未嘗寬懷就枕。在睡不著時，將心中似憶似想的事，隨感隨記；在睡著時，偶得趾離[1]過愛，引領我到回憶之鄉，過那游離的日子，更不得不隨醒隨記。積時累日，成此小冊。以其雜沓紛紜，毫無線索，故名《空山靈雨》。

十一年一月二十五日落華生[2]

1 趾離：夢神之名。唐馮贄《記事珠．夢神》：「夢神曰趾離，呼之而寢，夢清而吉。」

2 落華生為許地山筆名，此弁言原刊於民國十一年四月《小說月報》第十三卷第四號。

心有事

——（開卷的歌聲）

心有事，無計問天。
心事鬱在胸中，教我怎能安眠？
我獨對著空山，眉更不展；
我魂飄蕩，猶如出岫殘煙。
想起前事，我淚就如珠脫串。
獨有空山爲我下雨漣漣。
我淚珠如急雨，急雨猶如水晶箭；
箭折，珠沉，融作山溪泉。
做人總有多少哀和怨：
積怨成淚，淚又成川！

今日淚、雨交匯入海，海漲就要沉沒赤縣[1]：
累得那只抱恨的精衛拼命去填。
呀，精衛！你這樣做，雖經萬劫也不能遂願。
不如咒海成冰，使他像鐵一樣堅。
那時節，我要和你相依戀，
各人才對立著，沉默無言。

1赤縣：中國的代稱。《史記．卷七四．孟子荀卿傳》：「中國名曰赤縣神州。赤縣神州內自有九州，禹之序九州是也，不得為州數。」

落花生

我們屋後有半畝隙地。母親說：「讓它荒蕪著怪可惜，既然你們那麼愛吃花生，就闢來做花生園罷。」我們幾姊弟和幾個小丫頭都很喜歡——買種的買種，動土的動土，灌園的灌園；過不了幾個月，居然收穫了！

媽媽說：「今晚我們可以做一個收穫節，也請你們爹爹來嘗嘗我們的新花生，如何？」我們都答應了。母親把花生做成好幾樣的食品，還吩咐這節期要在園裡的茅亭舉行。

那晚上的天色不大好，可是爹爹也到來，實在很難得！爹爹說：「你們愛吃花生麼？」

我們都爭著答應：「愛！」

「誰能把花生的好處說出來？」

姊姊說：「花生的氣味很美。」

哥哥說：「花生可以製油。」

我說：「無論何等人都可以用賤價買它來吃；都喜歡吃它。這就是它的好處。」

爹爹說：「花生的用處固然很多，但有一樣是很可貴的。這小小的豆不像那好看的蘋果、桃子、石榴，把它們的果實懸在枝上，鮮紅嫩綠的顏色，令人一望而發生羨慕的心。它只把果子埋在地下，等到成熟，才容人把它挖出來。你們偶然看見一棵花生瑟縮地長在地上，不能立刻辨出它有沒有果實，必得等到你接觸它才能知道。」

我們都說：「是的。」母親也點點頭。爹爹接下去說：「所以你們要像花生，因爲它是有用的，不是偉大、好看的東西。」

我說：「那麼，人要做有用的人，不要做偉大、體面的人了。」

爹爹說：「這是我對於你們的希望。」

我們談到夜闌才散，所有花生食品雖然沒有了，然而父親的話現在還印在我心版上。

願

南普陀寺裡的大石，雨後稍微覺得乾淨，不過綠苔多長一些。天涯的淡霞好像給我們一個天晴的信。樹林裡的虹氣，被陽光分成七色。樹上，雄蟲求雌的聲，淒涼得使人不忍聽下去。妻子坐在石上，見我來，就問：「你從哪裡來？我等你許久了。」

「我領著孩子們到海邊撿貝殼咧。阿瓊撿著一個破貝，雖不完全，裡面卻像藏著珠子的樣子。等他來到，我教他拿出來給你看一看。」

「在這樹蔭底下坐著，眞舒服呀！我們天天到這裡來，多麼好呢！」

妻說：「你哪裡能夠？……」

「爲什麼不能？」

「你應當作蔭，不應當受蔭。」

「你願我作這樣的蔭麼？」

「這樣的蔭算什麼！我願你作無邊寶華蓋，能普蔭一切世間諸有情；願你為如意淨明珠，能普照一切世間諸有情；願你為降魔金剛杵，能破壞一切世間諸障礙；願你為多寶盂蘭盆，能盛百味，滋養一切世間諸飢渴者；願你有六手，十二手，百手，千萬手，無量數那由他如意手，能成全一切世間等等美善事。」

我說：「極善，極妙！但我願做調味的精鹽，滲入等等食品中，把自己的形骸融散，且回復當時在海裡的面目，使一切有情得嘗鹹味，而不見鹽體。」

妻子說：「只有調味，就能使一切有情都滿足嗎？」

我說：「鹽的功用，若只在調味，那就不配稱為鹽了。」

蛇

在高可觸天的桄榔樹下。我坐在一條石凳上，動也不動一下。穿綵衣的蛇也蟠在樹根上，動也不動一下。多會讓我看見他，我就害怕得很，飛也似的離開那裡，蛇也和飛箭一樣，射入蔓草中了。

我回來，告訴妻子說：「今兒險些不能再見你的面！」

「什麼原故？」

「我在樹林見了一條毒蛇：一看見他，我就速速跑回來；蛇也逃走了。……到底是我怕他，還是他怕我？」

妻子說：「若你不走，誰也不怕誰。在你眼中，他是毒蛇；在他眼中，你比他更毒呢。」

但我心裡想著，要兩方互相懼怕，才有和平。若有一方大膽一點，不是他傷了我，便是我傷了他。

山響

群峰彼此談得呼呼地響。它們的話語，給我猜著了。

這一峰說：「我們的衣服舊了，該換一換啦。」

那一峰說：「且慢罷，你看，我這衣服好容易從灰白色變成青綠色，又從青綠色變成珊瑚色和黃金色——質雖是舊的，可是形色還不舊。我們多穿一會罷。」

正在商量的時候，它們身上穿的，都出聲哀求說：「饒了我們，讓我們歇歇罷。我們的形態都變盡了，再不能為你們爭體面了。」

「去罷，去罷，不穿你們也算不得什麼。橫豎不久我們又有新的穿。」群峰都出著氣這樣說。說完之後，那紅的、黃的綵衣就陸續褪下來。

我們都是天衣，那不可思議的靈，不曉得甚時要把我們穿著得非常破爛，才把我們收入天櫥。願他多用一點氣力，及時用我們，使我們得以早早休息。

三遷

花嫂子著了魔了！她只有一個孩子，捨不得教他入學。她說：「阿同的父親是因爲念書念死的。」

阿同整天在街上和他的小夥伴玩：城市中應有的遊戲，他們都玩過。他們最喜歡學警察、人犯、老爺、財主、乞丐。阿同常要做人犯，被人用繩子捆起來，帶到老爺跟前挨打。

一天，給花嫂子看見了，說：「這還了得！孩子要學壞了。我得找地方搬家。」

她帶著孩子到村莊裡住。孩子整天在阡陌間和他的小夥伴玩：村莊裡應有的遊戲，他們都玩過。他們最喜歡做牛、馬、牧童、肥豬、公雞。阿同常要做牛，被人牽著騎著，鞭著他學耕田。

一天，又給花嫂子看見了，就說：「這還了得！孩子要變畜生了。我得找地方搬家。」

她帶孩子到深山的洞裡住。孩子整天在懸崖斷谷間和他的小夥伴玩。他的小夥伴就是小生番、小獼猴、大鹿、長尾三娘[1]、大蛺蝶。他最愛學鹿的跳躍，獼猴的攀緣，蛺蝶的飛舞。

有一天，阿同從懸崖上飛下去了。他的同伴小生番來給花嫂子報信，花嫂子說：「他飛下去麼？那麼，他就有本領了。」

呀，花嫂子瘋了！

1長尾三娘：又作長尾山娘，臺灣藍鵲原名，文獻上首見於周鍾瑄《諸羅縣志》：長尾三娘鶥之屬，色青光彩照人，嘴朱紅足紫，尾長尺許。

愛的痛苦

在綠蔭月影底下，朗日和風之中，或急雨飄雪的時候，牛先生必要說他的眞言，「啊，拉夫斯偏[1]！」他在三百六十日中，少有不說這話的時候。

暮雨要來，帶著愁容的雲片，急急飛避；不識不知的蜻蜓還在庭園間遨遊著。愛誦眞言的牛先生悶坐在屋裡，從西窗望見隔院的女友田和正抱著小弟弟玩。

姊姊把孩子的手臂咬得吃緊；擘他的兩頰；搖他的身體；又掌他的小腿。孩子急得哭了。姊姊才忙忙地擁抱住他，堆著笑說：「乖乖，乖乖，好孩子，好弟弟，不要哭。我疼愛你，我疼愛你！不要哭。」不一會孩子的哭聲果然停了。可是弟弟剛現出笑容，姊姊又該咬他、擘他、搖他、掌他咧。

簷前的雨好像珠簾，把牛先生眼中的對像隔住。但方才那種印象，卻縈迴在他

1 拉夫斯偏：love's pain（愛的痛苦）之音譯。

眼中。他把窗戶關上，自己一人在屋裡蹀來踱去。最後，他點點頭，笑了一聲：「哈，哈！這也是拉夫斯偏！」

他走近書桌子，坐下，提起筆來，像要寫什麼似的。想了半天，才寫上一句七言詩。他念了幾遍，就搖頭，自己說：「不好，不好。我不會作詩，還是隨便記些起來好。」

牛先生將那句詩塗掉以後，就把他的日記拿出來寫。那天他要記的事情格外多。日記裡應用的空格，他在午飯後，早已塡滿了。他裁了一張紙，寫著：

黃昏，大雨。田在西院弄她的弟弟，動起我一個感想，就是：人都喜歡見他們所愛者的愁苦；要想方法教所愛者難受。所愛者越難受，愛者越喜歡，越加愛。

一切被愛的男子，在他們的女人當中，直如小弟弟在田的膝上一樣。他們也是被愛者玩弄的。

女人的愛最難給，最容易收回去。當她把愛收回去的時候，未必不是一種遊戲的衝動；可是苦了別人哪。

唉，愛玩弄人的女人，你何苦來這一下！愚男子，你的苦惱，又活該呢！

牛先生寫完，覆看一遍，又把後面那幾句塗去，說：「寫得太過了，太過了！」他把那張紙附貼在日記上，正要起身，老媽子把哭著的孩子抱出來，一面說：「姊姊不好，愛欺負人。不要哭，咱們找牛先生去。」

「姊姊打我！」這是孩子所能對牛先生說的話。

牛先生裝作可憐的聲音，憂鬱的容貌，回答說：「是嗎？姊姊打你嗎？來，我看看打到哪步田地？」

孩子受他的撫慰，也就忘了痛苦，安靜過來了。現在吵鬧的，只剩下外間急雨的聲音。

愚婦人

從深山伸出一條蜿蜒的路，窄而且崎嶇。一個樵夫在那裡走著，一面唱：

鴿鵓，鴿鵓，來年莫再鳴！
鴿鵓一鳴草又生。
草木青青不過一百數十日，
到頭來，又是樵夫擔上薪。
鴿鵓，鴿鵓，來年莫再鳴！
鴿鵓一鳴蟲又生。
百蟲生來不過一百數十日，
到頭來，又要紛紛撲紅燈。
鴿鵓，鴿鵓，來年莫再鳴！

……

他唱時，軟和的晚煙已隨他的腳步把那小路封起來了，他還要往下唱，猛然看見一個健壯的老婦人坐在溪澗邊，對著流水哭泣。

「你是誰？有什麼難過的事？說出來，也許我能幫助你。」

「我麼？唉！我……不必問了。」

樵夫心裡以爲她一定是個要尋短見的人，急急把擔卸下，進前幾步，想法子安慰她。他說：「婦人，你有什麼難處，請說給我聽，或者我能幫助你。天色不早了，獨自一人在山中是很危險的。」

婦人說：「我從來就不知道什麼叫做難過。自從我父母死後，我就住在這樹林裡。我的親戚和同伴都叫我做石女。」她說到這裡，眼淚就融下來了。往下她的話語就支離得怪難明白。過一會，她才慢慢說：「我……我到這兩天才知道石女的意思。」

「知道自己名字的意思，更應當喜歡，爲何倒反悲傷起來？」

「我每年看見樹林裡的果木開花，結實；把種子種在地裡，又生出新果木來。

我看見我的親戚、同伴們不上二年就有一個孩子抱在她們懷裡。我想我也要像這樣——不上二年就可以抱一個孩子在懷裡。我心裡這樣說，這樣盼望，到如今，六十年了！我不明白，才打聽一下。呀，這一打聽，叫我多麼難過！我沒有抱孩子的希望了……然而，我就不能像果木，比不上果木麼？」

「哈，哈，哈！」樵夫大笑了，他說，「這正是你的幸運哪！抱孩子的人，比你難過得多，你爲何不往下再向她們打聽一下呢？我告訴你，不曾懷過胎的婦人是有福的。」

一個路傍素不相識的人所說的話，哪裡能夠把六十年的希望——迷夢——立時揭破呢？到現在，她的哭聲，在樵夫耳邊，還可以約略地聽見。

暗途

「我的朋友，且等一等，待我爲你點著燈，才走。」

吾威聽見他的朋友這樣說，便笑道：「哈哈，均哥，你以我爲女人麼？女人在夜間走路才要用火；男子，又何必呢？不用張羅，我空手回去罷——省得以後還要給你送燈回來。」

吾威的村莊和均哥所住的地方隔著幾重山，路途崎嶇得很厲害。若是夜間要走那條路，無論是誰，都得帶燈。所以均哥一定不讓他暗中摸索回去。

均哥說：「你還是帶燈好。這樣的天氣，又沒有一點月影，在山中，難保沒有危險。」

吾威說：「若想起危險，我就回去不成了。……」

「那麼，你今晚上就住在我這裡，如何？」

「不，我總得回去，因爲我的父親和妻子都在那邊等著我呢。」

「你這個人，太過執拗了。沒有燈，怎麼去呢？」均哥一面說，一面把點著的燈切切地遞給他。他仍是堅辭不受。

他說：「若是你定要叫我帶著燈走，那教我更不敢走。」

「怎麼呢？」

「滿山都沒有光，若是我提著燈走，也不過是照得三兩步遠；且要累得滿山的昆蟲都不安。若湊巧遇見長蛇也衝著火光走來，可又怎辦呢？再說，這一點的光可以把那照不著的地方越顯得危險，越能使我害怕。在半途中，燈一熄滅，那就更不好辦了。不如我空著手走，初時雖覺得有些妨礙，不多一會，什麼都可以在幽暗中辨別一點。」

他說完，就出門。均哥還把燈提在手裡，眼看著他向密林中那條小路穿進去，才搖搖頭說：「天下竟有這樣怪人！」

吾威在暗途中走著，耳邊雖常聽見飛蟲、野獸的聲音，然而他一點害怕也沒有。在蔓草中，時常飛些螢火出來，光雖不大，可也夠了。他自己說：「這是均哥想不到，也是他所不能爲我點的燈。」

那晚上他沒有跌倒，也沒有遇見毒蟲野獸，安然地到他家裡。

你為什麼不來

在夭桃開透、濃蔭欲成的時候，誰不想伴著他心愛的人出去遊逛遊逛呢？在密雲不飛、急雨如注的時候，誰不願在深閨中等她心愛的人前來細談呢？

她悶坐在一張睡椅上，紊亂的心思像窗外的雨點——東拋，西織，來回無定。在有意無意之間，又順手拿起一把九連環慵懶懶地解著。

丫頭進來說：「小姐，茶點都預備好了。」

她手裡還是慵懶懶地解著，口裡卻發出似答非答的聲：「……他爲什麼還不來？」

除窗外的雨聲，和她手中輕微的銀環聲以外，屋裡可算靜極了！在這幽靜的屋裡，忽然從窗外伴著雨聲送來幾句優美的歌曲：

你放聲哭，

因爲我把林中善鳴的鳥籠住麼？
你飛不動，
因爲我把空中的雁射殺麼？
你不敢進我的門，
因爲我家養狗提防客人麼？
因爲我家養貓捕鼠，
你就不來麼？
因爲我的燈火沒有籠罩，
燒死許多美麗的昆蟲
你就不來麼？
你不肯來，
因爲我有……

「有什麼呢？」她聽到末了這句，那紊亂的心就發出這樣的問。她心中接著想：因爲我約你，所以你不肯來；還是因爲大雨，使你不能來呢？

海

我的朋友說：「人的自由和希望，一到海面就完全失掉了！因爲我們太不上算，在這無涯浪中無從顯出我們有限的能力和意志。」

我說：「我們浮在這上面，眼前雖不能十分如意，但後來要遇著的，或者超乎我們的能力和意志之外。所以在一個風狂浪駭的海面上，不能準說我們要到什麼地方就可以達到什麼地方；我們只能把性命先保持住，隨著波濤顛來簸去便了。」

我們坐在一隻不如意的救生船裡，眼看著載我們到半海就毀壞的大船漸漸沉下去。

我的朋友說：「你看，那要載我們到目的地的船快要歇息去了！現在在這茫茫的空海中，我們可沒有主意啦。」

幸而同船的人，心憂得很，沒有注意聽他的話。我把他的手搖了一下說：「朋友，這是你縱談的時候麼？你不幫著划槳麼？」

「划槳麼？這是容易的事。但要划到哪裡去呢？」

我說：「在一切的海裡，遇著這樣的光景，誰也沒有帶著主意下來，誰也脫不了在上面泛來泛去。我們儘管划罷。」

難解決的問題

我叫同伴到釣魚磯去賞荷，他們都不願意去，剩我自己走著。我走到清佳堂附近，就坐在山前一塊石頭上歇息。在瞻顧之間，小山後面一陣唧咕的聲音夾著蟬聲送到我耳邊。

誰願意在優遊的天日中故意要找出人家的秘密呢？然而宇宙間的秘密都從無意中得來。所以在那時候，我不離開那裡，也不把兩耳掩住，任憑那些聲浪在耳邊蕩來蕩去。

劈頭一聲，我便聽得：「這實是一個難解決的問題。……」

既說是難解決，自然要把怎樣難的理由說出來。這理由無論是局內、局外人都愛聽的。以前的話能否鑽入我耳裡，且不用說，單是這一句，使我不能不注意。

山後的人接下去說：「在這三位中，你說要哪一位才合適？……梅說要等我十年；白說要等到我和別人結婚那一天；區說非嫁我不可——她要終身等我。」

「那麼，你就要區罷。」

「但是梅的景況，我很瞭解。她的苦衷，我應當原諒。她能爲了我犧牲十年的光陰，從她的境遇看來，無論如何，是很可敬的。設使梅居區的地位，她也能說，要終身等我。」

「那麼，梅、區都不要，要白如何？」

「白麼？也不過是她的環境使她這樣達觀。設使她處著梅的景況，她也只能等我十年。」

會話到這裡就停了。我的注意只能移到池上，靜觀那被輕風搖擺的芰荷。呀，葉底那對小鴛鴦正在那裡歇午哪！不曉得它們從前也曾解決過方才的問題沒有？不上一分鐘，後面的聲音又來了。

「那麼，三個都要如何？」

「笑話，就是沒有理性的獸類也不這樣辦。」

又停了許久。

「不經過那些無用的禮節，各人快活地同過這一輩子不成嗎？」

「唔……唔……唔……這是後來的話，且不必提，我們先解決目前的困難罷。

我實不肯故意辜負了三位中的一位。我想用拈鬮[1]的方法瞎挑一個就得了。」

「這不更是笑話嗎？人間哪有這麼新奇的事！她們三人中誰願意遵你的命令，這樣辦呢？」

他們大笑起來。

「我們私下先拈一拈，如何？你權當做白，我自己權當做梅，剩下是區的分。」

他們由嚴重的密語化爲滑稽的談笑了。我怕他們要鬧下坡來，不敢逗留在那裡，只得先走，釣魚磯也沒去成。

1 拈鬮：從預先做好記號的紙卷或紙團中，隨意拈取一個，來決定事情。

債

他一向就住在妻子家裡，因爲他除妻子以外，沒有別的親戚。妻家的人愛他的聰明，也憐他的伶仃，所以萬事都尊重他。

他的妻子早已去世，膝下又沒有子女。他的生活就是念書、寫字，有時還彈彈七弦。他絕不是一個書獃子，因爲他常要在書內求理解，不像書獃子只求多念。

妻子的家裡有很大的花園供他遊玩；有許多奴僕聽他使令。但他從沒有特意到園裡遊玩；也沒有呼喚過一個僕人。

在一個陰鬱的天氣裡，人無論在什麼地方都不舒服的。岳母叫他到屋裡閒談，不曉得爲什麼原故就勸起他來。岳母說：「我覺得自從儷兒去世以後，你就比前格外客氣。我勸你無須如此，因爲外人不知道都要怪我。看你穿成這樣，還不如家裡的僕人，若有生人來到，叫我怎樣過得去？倘或有人欺負你，說你這長那短，盡可以告訴我，我責罰他給你看。」

「我哪裡懂得客氣？不過我只覺得我欠的債太多，不好意思多要什麼。」

「什麼債？有人問你算賬麼？唉，你太過見外了！我看你和自己的子侄一樣，你短了什麼，儘管問管家的要去；若有人敢說閒話，我定不饒他。」

「我所欠的是一切的債。我看見許多貧乏人、愁苦人，就如該了他們無量數的債一般。我有好的衣食，總想先償還他們。世間若有一個人吃不飽足，穿不暖和，住不舒服，我也不敢公然獨享這具足的生活。」

「你說得太玄了！」她說過這話，停了半晌才接著點頭說，「很好，這才是讀書人『先天下之憂而憂』的精神。……然而你要什麼時候才還得清呢？你有清還的計畫沒有？」

「唔……唔……」他心裡從來沒有想到這個，所以不能回答。

「好孩子，這樣的債，自來就沒有人能還得清，你何必自尋苦惱？我想，你還是做一個小小的債主罷。說到具足生活，也是沒有涯岸的：我們今日所謂具足，焉知不是明日的缺陷？你多念一點書就知道生命即是缺陷的苗圃，是煩惱的秧田；若要補修缺陷，拔除煩惱，除棄絕生命外，沒有別條道路。然而，我們哪能辦得到？個個人都那麼怕死！你不要做這種非非想，還是順著境遇做人去罷。」

「時間……計畫……做人……」這幾個字從岳母口裡發出，他的耳鼓就如受了極猛烈的椎擊。他想來想去，已想昏了。他爲解決這事，好幾天沒有出來。

那天早晨，女傭端粥到他房裡，沒見他，心中非常疑惑。因爲早晨，他沒有什麼地方可去：海邊呢？他是不輕易到的。花園呢？他更不願意在早晨去。因爲丫頭們都在那個時候到園裡爭摘好花去獻給她們幾位姑娘。他最怕見的是人家毀壞現成的東西。

女傭四圍一望，驀地看見一封信被留針刺在門上。她忙取下來，給別人一看，原來是給老夫人的。

她把信拆開，遞給老夫人。上面寫著：

親愛的岳母：

你問我的話，教我實在想不出好回答。而且，因你這一問，使我越發覺得我所負的債更重。我想做人若不能還債，就得避債，決不能教債主把他揪住，使他受苦。若論還債，依我的力量、才能，是不濟事的。我得出去找幾個幫忙的人。如果不能找著，再想法子。現在我去了，多謝你栽培我這麼些年。我的前途，望你記念；我的往事，願你忘卻。我也要時時祝你平安。

婿容融留字

老夫人念完這信，就非常愁悶。以後，每想起她的女婿，便好幾天不高興。但不高興儘管不高興，女婿至終沒有回來。

萬物之母

在這經過離亂的村裡，荒屋破籬之間，每日只有幾縷零零落落的炊煙冒上來；那人口的稀少可想而知。你一進到無論哪個村裡，最喜歡遇見的，是不是村童在阡陌間或園圃中跳來跳去；或走在你前頭，或隨著你步後模仿你的行動？村裡若沒有孩子們，就不成村落了。在這經過離亂的村裡，不但沒有孩子，而且有（人）向你要求孩子！

這裡住著一個不滿三十歲的寡婦，一見人來，便要求，說：「善心善行的人，求你對那位總爺[1]說，把我的兒子給回。那穿虎紋衣服、戴虎兒帽的便是我的兒子。」

她的兒子被亂兵殺死已經多年了。她從不會忘記：總爺把無情的劍拔出來的時

1 總爺：舊時對武官的尊稱。

候，那穿虎紋衣服的可憐兒還用雙手招著，要她摟抱。她要跑去接的時候，她的精神已和黃昏的霞光一同痲痺而熟睡了。唉，最慘的事豈不是人把寡婦懷裡的獨生子奪過去，且在她面前害死嗎？要她在醒後把這事完全藏在她記憶的多寶箱裡，可以說，比剖芥子來藏須彌還難。

她的屋裡排列了許多零碎的東西，當時她兒子玩過的小囝也在其中。在黃昏時候，她每把各樣東西抱在懷裡說：「我的兒，母親豈有不救你，不保護你的？你現在在我懷裡咧。不要做聲，看一會人來又把你奪去。」可是一過了黃昏，她就立刻省悟過來，知道那所抱的不是她的兒子。

那天，她又出來找她的「命」。月的光明蒙著她，使她在不知不覺間進入村後的山裡。那座山，就是白天也少有人敢進去，何況在盛夏的夜間，雜草把樵人的小徑封得那麼嚴！她一點也不害怕，攀著小樹，緣著蔦蘿，慢慢地上去。

她坐在一塊大石上歇息，無意中給她聽見了一兩聲的兒啼。她不及判別，便說：「我的兒，你藏在這裡麼？我來了，不要哭啦。」

她從大石下來，隨著聲音的來處，爬入石下一個洞裡。但是裡面一點東西也沒有。她很疲乏，不能再爬出來，就在洞裡睡了一夜。

第二天早晨，她醒時，心神還是非常恍惚。她坐在石上，耳邊還留著昨晚上的兒啼聲。這當然更要動她的心，所以那方從靄雲被裡鑽出來的朝陽無力把她臉上和鼻端的珠露曬乾了。她在瞻顧中，才看出對面山巖上坐著一個穿虎紋衣服的孩子。可是她看錯了！那邊坐著的，是一隻虎子；它的聲音從那邊送來很像兒啼。她立即離開所坐的地方，不管當中所隔的谷有多麼深，儘管攀緣著，向那邊去。不幸早露未乾，所依附的都很濕滑，一失手，就把她溜到谷底。

她昏了許久才醒回來。小傷總免不了，卻還能夠走動。她爬著，看見身邊暴露了一副小骷髏。

「我的兒，你方才不是還在山上哭著麼？怎麼你母親來得遲一點，你就變成這樣？」她把骷髏抱住，說，「呀，我的苦命兒，我怎能把你醫治呢？」悲苦儘管悲苦，然而，自她丟了孩子以後，不能不算這是她第一次的安慰。

從早晨直到黃昏，她就坐在那裡，不但不覺得餓，連水也沒喝過。零星幾點，已懸在天空，那天就在她的安慰中過去了。

她忽想起幼年時代，人家告訴她的神話，就立起來說：「我的兒，我抱你上山頂，先爲你摘兩顆星星下來，嵌入你的眼眶，教你看得見；然後給你找香象的皮肉來補你的身體。可是你不要再哭，恐怕給人聽見，又把你奪過去。」

「敬姑，敬姑。」找她的人們在滿山中這樣叫了好幾聲，也沒有一點影響。

「也許她被那隻老虎吃了。」

「不，不對。前晚那隻老虎是跑下來捕雲哥圈裡的牛犢被打死的。如果那東西把敬姑吃了，絕不再下山來赴死。我們再進深一點找罷。」

唉，他們的工夫白費了！

縱然找著她，若是她還沒有把星星抓在手裡，她心裡怎能平安，怎肯隨著他們回來？

荼蘼

我常得著男子送給我的東西，總沒有當他們做寶貝看。我的朋友師松卻不如此，因爲她從不曾受過男子的贈與。

自鳴鐘敲過四下以後，山上禮拜寺的聚會就完了。男男女女像出圈的羊，急要下到山坡覓食一般。那邊有一個男學生跟著我們走，他的正名字我忘記了，我只記得人家都叫他做「宗之」。他手裡拿著一枝荼蘼，且行且嗅。荼蘼本不是香花，他嗅著，不過是一種無聊舉動便了。

「松姑娘，這枝荼蘼送給你。」他在我們後面嚷著。松姑娘回頭看見他滿臉堆著笑容遞著那花，就速速伸手去接。她接著說：「很多謝，很多謝。」宗之只笑著點點頭，隨即從西邊的山徑轉回家去。

「他給我這個，是什麼意思？」

「你想他有什麼意思，他就有什麼意思。」我這樣回答她。走不多遠，我們也分途各自家去了。

她自下午到晚上不歇把弄那枝荼蘼。那花像有極大的魔力，不讓她撒手一樣。她要放下時，每覺得花兒對她說：「爲什麼離奪我？我不是從宗之手裡遞給你，交你照管的嗎？」

呀，宗之的眼、鼻、口、齒、手、足、動作，沒有一件不在花心跳躍著，沒有一件不在她眼前的花枝顯現出來！她心裡說：「你這美男子，爲甚原故送給我這花兒？」她又想起那天經壇上的講章，就自己回答說：「因爲他顧念他使女的卑微，從今而後，萬代要稱我爲有福。」

這是她愛荼蘼花，還是宗之愛她呢？我也說不清，只記得有一天我和宗之正坐在榕樹根談話的時候，他家的人跑來對他說：「松姑娘吃了一朵什麼花，說是你給她的，現在病了。她家的人要找你去問話咧。」

他嚇了一跳，也摸不著頭腦，只說：「我哪時節給她東西吃？這眞是……」

我說：「你細想一想。」他怎麼也想不起來。我才提醒他說：「你前個月在斜道上不是給了她一朵荼蘼嗎？」

「對呀，可不是給了她一朵荼蘼！可是我哪裡教她吃了呢？」

「爲什麼你單給她，不給別人？」我這樣問他。

他很直接地說：「我並沒有什麼意思，不過隨手摘下，隨手送給別人就是了。我平素送了許多東西給人，也沒有什麼事；怎麼一朵小小的荼蘼就可使她著了魔？」

他還坐在那裡沉吟，我便促他說：「你還能在這裡坐著麼？不管她是誤會，你是有意，你既然給了她，現在就得去看她一看才是。」

「我哪有什麼意思？」

我說：「你且去看看罷。蚌蛤何嘗立志要生珠子呢？也不過是外間的沙粒偶然滲入他的殼裡，他就不得不用盡工夫分泌些黏液把那小沙裹起來罷了。你雖無心，可是你的花一到她手裡，管保她不因花而愛起你來嗎？你敢保她不把那花當做你所賜給愛的標識，就納入她的懷中，用心裡無限的情思把他圍繞得非常嚴密嗎？也許她本無心，但因你那美意的沙無意中掉在她愛的貝殼裡，使她不得不如此。不用躊躇了，且去看看罷。」

宗之這才站起來，皺一皺他那副冷靜的臉龐，跟著來人從林菁的深處走出去了。

蛇的牢獄

嫣求正在鏡台邊理她的晨妝，見她的丈夫從遠地回來，就把頭攏住，問道：「我所需要的你都給帶回來了沒有？」

「對不起！你雖是一個建築師，或泥水匠，能為你自己建築一座『美的牢獄』；我卻不是一個轉運者，不能為你搬運等等材料。」

「你念書不是念得越糊塗，便是越高深了！怎麼你的話，我一點也聽不懂？」

丈夫含笑說：「不懂麼？我知道你開口愛美，閉口愛美，多方地要求我給你帶等等裝飾回來；我想那些東西都圍繞在你的體外，合起來，豈不是成為一座監禁你的牢獄嗎？」

她靜默了許久，也不做聲。她的丈夫往下說：「妻呀，我想你還不明白我的意思。我想所有美麗的東西，只能讓他們散佈在各處，我們只能在他們的出處愛它們；若是把他們聚攏起來，擱在一處，或在身上，那就不美了。……」

她睜著那雙柔媚的眼，搖著頭說：「你說得不對。你說得不對。若不剖蚌，怎能得著珠璣呢？若不開山，怎能得著金剛、玉石、瑪瑙等等寶物呢？而且那些東西，本來不美，必得人把他們琢磨出來，加以裝飾，才能顯得美麗咧。若說我要裝飾，就是建築一所美的牢獄，且把自己監在裡頭，且問誰不被監在這種牢獄裡頭呢？如果世間眞有美的牢獄，像你所說，那麼，我們不過是造成那牢獄的一沙一石罷了。」

「我的意思就是聽其自然，連這一沙一石也毋須留存。孔雀何爲自己修飾羽毛呢？芰荷何嘗把他的花染紅了呢？」

「所以說他們沒有美感！我告訴你，你自己也早已把你的牢獄建築好了。」

「胡說！我何曾？」

「你心中不是有許多好的想像，不是要照你的好理想去行事麼？你所有的，是不是從古人曾經建築過的牢獄裡揀出其中的殘片？或是在自己的世界取出來的材料呢？自然要加上一點人爲才能有意思。若是我的形狀和荒古時候的人一樣，你還愛我嗎？我準敢說，你若不好好地住在你的牢獄裡頭，且不時時把牢獄的牆垣壘得高高的，我也不能愛你。」

剛愎的男子，你何嘗佩服女子的話?你不過會說：「就是你會說話!等我思想一會兒，再與你決戰。」

補破衣的老婦人

她坐在簷前，微微的雨絲飄下來，多半聚在她臉龐的皺紋上頭。她一點也不理會，儘管收拾她的筐子。

在她的筐子裡有很美麗的零剪綢緞，也有很粗陋的麻頭、布尾。她從沒有理會雨絲在她頭、面、身體之上亂撲；只提防著筐裡那些好看的材料沾濕了。

那邊來了兩個小弟兄。也許他們是學校回來。小弟弟管她叫做「衣服的外科醫生」；現在見她坐在簷前，就叫了一聲。

她抬起頭來，望著這兩個孩子笑了一笑。那臉上的皺紋雖皺得更厲害，然而生的痛苦可以從那裡擠出許多，更能表明她是一個享樂天年的老婆子。

小弟弟說：「醫生，你只用筐裡的材料在別人的衣服上，怎麼自己的衣服卻不管了？你看你肩脖補的那一塊又該掉下來了。」

老婆子摩一摩自己的肩脖，果然隨手取下一塊小方布來。她笑著對小弟弟說：

「你的眼睛實在精明！我這塊原沒有用線縫住；因爲早晨忙著要出來，只用漿子暫時糊著，盼望晚上回去彌補；不提防雨絲替我揭起來了！……這揭得也不錯。我，既如你所說，是一個衣服的外科醫生，那麼，我是不怕自己的衣服害病的。」

她仍是整理筐裡的零剪綢緞，沒理會雨絲零落在她身上。

哥哥說：「我看爸爸的手冊裡夾著許多的零剪文件；他也是像你一樣：不時地翻來翻去。他……」

弟弟插嘴說：「他也是另一樣的外科醫生。」

老婆子把眼光射在他們身上，說：「哥兒們，你們說得對了。你們的爸爸愛惜小冊裡的零碎文件，也和我愛惜筐裡的零剪綢緞一般。他湊合多少地方的好意思，等用得著時，就把他們編連起來，成爲一種新的理解。所不同的，就是他用的頭腦，我用的只是指頭便了。你們叫他做……」

說到這裡，父親從裡面出來，問起事由，便點頭說：「老婆子，你的話很中肯。我們所爲，原就和你一樣，東搜西羅，無非是些綢頭、布尾，只配用來補補破衲襖罷了。」父親說完，就下了石階，要在微雨中到葡萄園裡，看看他的葡萄長芽了沒有。這裡孩子們還和老婆子爭論著要號他們的爸爸做什麼樣醫生。

橋邊

我們住的地方就在桃溪溪畔。夾岸遍是桃林：桃實、桃葉映入水中，更顯出溪邊的靜謐。眞想不到倉皇出走的人還能享受這明媚的景色！我們日日在林下遊玩；有時踱過溪橋，到朋友的蔗園裡找新生的甘蔗吃。

這一天，我們又要到蔗園去，剛踱過橋，便見阿芳——蔗園的小主人——很憂鬱地坐在橋下。

「阿芳哥，起來領我們到你園裡去。」他舉起頭來，望了我們一眼，也沒有說什麼。

我哥哥說：「阿芳，你不是說你一到水邊就把一切的煩悶都洗掉了嗎？你不是說，你是水邊的蜻蜓麼？你看歇在水葒花上那只蜻蜓比你怎樣？」

「不錯。然而今天就是我第一次的憂悶。」

我們都下到岸邊，圍繞住他，要打聽這回事。他說：「方才紅兒掉在水裡了！」紅兒是他的腹婚妻，天天都和他在一塊兒玩的。我們聽了他這話，都驚訝得很。哥哥說：「那麼，你還能在這裡悶坐著嗎？還不趕緊去叫人來？」

「我一回去，我媽心裡的憂鬱怕也要一顆一顆地結出來，像桃實一樣了。我寧可獨自在此憂傷，不忍使我媽媽知道。」

我的哥哥不等說完，一股氣就跑到紅兒家裡。這裡阿芳還在皺著眉頭，我也眼巴巴地望著他，一聲也不響。

「誰掉在水裡啦？」

我一聽，是紅兒的聲音，速回頭一望，果然哥哥攜著紅兒來了！她笑瞇瞇地走到芳哥跟前，芳哥像很驚訝地望著她。很久，他才出聲說：「你的話不靈了麼？方才我貪著要到水邊看看我的影兒，把他擱在樹上，不留神輕風一搖，把他搖落水裡。他隨著流水往下流去；我回頭要抱他，他已不在了。」

紅兒才知道掉在水裡的是她所贈與的小囝。她曾對阿芳說那小囝也叫紅兒，若是把他丟了，便是丟了她。所以芳哥這麼謹愼看護著。

芳哥實在以紅兒所說的話是千眞萬眞的，看今天的光景，可就教他懷疑了。他說：「哦，你的話也是不準的！我這時才知道丟了你的東西不算丟了你，眞把你丟了才算。」

我哥哥對紅兒說：「無意的話倒能教人深信：芳哥對你的信念，頭一次就在無意中給你打破了。」

紅兒也不著急，只優遊地說：「信念算什麼？要眞相知才有用哪。……也好，我藉著這個就知道他了。我們還是到蔗園去罷。」

我們一同到蔗園去，芳哥方才的憂鬱也和糖汁一同呑下去了。

疲倦的母親

那邊一個孩子靠近車窗坐著，遠山，近水，一幅一幅，次第嵌入窗戶，射到他的眼中。他手畫著，口中還咿咿啞啞地，唱些沒字曲。

在他身邊坐著一個中年婦人，去（支）著頭瞌睡。孩子轉過臉來，搖了她幾下，說：「媽媽，你看看，外面那座山很像我家門前的呢。」

母親舉起頭來，把眼略睜一睜；沒有出聲，又支著頤睡去。

過一會，孩子又搖她，說：「媽媽，『不要睡罷，看睡出病來了』。你且睜一睜眼看看外面八哥和牛打架呢。」

母親把眼略略睜開，輕輕打了孩子一下；沒有做聲，又支著頭睡去。

孩子鼓著腮，很不高興。但過一會，他又唱起來了。

「媽媽，聽我唱歌罷。」孩子對著她說了，又搖她幾下。

母親帶著不喜歡的樣子說：「你鬧什麼？我都見過，都聽過，都知道了；你不知道我很疲乏，不容我歇一下麼？」

孩子說：「我們是一起出來的，怎麼我還頂精神，你就疲乏起來？難道大人不如孩子麼？」

車還在深林平疇之間穿行著。車中的人，除那孩子和一二個旅客以外，少有不像他母親那麼酣睡的。

我想

我想什麼？

我心裡本有一條達到極樂園地的路，從前曾被那女人走過的；現在那人不在了，這條路不但是荒蕪，並且被野草，閒花、棘枝、繞藤佔據得找不出來了！

我許久就想著這條路，不單是開給她走的，她不在，我豈不能獨自來往？

但是野草、閒花這樣美麗、香甜，我怎捨得把他們去掉呢？棘枝、繞藤又那樣橫逆、蔓延，我手裡又沒有器械，怎敢惹他們呢？我想獨自在那路上徘徊，總沒有實行的日子。

日子一久，我連那條路的方向也忘了。我只能日日跑到路口那個小池的岸邊靜坐，在那裡悵望，和沉思那草掩、藤封的道途。

狂風一吹，野花亂墜，池中錦魚道是好餌來了，爭著上來唼喋。我所想的，也浮在水面被魚喋入口裡；復幻成泡沫吐出來，仍舊浮回空中。

魚還是活活潑潑地游；路又不肯自己開了；我更不能把所想的撇在一邊。呀！我定睛望著上下游泳的錦魚；我的回想也隨著上下遊蕩。

呀，女人！你現在成爲我「記憶的池」中的錦魚了。你有時浮上來，使我得以看見你；有時沉下去，使我費神猜想你是在某片落葉底下，或某塊沙石之間。但是那條路的方向我早忘了，我只能每日坐在池邊，盼望你能從水底浮上來。

鄉曲的狂言

在城市住久了，每要害起村莊的相思病來。我喜歡到村莊去，不單是貪玩那不染塵垢的山水；並且愛和村裡的人攀談。我常想著到村裡聽莊稼人說兩句愚拙的話語，勝過在郡邑裡領受那些智者的高談大論。

這日，我們又跑到村裡拜訪耕田的隆哥。他是這小村的長者，自己耕著幾畝地，還藝一所菜園。他的生活倒是可以羨慕的。他知道我們不願意在他矮陋的茅茆（屋）裡，就讓我們到籬外的瓜棚底下坐坐。

横空的長虹從前山的凹處吐出來，七色的影印在清潭的水面。我們正凝神看著，驀然聽得隆哥好像對著別人說：「衝那邊走罷，這裡有人。」

「我也是人，爲何這裡就走不得？」我們轉過臉來，那人已站在我們跟前。那人一見我們，應行的禮，他也懂得。我們問過他的姓名，請他坐。隆哥看見這樣，也就不做聲了。

我們看他不像平常人，但他有什麼毛病，我們也無從說起。他對我們說：「自從我回來，村裡的人不曉得當我做個什麼。我想我並沒有壞意思，我也不打人，也不叫人吃虧，也不佔人便宜，怎麼他們就這般地欺負我——連路也不許我走？」

和我同來的朋友問隆哥說：「他的職業是什麼？」隆哥還沒做聲，他便說：「我有事做，我是有職業的人。」說著，便從口袋裡掏出一本小折子來，對我的朋友說，「我是做買賣的。我做了許久了，這本折子裡所記的賬不曉得是人該我的，還是我該人的，我也記不清楚，請你給我看看。」他把折子遞給我的朋友，我們一同看，原來是同治年間的廢折！我們忍不住大笑起來，隆哥也笑了。

隆哥怕他招笑話，想法子把他哄走。我們問起他的來歷，隆哥說他從少在天津做買賣，許久沒有消息，前幾天剛回來的。我們才知道他是村裡新回來的一個狂人。

隆哥說：「怎麼一個好好的人到城市裡就變成一個瘋子回來？我聽見人家說城裡有什麼瘋人院，是造就這種瘋子的。你們住在城裡，可知道有沒有這回事？」

我回答說：「笑話！瘋人院是人瘋了才到裡邊去；並不是把好好的人送到那裡教瘋了放出來的。」

「既然如此，爲何他不到瘋人院裡住，反跑回來，到處騷擾？」

「那我可不知道了。」我回答時，我的朋友同時對他說：「我們也是瘋人，爲何不到瘋人院裡住？」

隆哥很詫異地問：「什麼？」

我的朋友對我說：「我這話，你說對不對？認眞說起來，我們何嘗不狂？要是方才那人才不狂呢。我們心裡想什麼，口又不敢說，手也不敢動，只會裝出一副臉孔；倒不如他想說什麼便說什麼，想做什麼就做什麼，那分誠實，是我們做不到的。我們若想起我們那些受拘束而顯出來的動作，比起他那眞誠的自由行動，豈不是我們倒成了狂人？這樣看來，我們才瘋，他並不瘋。」

隆哥不耐煩地說：「今天我們都發狂了，說那個幹什麼？我們談別的罷。」

瓜棚底下閒談，不覺把印在水面長虹驚跑了。隆哥的兒子趕著一對白鵝向潭邊來。我的精神又貫注在那純淨的家禽身上。鵝見著水也就發狂了。他們互叫了兩聲，便拍著翅膀趨入水裡，把靜明的鏡面踏破。

生

我的生活好像一棵龍舌蘭，一葉一葉慢慢地長起來。某一片葉在一個時期曾被那美麗的昆蟲做過巢穴；某一片葉曾被小鳥們歇在上頭歌唱過。現在那些葉子都落掉了！只有瘢楞的痕跡留在幹上，人也忘了某葉某葉曾經顯過的樣子；那些葉子曾經歷過的事跡唯有龍舌蘭自己可以記憶得來，可是他不能說給別人知道。

我的生活好像我手裡這管笛子。他在竹林裡長著的時候，許多好鳥歌唱給他聽；許多猛獸長嘯給他聽；甚至天中的風雨雷電都不時教給他發音的方法。

他長大了，一切教師所教的都納入他的記憶裡。然而他身中仍是空空洞洞，沒有什麼。

做樂器者把他截下來，開幾個氣孔，擱在唇邊一吹，他從前學的都吐露出來了。

面具

人面原不如那紙製的面具喲！你看那紅的，黑的，白的，青的，喜笑的，悲哀的，目眥怒得欲裂的面容，無論你怎樣褒獎，怎樣棄嫌，他們一點也不改變。紅的還是紅，白的還是白，目眥欲裂的還是目眥欲裂。

人面呢？顏色比那紙製的小玩意兒好而且活動，帶著生氣。可是你褒獎他的時候，他雖是很高興，臉上卻裝出很不願意的樣子；你指摘他的時候，他雖是懊惱，臉上偏要顯出勇於納言的顏色。

人面到底是靠不住呀！我們要學面具，但不要戴他，因爲面具後頭應當讓他空著才好。

上景山

無論哪一季，登景山，最合宜的時間是在清早或下午三點以後。晴天，眼界可以望朦朧處；雨天，可以欣賞雨脚的長度和電光的迅射；雪天，可以令人咀嚼著無色界的滋味。

在萬春亭上坐著，定神看北上門後的馬路（從前路在門前，如今路在門後），儘是行人和車馬，路邊的梓樹都已掉了葉子。不錯，已經立冬了，今年天氣可有點怪，到現在還沒凍冰。多謝芰荷的業主把殘莖都去掉，教我們能看見紫禁城外護城河的水光還在閃爍著。

神武門上是關閉得嚴嚴地。最討厭是樓前那枝很長的旗桿，侮辱了全個建築的莊嚴。門樓兩旁樹它一對，不成嗎？禁城上時時有人在走著，恐怕都是外國的旅人。

皇宮一所一所排列著非常整齊。怎麼一個那麼不講紀律的民族，會建築這麼嚴肅的宮廷？我對著一片黃瓦這樣想著。不，說不講紀律未免有點過火，我們可以說這民族是把舊的紀律忘掉，正在找一個新的咧。新的找不著，終究還要回來的。北京房子，皇宮也算在裡頭，主要的建築都是向南的，誰也沒有這樣強迫過建築者，說非這樣修不可。但紀律因爲利益所在，在不言中被遵守了。夏天受著解慍的熏風，冬天接著可愛的暖日，只要守著蓋房子的法則，這利益是不用爭而自來的。所以我們要問，在我們的政治社會裡有這樣的熏風和暖日嗎？

最初在崖壁上寫大字銘功的是強盜的老師，我眼睛看著神武門上的幾個大字，心裡想著李斯。皇帝也是強盜的一種，是個白癡強盜。他搶了天下，把自己監禁在宮中，把一切寶物聚在身邊，以爲他是富有天下。這樣一代過一代，到頭來還是被他的糊塗奴僕，或貪婪臣宰，討、瞞、偷、換，到連性命也不定保得住。這豈不是個白癡強盜？在白癡強盜底下才會產出大盜和小偷來。一個小偷，多少總要有一點跳女牆鑽狗洞的本領，有他的禁忌，有他的信仰和道德。大盜只會利用他的奴性去請托攀緣，自讚讚他，禁忌固然沒有，道德更不必提。

誰也不能不承認盜賊是寄生人類的一種，但最可殺的是那班爲大盜之一的斯文賊。他們不像小偷為延命去營鼠雀的生活；也不像一般的大盜，憑著自己的勇敢去搶天下。所以明火打劫的強盜最恨的是斯文賊。這裡我又聯想到張獻忠。有一次他開科取士，檄諸州舉貢生員後至者妻女充院，本犯剝皮，有司教官斬，連坐十家。諸生到時，他要他們在一丈見方的大黃旗上寫個帥字，字畫要像斗的粗大，還要一筆寫成。一個生員王志道縛草為筆，用大缸貯墨汁將草筆泡在缸裡，三天，再取出來寫。果然一筆寫成了。他以為可以討獻忠的喜歡，誰知獻忠說，「他日圖我必定是你。」立即把他殺來祭旗。獻忠對待念書人是多麼痛快。他知道他們是寄生的寄生。他的使命是來殺他們。

東城西城的天空中，時見一群一群旋飛的鴿子。除去打麻雀，逛窯子，上酒樓以外，這也是一種古典的娛樂。這種娛樂也來得群眾化一點。它能在空中發出和悅的響聲，翩翩地飛繞著，教人覺得在一個灰白色的冷天，滿天亂飛亂叫的老鴰的討厭。然而在颳大風的時候，若是你有勇氣上景山的最高處，看看天安門樓屋脊上的鴉群，噪叫的聲音是聽不見，它們隨風飛揚，直像從什麼大樹飄下來的敗葉，凌亂得有意思。

萬春亭周圍被挖得東一溝，西一窟。據說是管宮的當局挖來試看煤山是不是個大煤堆，像歷來的傳說所傳的，我心裡暗笑信這說的人們。是不是因爲北宋亡國的時候，都人在城被圍時，拆毀艮岳的建築木材去充柴火，所以計畫建築北京的人預先堆起一大堆煤，萬一都城被圍的時，人民可以不拆宮殿。這是笨想頭。若是我來計畫，最好來一個米山。米在萬急的時候，也可以生吃，煤可無論如何吃不得。又有人說景山是太行的最終一峰。這也是瞎說。從西山往東幾十里平原，可怎麼不偏不頗，在北京城當中出了一座景山？若說北京的建設就是對著景山的子午，爲什麼不對北海的瓊島？我想景山明是開紫禁城外的護河所積的土，瓊島也是壘積從北海挖出來的土而成的。

從亭後的樹縫裡遠遠看見鼓樓。地安門前後的大街，人馬默默地走，城市的喧闐聲，一點也聽不見。鼓樓是不讓正陽門那樣雄壯地挺著。它的名字，改了又改，一會是明恥樓，一會又是齊政樓，現在大概又是明恥樓吧。明恥不難，雪恥得努力。只怕市民能明白那恥的還不多，想來是多麼可憐。記得前幾年「三民主義」、「帝國主義」這套名詞隨著北伐軍到北平的時候，市民看些篆字標語，好像都明白各人蒙著無上的恥辱，而這恥辱是由於帝國主義的壓迫。所以大家也隨聲附和，唱著打倒和推翻。

從山上下來，崇禎殉國的地方依然是那棵半死的槐樹。據說樹上原有一條鏈子鎖著，庚子聯軍入京以後就不見了。現在那枯槁的部分，還有一個大洞，當時的鏈痕還隱約可以看見。義和團運動的結果，從解放這棵樹，發展到解放這民族。這是一件多麼可以發人深思的對象呢？山後的柏樹發出清恬的香氣，好像是對於這地方的永遠供物。

壽皇殿鎖閉得嚴嚴地，因爲誰也不願意努爾哈赤的種類再做白癡的夢。每年的祭祀不舉行了，莊嚴的神樂再也不能聽見，只有從鄉間進城來唱秧歌的孩子們，在牆外打的鑼鼓，有時還可以送到殿前。

到景山門，回頭仰望頂上方才所坐的地方，人都下來了。樹上幾隻很面熟卻不認得的鳥在叫著。亭裡殘破的古佛還坐著結那沒人能懂的手印。

許地山・小說選

春桃

這年的夏天分外地熱。街上的燈雖然亮了，胡同口那賣酸梅湯的還像唱梨花鼓的姑娘耍著他的銅碗。一個背著一大簍字紙的婦人從他面前走過，在破草帽底下雖看不清她的臉，當她與賣酸梅湯的打招呼時，卻可以理會她有滿口雪白的牙齒。她背上擔負得很重，甚至不能把腰挺直，只如駱駝一樣，莊嚴地一步一步踱到自己門口。

進門是個小院，婦人住的是塌剩下的兩間廂房。院子一大部分是瓦礫。在她的門前種著一棚黃瓜，幾行玉米。窗下還有十幾棵晚香玉。幾根朽壞的梁木橫在瓜棚底下，大概是她家最高貴的坐處。她一到門前，屋裡出來一個男子，忙幫著她卸下背上的重負。

「媳婦，今兒回來晚了。」

婦人望著他，像很詫異他的話。「什麼意思？你想媳婦想瘋啦？別叫我媳婦，我說。」她一面走進屋裡，把破草帽脫下，順手掛在門後，從水缸邊取了一個小竹筒向缸裡一連舀了好幾次，喝得換不過氣來，張了一會嘴，到瓜棚底下把簍子拖到一邊，便自坐在朽梁上。

那男子名叫劉向高。婦人的年紀也和他差不多，在三十左右，娘家也姓劉。除掉向高以外，沒人知道她的名字叫做春桃。街坊叫她做撿爛紙的劉大姑，因爲她的職業是整天在街頭巷尾垃圾堆裡討生活，有時沿途嚷著「爛字紙換取燈兒」。一天到晚在烈日冷風裡吃塵土，可是生來愛乾淨，無論冬夏，每天回家，她總得淨身洗臉。替她預備水的照例是向高。

向高是個鄉間高小畢業生，四年前，鄉裡鬧兵災，全家逃散了，在道上遇見同是逃難的春桃，一同走了幾百里，彼此又分開了。

她隨著人到北京來，因爲總布胡同裡一個西洋婦人要雇一個沒混過事的鄉下姑娘當「阿媽」，她便被薦去上工。主婦見她長得清秀，很喜愛她。她見主人老是吃牛肉，在饅頭上塗牛油，喝茶還要加牛奶，來去鼓著一陣羶味，聞不慣。有一天，主人叫她帶孩子到三貝子花園去，她理會主人家的氣味有點像從虎狼欄裡發出來的，心裡越發難過，不到兩個月，便辭了工。到平常人家去，鄉下人不慣當差，又挨不得罵，上工不久，又不幹了。在窮途上，她自己選了這撿爛紙換取燈兒的職業，一天的生活，勉強可以維持下去。

向高與春桃分別後的歷史倒很簡單，他到涿州去，找不著親人，有一兩個世交，聽他說是逃難來的，都不很願意留他住下，不得已又流到北京來。由別人的介紹，他認識胡同口那賣酸梅湯的老吳，老吳借他現在住的破院子住，說明有人來賃，他得另找地方。他沒事做，只幫著老吳算算賬，賣賣貨。他白住房子白做活，只賺兩頓吃。春桃的撿紙生活漸次發達了，原住的地方，人家不許他堆貨，她便沿著德勝門牆根來找住處。一敲門，正是認識的劉向高。她不用經過許多手續，便向老吳賃下這房子，也留向高住下，幫她的忙。這都是三年前的事了。他認得幾個字，在春桃撿來和換來的字紙裡，也會抽出些少比較能賣錢的東西，如畫片或某將軍、某總長寫的對聯、信札之類。二人合作，事業更有進步。向高有時也教她認幾個字，但沒有什麼功效，因爲他自己認得的也不算多，解字就更難了。

他們同居這些年，生活狀態，若不配說像鴛鴦，便說像一對小家雀罷。

言歸正傳。春桃進屋裡，向高已提著一桶水在她後面跟著走。他用快活的聲調說：「媳婦，快洗罷，我等餓了。今晚咱們吃點好的，烙蔥花餅，贊成不贊成？若贊成，我就買蔥醬去。」

「媳婦，媳婦，別這樣叫，成不成？」春桃不耐煩地說。

「你答應我一聲，明兒到天橋給你買一頂好帽子去。你不說帽子該換了麼？」向高再要求。

「我不愛聽。」

他知道婦人有點不高興了，便轉口問：「到底吃什麼？說呀！」

「你愛吃什麼，做什麼給你吃。買去罷。」

向高買了幾根蔥和一碗麻醬回來，放在明間的桌上。春桃擦過澡出來，手裡拿著一張紅帖子。

「這又是那一位王爺的龍鳳帖！這次可別再給小市那老李了。托人拿到北京飯店去，可以多賣些錢。」

「那是咱們的。要不然，你就成了我的媳婦啦？教了你一兩年的字，連自己的姓名都認不得！」

「誰認得這麼些字？別媳婦媳婦的，我不愛聽。這是誰寫的？」

「我塡的。早晨巡警來查戶口，說這兩天加緊戒嚴，那家有多少人，都得照實報。老吳教我們把咱們寫成兩口子，省得麻煩。巡警也說寫同居人，一男一女，不妥當。我便把上次沒賣掉的那分空帖子填上了。我填的是辛未年咱們辦喜事。」

「什麼？辛未年？辛未年我那兒認得你？你別搗亂啦。咱們沒拜過天地，沒喝過交杯酒，不算兩口子。」

春桃有點不願意，可還和平地說出來。她換了一條藍布褲。上身是白的，臉上雖沒脂粉，卻呈露著天然的秀麗。若她肯嫁的話，按媒人的行情，說是二十三四的小寡婦，最少還可以值得一百八十的。

她笑著把那禮帖搓成一長條，說：「別搗亂！什麼龍鳳帖？烙餅吃了罷。」她掀起爐蓋把紙條放進火裡，隨即到桌邊和麵。

向高說：「燒就燒罷，反正巡警已經記上咱們是兩口子；若是官府查起來，我不會說龍鳳帖在逃難時候丟掉的麼？從今兒起，我可要叫你做媳婦了。老吳承認，巡警也承認，你不願意，我也要叫。媳婦嘜！媳婦嘜！明天給你買帽子去，戒指我打不起。」

「你再這樣叫，我可要惱了。」

「看來，你還想著那李茂。」向高的神氣沒像方才那麼高興。他自己說著，也不一定要春桃聽見，但她已聽見了。

「我想他？一夜夫妻，分散了四五年沒信，可不是白想？」春桃這樣說。她曾對向高說過她出閣那天的情形。花轎進了門，客人還沒坐席，前頭兩個村子來人說，大隊兵已經到了，四處拉人挖戰壕，嚇得大家都逃了，新夫婦也趕緊收拾東西，隨著大眾望西逃。同走了一天一宿。第二宿，前面連嚷幾聲「鬍子來了，快躲罷」，那時大家只顧躲，誰也顧不了誰。到天亮時，不見了十幾個人，連她丈夫李茂也在裡頭。她繼續方才的話說：「我想他一定跟著鬍子走了，也許早被人打死了。得啦，別提他啦。」

她把餅烙好了，端到桌上。向高向沙鍋裡舀了一碗黃瓜湯，大家沒言語，吃了一頓。吃完，照例在瓜棚底下坐坐談談。一點點的星光在瓜葉當中閃著。涼風把螢火送到棚上，像星掉下來一般。晚香玉也漸次散出香氣來，壓住四圍的臭味。

「好香的晚香玉！」向高摘了一朵，插在春桃的鬢上。

「別糟蹋我的晚香玉。晚上戴花，又不是窯姐兒。」她取下來，聞了一聞，便放在杇梁上頭。

「怎麼今兒回來晚啦？」向高問。

「嚇！今兒做了一批好買賣！我下午正要回家，經過後門，瞧見清道夫推著一大車爛紙，問他從那兒推來的；他說是從神武門甩出來的廢紙。我見裡面紅的、黃的一大堆，便問他賣不賣；他說，你要，少算一點裝去罷。你瞧！」她指著窗下那大簍，「我花了一塊錢，買那一大簍！賠不賠，可不曉得，明兒檢一檢得啦。」

「宮裡出來的東西沒個錯。我就怕學堂和洋行出來的東西，份量又重，氣味又壞，值錢不值，一點也沒準。」

「近年來，街上包東西都作興用洋報紙。不曉得那裡來的那麼些看洋報紙的人。撿起來眞是份量又重，又賣不出多少錢。」

「念洋書的人越多，誰都想看看洋報，將來好混混洋事。」

「他們混洋事，咱們撿洋字紙。」

「往後恐怕什麼都要帶上個洋字，拉車要拉洋車，趕驢更趕洋驢，也許還有洋駱駝要來。」向高把春桃逗得笑起來了。

「你先別說別人。若是給你有錢，你也想念洋書，娶個洋媳婦。」

「老天爺知道，我絕不會發財。發財也不會娶洋婆子。若是我有錢，回鄉下買幾畝田，咱們兩個種去。」

春桃自從逃難以來，把丈夫丟了，聽見鄉下兩字，總沒有好感想。她說：「你還想回去？恐怕田還沒買，連錢帶人都沒有了。沒飯吃，我也不回去。」

「我說回我們錦縣鄉下。」

「這年頭，那一個鄉下都是一樣，不鬧兵，便鬧賊；不鬧賊，便鬧日本，誰敢回去？還是在這裡撿撿爛紙罷。咱們現在只缺一個幫忙的人。若是多個人在家替你歸著東西，你白天便可以出去擺地攤，省得貨過別人手裡，賣漏了。」

「我還得學三年徒弟才成，賣漏了，不怨別人，只怨自己不夠眼光。這幾個月來我可學了不少。郵票，那種值錢，那種不值，也差不多會瞧了。大人物的信札手筆，賣得出錢，賣不出錢，也有一點把握了。前幾天在那堆字紙裡撿出一張康有爲的字，你說今天我賣了多少？」他很高興地伸出拇指和食指比仿著，「八毛錢！」

「說是呢！若是每天在爛紙堆裡能撿出八毛錢就算頂不錯，還用回鄉下種田去？那不是自找罪受麼？」春桃愉悅的聲音就像春深的鶯啼一樣。她接著說：「今天這堆準保有好的給你撿。聽說明天還有好些，那人教我一早到後門等他。這兩天宮裡的東西都趕著裝箱，往南方運，庫裡許多爛紙都不要。我瞧見東華門外也有許多，一口袋一口袋陸續地扔出來。明兒你也打聽去。」

說了許多話，不覺二更打過。她伸伸懶腰站起來說：「今天累了，歇吧！」向高跟著她進屋裡。窗戶下橫著土炕，夠兩三人睡的。在微細的燈光底下，隱約看見牆上一邊貼著八仙打麻雀的諧畫，一邊是煙公司「還是他好」的廣告畫。春桃的模樣，若脫去破帽子，不用說到瑞蚨祥或別的上海成衣店，只到天橋搜羅一身落伍的旗袍穿上，坐在任何草地，也與「還是他好」裡那摩登女差不上下。因此，向高常對春桃說貼的是她的小照。

她上了炕，把衣服脫光了，順手揪一張被單蓋著，躺在一邊。向高照例是給她按按背，搥搥腿。她每天的疲勞就是這樣含著一點微笑，在小油燈的閃爍中，漸次得著甦息。在半睡的狀態中，她喃喃地說：「向哥，你也睡罷，別開夜工了，明天還要早起咧。」

婦人漸次發出一點微細的鼾聲，向高便把燈滅了。

一破曉，男女二人又像打食的老鴰，急飛出巢，各自辦各的事情去。

剛放過午炮，十剎海的鑼鼓已鬧得喧天。春桃從後門出來，背著紙簍，向西不壓橋這邊來。在那臨時市場的路口，忽然聽見路邊有人叫她：「春桃，春桃！」她的小名，就是向高一年之中也罕得這樣叫喚她一聲。自離開鄉下以後，四五年來沒人這樣叫過她。

「春桃，春桃，你不認得我啦？」

她不由得回頭一瞧，只見路邊坐著一個叫化子。那乞憐的聲音從他滿長了鬍子的嘴發出來。他站不起來，因爲他兩條腿已經折了。身上穿的一件灰色的破軍衣，白鐵鈕扣都生了銹，肩膀從肩章的破縫露出，不倫不類的軍帽斜戴在頭上，帽章早已不見了。

春桃望著他一聲也不響。

「春桃，我是李茂呀！」

她進前兩步，那人的眼淚已帶著灰土透入蓬亂的鬍子裡。

她心跳得慌，半晌說不出話來，至終說：「茂哥，你在這裡當叫化子啦？你兩條腿怎麼丟啦？」

「噯，說來話長。你從多久起在這裡呢？你賣的是什麼？」

「賣什麼！我撿爛紙咧。……咱們回家再說罷。」

她雇了一輛洋車，把李茂扶上去，把簍子也放在車上，自己在後面推著。一直來到德勝門牆根，車伕幫著她把李茂扶下來。進了胡同口，老吳敲著小銅碗，一面問：「劉大姑，今兒早回家，買賣好呀？」

「來了鄉親啦。」她應酬了一句。

李茂像隻小狗熊，兩隻手按在地上，幫助兩條斷腿爬著。

她從口袋裡拿出鑰匙，開了門，引著男子進去。她把向高的衣服取一身出來，像向高每天所做的，到井邊打了兩桶水倒在小澡盆裡教男人洗澡。洗過以後，又倒一盆水給他洗臉。然後扶他上炕坐，自己在明間也洗一回。

「春桃，你這屋裡收拾得很乾淨，一個人住嗎？」

「還有一個夥計。」春桃不遲疑地回答他。

「做起買賣來啦？」

「不告訴你就是撿爛紙麼？」

「撿爛紙？一天撿得出多少錢？」

「先別盤問我，你先說你的罷。」

春桃把水潑掉，理著頭髮進屋裡來，坐在李茂對面。

李茂開始說他的故事：

「春桃，唉，說不盡喲！我就說個大概罷。

「自從那晚上教鬍子綁去以後，因爲不見了你，我恨他們，奪了他們一桿槍，打死他們兩個人，拚命地逃。逃到瀋陽，正巧邊防軍招兵，我便應了招。在營裡三年，老打聽家裡的消息，人來都說咱們村裡都變成磚瓦地了。咱們的地契也不曉得現在落在誰手裡。咱們逃出來時，偏忘了帶著地契。因此這幾年也沒告假回鄉下瞧瞧。在營裡告假，怕連幾塊錢的餉也告丟了。

「我安分當兵，指望月月關餉，至於運到陞官，本不敢盼。

「也是我命裡合該有事：去年年頭，那團長忽然下一道命令，說，若團裡的兵能瞄槍連中九次靶，每月要關雙餉，還升差事。一團人沒有一個中過四槍；中，還是不進紅心。我可連發連中，不但中了九次紅心，連剩下那一顆子彈，我也放了。我要顯本領，背著臉，彎著腰，腦袋向地，槍從褲襠放過去，不偏不歪，正中紅心。當時我心裡多麼快活呢。那團長教把我帶上去。我心裡想著總要聽幾句褒獎的話。不料那畜生翻了臉，楞說我是鬍子，要槍斃我！他說若不是鬍子，槍法決不會那麼準。我的排長、隊長都替我求情，擔保我不是壞人，好容易不槍斃我了，可是把我的正兵革掉，連副兵也不許我當。他說，當軍官的難免不得罪弟兄們，若是上前線督戰，隊裡有個像我瞄得那麼準，從後面來一槍，雖然也算陣亡，可值不得死在仇人手裡。大家沒話說，只勸我離開軍隊，找別的營生去。

「我被革了不久，日本人便佔了瀋陽；聽說那狗團長領著他的軍隊先投降去了。我聽見這事，憤不過，想法子要去找那奴才。我加入義勇軍，在海城附近打了幾個月，一面打，一面退到關裡。前個月在平谷東北邊打，我去放哨，遇見敵人，傷了我兩條腿。那時還能走，躲在一塊大石底下，開槍打死他幾個。我實在支持不住了，把槍扔掉，向田邊的小道爬，等了一天、兩天，還不見有紅十字會或紅C字會的人來。傷口越腫越厲害，走不動又沒吃的喝的，只躺在一邊等死。後來可巧有一輛大車經過，趕車的把我扶了上去，送我到一個軍醫的帳幕。他們又不瞧，只把我扛上汽車，往後方醫院送。已經傷了三天，大夫解開一瞧，說都爛了，非用鋸不可。在院裡住了一個多月，好是好了，就丟了兩條腿。我想在此地舉目無親，鄉下又回不去；就說回去得了，沒有腿怎能種田？求醫院收容我，給我一點事情做，大夫說醫院管治不管留，也不管找事。此地又沒有殘廢兵留養院，迫著我不得不出來討飯，今天剛是第三天。這兩天我常想著，若是這樣下去，我可受不了，非上吊不可。」

春桃注神聽他說，眼眶不曉得什麼時候都濕了。她還是靜默著。李茂用手抹抹額上的汗，也歇了一會。

「春桃，你這幾年呢？這小小地方雖不如咱們鄉下那麼寬敞，看來你倒不十分苦。」

「誰不受苦？苦也得想法子活。在閻羅殿前，難道就瞧不見笑臉？這幾年來，我就是幹這撿爛紙換取燈的生活，還有一個姓劉的同我合夥。我們兩人，可以說不分彼此，勉強能度過日子。」

「你和那姓劉的同住在這屋裡？」

「是，我們同住在這炕上睡。」春桃一點也不遲疑，她好像早已有了成見。

「那麼，你已經嫁給他？」

「不，同住就是。」

「那麼，你現在還算是我的媳婦？」

「不，誰的媳婦，我都不是。」

李茂的夫權意識被激動了。他可想不出什麼話來說。兩眼注視著地上，當然他不是爲看什麼，只爲有點不敢望著他的媳婦。至終他沉吟了一句：「這樣，人家會笑話我是個活王八。」

「王八？」婦人聽了他的話，有點翻臉，但她的態度仍是很和平。她接著說：「有錢有勢的人才怕當王八。像你，誰認得？活不留名，死不留姓，王八不王八，有什麼相干？現在，我是我自己，我做的事，決不會玷著你。」

「咱們到底還是兩口子，常言道，一夜夫妻百日恩——」

「百日恩不百日恩我不知道。」春桃截住他的話，「算百日恩，也過了好十幾個百日恩。四五年間，彼此不知下落；我想你也想不到會在這裡遇見我。我一個人在這裡，得活，得人幫忙。我們同住了這些年，要說恩愛，自然是對你薄得多。今天我領你回來，是因爲我爹同你爹的交情，我們還是鄉親。你若認我做媳婦，我不認你，打起官司，也未必是你贏。」

李茂掏掏他的褲帶，好像要拿什麼東西出來，但他的手忽然停住，眼睛望望春桃，至終把手縮回去撐著蓆子。

李茂沒話，春桃哭。日影在這當中也靜靜地移了三四分。

「好罷，春桃，你做主。你瞧我已經殘廢了，就使你願意跟我，我也養不活你。」李茂到底說出這英明的話。

「我不能因爲你殘廢就不要你，不過我也捨不得丟了他。大家住著，誰也別想誰是養活著誰，好不好？」春桃也說了她心裡的話。

李茂的肚子發出很微細的咕嚕咕嚕聲音。

「噢，說了大半天，我還沒問你要吃什麼！你一定很餓了。」

「隨便罷，有什麼吃什麼。我昨天晚上到現在還沒吃，只喝水。」

「我買去。」春桃正踏出房門，向高從院外很高興地走進來，兩人在瓜棚底下撞了個滿懷。「高興什麼？今天怎樣這早就回來？」

「今天做了一批好買賣！昨天你背回的那一簍，早晨我打開一看，裡頭有一包是明朝高麗王上的表章，一分至少可賣五十塊錢。現在我們手裡有十分！方才散了幾分給行裡，看看主兒出得多少，再發這幾分。裡頭還有兩張蓋上端明殿御寶的紙，行家說是宋家的，一給價就是六十塊，我沒敢賣，怕賣漏了，先帶回來給你開開眼。你瞧……」他說時，一面把手裡的舊藍布包袱打開，拿出表章和舊紙來。

「這是端明殿御寶。」他指著紙上的印紋。

「若沒有這個印，我真看不出有什麼好處，洋宣比它還白咧。怎麼官裡管事的老爺們也和我一樣不懂眼？」春桃雖然看了，卻不曉得那紙的值錢處在那裡。

「懂眼？若是他們懂眼，咱們還能換一塊兒毛麼？」向高把紙接過去，仍舊和表章包在包袱裡。他笑著對春桃說：「我說，媳婦……」

春桃看了他一眼，說：「告訴你別管我叫媳婦。」

向高沒理會她，直說：「可巧你也早回家。買賣想是不錯。」

「早晨又買了像昨天那樣的一簍。」

「你不說還有許多麼？」

「都教他們送到曉市賣到鄉下包落花生去了！」

「不要緊，反正咱們今天開了光，頭一次做上三十塊錢的買賣。我說，咱們難得下午都在家，回頭咱們上十剎海逛逛，消消暑去，好不好？」

他進屋裡，把包袱放在桌上。春桃也跟進來。她說：「不成，今天來了人了。」說著掀開簾子，點頭招向高，「你進去。」

向高進去，她也跟著。「這是我原先的男人。」她對向高說過這話，又把他介紹給李茂說，「這是我現在的夥計。」

兩個男子，四隻眼睛對著，若是他們眼球的距離相等，他們的視線就會平行地接連著。彼此都沒話，連窗台上歇的兩隻蒼蠅也不做聲。這樣又教日影靜靜地移一二分。

「貴姓?」向高明知道,還得照例地問。

彼此談開了。

「我去買一點吃的。」春桃又向著向高說,「我想你也還沒吃罷?燒餅成不成?」

「我吃過了。你在家,我買去罷。」

婦人把向高拖到炕上坐下,說:「你在家陪客人談話。」給了他一副笑臉,便自出去。

屋裡現在剩下兩個男人,在這樣情況底下,若不能一見如故,便得打個你死我活。好在他們是前者的情形。但我們別想李茂是短了兩條腿,不能打。我們得記住向高是拿過三五年筆桿的,用李茂的份量滿可以把他壓死。若是他有槍,更省事,一動指頭,向高便得過奈何橋。

李茂告訴向高,春桃的父親是個鄉下財主,有一頃田。他自己的父親就在他家做活和趕叫驢。因為他能瞄很準的槍,她父親怕他當兵去,便把女兒許給他,為的是要他保護莊裡的人們。這些話,是春桃沒向他說過的。他又把方才春桃說的話再述一遍,漸次迫到他們二人切身的問題上頭。

「你們夫婦團圓，我當然得走開。」向高在不願意的情態底下說出這話。

「不，我已經離開她很久，現在並且殘廢了，養不活她，也是白搭。你們同住這些年，何必拆？我可以到殘廢院去。聽說這裡有，有人情便可進去。」

這給向高很大的詫異。他想，李茂雖然是個大兵，卻料不到他有這樣的俠氣。他心裡雖然願意，嘴上還不得不讓。這是禮儀的狡猾，念過書的人們都懂得。

「那可沒有這樣的道理。」向高說，「教我冒一個霸佔人家妻子的罪名，我可不願意。爲你想，你也不願意你妻子跟別人住。」

「我寫一張休書給她，或寫一張契給你，兩樣都成。」李茂微笑誠意地說。

「休？她沒什麼錯，休不得。我不願意丟她的臉。賣？我那兒有錢買？我的錢都是她的。」

「我不要錢。」

「那麼，你要什麼？」

「我什麼都不要。」

「那又何必寫賣契呢？」

「因爲口講無憑，日後反悔，倒不好了。咱們先小人，後君子。」

說到這裡，春桃買了燒餅回來。她見二人談得很投機，心下十分快樂。

「近來我常想著得多找一個人來幫忙，可巧茂哥來了。他不能走動，正好在家管管事，檢檢紙。你當跑外賣貨。我還是當撿貨的。咱們三人開公司。」春桃另有主意。

李茂讓也不讓，拿著燒餅望嘴送，像從餓鬼世界出來的一樣，他沒工夫說話了。

「兩個男人，一個女人，開公司？本錢是你的？」向高發出不需要的疑問。

「你不願意嗎？」婦人問。

「不，不，不，我沒有什麼意思。」向高心裡有話，可說不出來。

「我能做什麼？整天坐在家裡，幹得了什麼事？」李茂也有點不敢贊成。他理會向高的意思。

「你們都不用著急，我有主意。」

向高聽了，伸出舌頭舐舐嘴唇，還吞了一口唾沫。李茂依然吃著，他的眼睛可在望春桃，等著聽她的主意。

撿爛紙大概是女性中心的一種事業。她心中已經派定李茂在家把舊郵票和紙煙盒裡的畫片檢出來。那事情，只要有手有眼，便可以做。她合一合，若是天天有一百幾十張捲煙畫片可以從爛紙堆裡檢出來，李茂每月的伙食便有了門。郵票好的和罕見的，每天能檢得兩三個，也就不劣。外國煙卷在這城裡，一天總銷售一萬包左右，紙包的百分之一給她撿回來，並不算難。至於向高還是讓他檢名人書札，或比較可以多賣錢的東西。他不用說已經是個行家，不必再受指導。她自己幹那吃力的工作，除去下大雨以外，在狂風烈日底下，是一樣地出去撿貨。尤其是在天氣不好的時候，她更要工作，因爲同業們有些就不出去。

她從窗戶望望太陽，知道還沒到兩點，便出到明間，把破草帽仍舊戴上，探頭進房裡對向高說：「我還得去打聽宮裡還有東西出來沒有。你在家招呼他。晚上回來，我們再商量。」

向高留她不住，便由她走了。

好幾天的光陰都在靜默中度過。但二男一女同睡一鋪炕上定然不很順心。多夫制的社會到底不能夠流行得很廣。其中的一個原故是一般人還不能擺脫原始的夫權和父權思想。

由這個，造成了風俗習慣和道德觀念。老實說，在社會裡，依賴人和掠奪人的，才會遵守所謂風俗習慣；至於依自己的能力而生活的人們，心目中並不很看重這些。像春桃，她既不是夫人，也不是小姐；她不會到外交大樓去赴跳舞會，也沒有機會在隆重的典禮上當主角。她的行為，沒人批評，也沒人過問；縱然有，也沒有切膚之痛。監督她的只有巡警，但巡警是很容易對付的。兩個男人呢，向高誠然念過一點書，含糊地瞭解些聖人的道理，除掉些少名分的觀念以外，他也和春桃一樣。但他的生活，從同居以後，完全靠著春桃。春桃的話，是從他耳朵進去的維他命，他得聽，因為於他有利。春桃教他不要嫉妒，他連嫉妒的種子也都毀掉。李茂呢，春桃和向高能容他住一天便住一天，他們若肯認他做親戚，他便滿足了。當兵的人照例要丟一兩個妻子。但他的困難也是名分上的。

向高的嫉妒雖然沒有，可是在此以外的種種不安，常往來於這兩個男子當中。暑氣仍沒減少，春桃和向高不是到湯山或北戴河去的人物。他們日間仍然得出去謀生活。李茂在家，對於這行事業可算剛上了道，他已能分別那一種是要送到萬柳堂或天寧寺去做糙紙的，那一樣要留起來的，還得等向高回來鑒定。

春桃回家，照例還是向高侍候她。那時已經很晚了，她在明間裡聞見蚊煙的氣味，便向著坐在瓜棚底下的向高說：「咱們多會點過蚊煙，不留神，不把房子點著了才怪咧。」

向高還沒回答，李茂便說：「那不是熏蚊子，是熏穢氣，我央劉大哥點的。我打算在外面地下睡。屋裡太熱，三人睡，實在不舒服。」

「我說，桌上這張紅帖子又是誰的？」春桃拿起來看。

「我們今天說好了，你歸劉大哥。那是我立給他的契。」聲從屋裡的炕上發出來。

「哦，你們商量著怎樣處置我來！可是我不能由你們派。」她把紅帖子拿進屋裡，問李茂，「這是你的主意，還是他的？」

「是我們倆的主意。要不然，我難過，他也難過。」

「說來說去，還是那話。你們都別想著咱們是丈夫和媳婦，成不成？」

她把紅帖子撕得粉碎，氣有點粗。

「你把我賣多少錢？」

「寫幾十塊錢做個彩頭。白送媳婦給人，沒出息。」

「賣媳婦，就有出息？」她出來對向高說，「你現在有錢，可以買媳婦了。若是給你闊一點……」

「別這樣說，別這樣說。」向高攔住她的話，「春桃，你不明白。這兩天，同行的人們直笑話我。……」

「笑你什麼？」

「笑我……」向高又說不出來。其實他沒有很大的成見，春桃要怎辦，十回有九回是遵從的。他自己也不明白這是什麼力量。在她背後，他想著這樣該做，那樣得照他的意思辦；可是一見了她，就像見了西太后似地，樣樣都要聽她的懿旨。

「噢，你到底是念過兩天書，怕人罵，怕人笑話。」

自古以來，眞正統治民眾的並不是聖人的教訓，好像只是打人的鞭子和罵人的舌頭。風俗習慣是靠著打罵維持的。但在春桃心裡，像已持著「人打還打，人罵還罵」的態度。她不是個弱者，不打罵人，也不受人打罵。我們聽她教訓向高的話，便可以知道。

「若是人笑話你，你不會揍他？你露什麼怯？咱們的事，誰也管不了。」

向高沒話。

「以後不要再提這事罷。咱們三人就這樣活下去，不好嗎？」

一屋裡都靜了。吃過晚飯，向高和春桃仍是坐在瓜棚底下，只不像往日那麼愛說話。連買賣經也不念了。

李茂叫春桃到屋裡，勸她歸給向高。他說男人的心，她不知道，誰也不願意當王八；佔人妻子，也不是好名譽。他從腰間拿出一張已經變成暗褐色的紅紙帖，交給春桃，說：「這是咱們的龍鳳帖。那晚上逃出來的時候，我從神龕上取下來，揣在懷裡。現在你可以拿去，就算咱們不是兩口子。」

春桃接過那紅帖子，一言不發，只注視著炕上破席。她不由自主地坐下，挨近那殘廢的人，說：「茂哥，我不能要這個，你收回去罷。我還是你的媳婦。一夜夫妻百日恩，我不做缺德的事。今天看你走不動，不能幹大活，我就不要你，我還能算人嗎？」

她把紅帖也放在炕上。

李茂聽了她的話，心裡很受感動。他低聲對春桃說：「我瞧你怪喜歡他的，你還是跟他過日子好。等有點錢，可以打發我回鄉下，或送我到殘廢院去。」

「不瞞你說，」春桃的聲音低下去，「這幾年我和他就同兩口子一樣活著，樣樣順心，事事如意；要他走，也怪捨不得。不如叫他進來商量，瞧他有什麼主意。」她向著窗戶叫，「向哥，向哥！」可是一點回音也沒有。出來一瞧，向哥已不在了。

這是他第一次晚間出門。她楞一會，便向屋裡說：「我找他去。」她料想向高不會到別的地方去。到胡同口，問問老吳。老吳說望大街那邊去了。她到他常交易的地方去，都沒找著。人很容易丟失，眼睛若見不到，就是渺渺茫茫無尋覓處。快到一點鐘，她才懊喪地回家。

屋裡的油燈已經滅了。

「你睡著啦？向哥回來沒有？」她進屋裡，掏出洋火，把燈點著，向炕上一望，只見李茂把自己掛在窗櫺上，用的是他自己的褲帶。她心裡雖免不了存著女性的恐慌，但是還有膽量緊爬上去，把他解下來。幸而時間不久，用不著驚動別人，輕輕地撫揉著他，他漸次甦醒回來。

殺自己的身來成就別人是俠士的精神。若是李茂的兩條腿還存在，他也不必出這樣的手段。兩三天以來，他總覺得自己沒多少希望，倒不如毀滅自己，教春桃好好地活著。春桃於他雖沒有愛，卻很有義。她用許多話安慰他，一直到天亮。他睡著了，春桃下炕，見地上一些紙灰，還剩下沒燒完的紅紙。她認得是李茂曾給他的那張龍鳳帖，直望著出神。

那天她沒出門。晚上還陪李茂坐在炕上。

「你哭什麼？」春桃見李茂熱淚滾滾地滴下來，便這樣問他。

「我對不起你。我來幹什麼？」

「沒人怨你來。」

「現在他走了，我又短了兩條腿。……」

「你別這樣想。我想他會回來。」

「我盼望他會回來。」

又是一天過去了，春桃起來，到瓜棚摘了兩條黃瓜做菜，草草地烙了一張大餅，端到屋裡，兩個人同吃。

她仍舊把破帽戴著，背上簍子。

「你今天不大高興，別出去啦！」李茂隔著窗戶對她說。

「坐在家裡更悶得慌。」

她慢慢地踱出門。作活是她的天性，雖在沉悶的心境中，她也要幹。中國女人好像只理會生活，而不理會愛情，生活的發展是她所注意的，愛情的發展只在盲悶的心境中沸動而已。自然，愛只是感覺，而生活是實質的，整天躺在錦帳裡或坐在幽林中講愛經，也是從皇后船或總統船運來的知識。春桃既不是弄潮兒的姊妹，也不是碧眼胡的學生，她不懂得，只會莫名其妙地納悶。

一條胡同過了又是一條胡同。無量的塵土，無盡的道路，湧著這沉悶的婦人。她有時嚷「爛紙換洋取燈兒」，有時連路邊一堆不用換的舊報紙，她都不撿。有時該給人兩盒取燈，她卻給了五盒。胡亂地過了一天，她便隨著天上那班只會嚷嚷和搶吃的黑衣黨慢慢地踱回家。仰頭看見新貼上的戶口照，寫的戶主是劉向高妻劉氏，使她心裡更悶得厲害。

剛踏進院子，向高從屋裡趕出來。

她瞪著眼，只說：「你回來……」其餘的話用眼淚連續下去。

「我不能離開你，我的事情都是你成全的。我知道你要我幫忙。我不能無情無義。」其實他這兩天在道上漫散地走，不曉得要往那裡去。走路的時候，直像腳上扣著一條很重的鐵鐐，那一面是扣在春桃手上一樣。加以到處都遇見「還是他好」的廣告，心情更受著不斷的攪動，甚至餓了他也不知道。

「我已經同茂哥說好了。他是戶主，我是同居。」

向高照舊幫她卸下簍子。一面替她抹掉臉上的眼淚。他說：「若是回到鄉下，他是戶主，我是同居。你是咱們的媳婦。」

她沒有做聲，直進屋裡，脫下衣帽，行她每日的洗禮。

買賣經又開始在瓜棚底下念開了。他們商量把宮裡那批字紙賣掉以後，向高便可以在市場裡擺一個小攤，或者可以搬到一間大一點點的房子去住。

屋裡，豆大的燈火，教從瓜棚飛進去的一隻油葫蘆撲滅了。李茂早已睡熟，因爲銀河已經低了。

「咱們也睡罷。」婦人說。

「你先躺去，一會我給你捶腿。」

「不用啦，今天我沒走多少路。明兒早起，記得做那批買賣去，咱們有好幾天不開張了。」

「方才我忘了拿給你。今天回家，見你還沒回來，我特意到天橋去給你帶一頂八成新的帽子回來。你瞧瞧！」他在暗裡摸著那帽子，要遞給她。

「現在那裡瞧得見！明天我戴上就是。」

院子都靜了，只剩下晚香玉的香還在空氣中遊蕩。屋裡微微地可以聽見「媳婦」和「我不愛聽，我不是你的媳婦」等對答。

人非人

離電話機不遠的廊子底下坐著幾個聽差，有說有笑，但不曉得到底是談些什麼。忽然電話機響起來了，其中一個急忙走過去摘下耳機，問：「喂，這是社會局，您找誰？」

「唔，您是陳先生，局長還沒來。」

「科長？也沒來，還早呢。」

「……」

「請胡先生說話。是咯，請您候一候。」

聽差放下耳機逕自走進去，開了第二科的門，說：「胡先生，電話，請到外頭聽去吧，屋裡的話機壞了。」

屋裡有三個科員，除了看報抽煙以外，個個都像沒事情可辦。靠近窗邊坐著的那位胡先生出去以後，剩下的兩位起首談論起來。

「子清，你猜是誰來的電話？」

「沒錯，一定是那位。」他說時努嘴向著靠近窗邊的另一個座位。

「我想也是她。只是可爲這傻瓜才會被她利用，大概今天又要告假，請可爲替她辦桌上放著的那幾宗案卷。」

「哼，可爲這大頭！」子清說著搖搖頭，還看他的報。一會他忽跳起來說：「老嚴，你瞧，定是爲這事。」一面拿著報紙到前頭的桌上，鋪著大家看。

可爲推門進來，兩人都昂頭瞧著他。嚴莊問：「是不是陳情又要揸你大頭？」

可爲一對忠誠的眼望著他，微微地笑，說：「這算什麼大頭小頭！大家同事，彼此幫忙……」

嚴莊沒等他說完，截著說：「同事！你別侮辱了這兩個字罷。她是緣著什麼關係進來的？你曉得麼？」

「老嚴，您老信一些閒話，別胡批評人。」

「我倒不胡批評人，你才是糊塗人哪，你想陳情眞是屬意於你？」

「我倒不敢想，不過是同事，……」

「又是『同事』，『同事』，你說局長的候選姨太好不好？」

「老嚴，您這態度，我可不敢佩服，怎麼信口便說些傷人格的話？」

「我說的是眞話，社會局同仁早就該鳴鼓而攻之，還留她在同仁當中出醜。」子清也像幫著嚴莊，說，「老胡是著了迷，眞是要變成老糊塗了。老嚴說的對不對，有報爲證。」說著又遞方才看的那張報紙給可爲，指著其中一段說：「你看！」

可爲不再作聲，拿著報紙坐下了。看過一遍，便把報紙扔在一邊，搖搖頭說：「謠言，我不信。大概又是記者訪員們的影射行爲。」

「嗤！」嚴莊和子清都笑出來了。

「好個忠實信徒！」嚴莊說。

可爲皺一皺眉頭，望著他們兩個，待要用話來反駁，忽又低下頭，撇一下嘴，聲音又吞回去了。他把案卷解開，拿起筆來批改。

十二點到了，嚴莊和子清都下了班，嚴莊臨出門，對可爲說：「有一個葉老太太請求送到老人院去，下午就請您去調查一下罷，事由和請求書都在這裡。」他把文件放在可爲桌上便出去了，可爲到陳情的位上檢檢那些該發出的公文。他想反正下午她便銷假了，只檢些待發出去的文書替她簽押，其餘留著給她自己辦。

他把公事辦完，順將身子望後一靠，雙手交抱在胸前，眼望著從窗戶射來的陽光，凝視著微塵紛亂地盲動。

他開始了他的玄想。

陳情這女子到底是個什麼人呢？他心裡沒有一刻不懸念著這問題。他認得她的時間雖不很長，心裡不一定是愛她，只覺得她很可以交往，性格也很奇怪，但至終不曉得她一離開公事房以後幹的什麼營生。有一晚上偶然看見一個艷妝女子，看來很像她，從他面前掠過，同一個男子進萬國酒店去。他好奇地問酒店前的車伕，車伕告訴他那便是有名的「陳皮梅」。但她在公事房裡不但粉沒有擦，連雪花膏一類保護皮膚的香料都不用。穿的也不好，時興的陰丹士林外國布也不用，只用本地織的粗棉布。那天晚上看見的只短了一副眼鏡，她日常戴著帶深紫色的克羅克斯，局長也常對別的女職員讚美她。但他信得過他們沒有什麼關係，像嚴莊所胡猜的。她那裡會做像給人做姨太太那樣下流的事？不過，看早晨的報，說她前天晚上在板橋街的秘密窟被警察拿去，她立刻請出某局長去把她領出來。這樣她或者也是一個不正當的女人。每常到肉市她家裡，總見不著她。她到那裡去了呢？她家裡沒有什麼人，只有一個老媽子，按理每月幾十塊薪水準可以夠她用了。她何必出來幹那非人的事？想來想去，想不出一個恰當的理由。

鐘已敲一下了，他還叉著手坐在陳情的位上，雙眼凝視著，心裡想或者是這個原因罷，或者是那個原因罷？

他想她也是一個北伐進行中的革命女同志，雖然沒有何等的資格和學識，卻也當過好幾個月戰地委員會的什麼秘書長一類的職務，現在這個職位，看來倒有些屈了她，月薪三十元，真不如其他辦革命的同志們。她有一位同志，在共同秘密工作的時候，剛在大學一年級，幸而被捕下獄。坐了三年監，出來，北伐已經成功了。她便仗著三年間的鐵牢生活，請黨部移文給大學，說她有功黨國，准予畢業。果然，不用上課，也不用考試，一張畢業文憑便到了手，另外還安置她一個肥缺。陳情呢？白做走狗了！幾年來，出生入死，據她說，她親自收掩過幾次被槍決的同志。現在還有幾個同志家屬，是要仰給於她的。若然，三十元真是不夠。然而，她爲什麼不去找別的事情做呢？也許嚴莊說的對。他說陳在外間，聲名狼藉，若不是局長維持她，她給局長一點便宜，恐怕連這小小差事也要掉了。

這樣沒系統和沒倫理的推想，足把可爲的光陰消磨了一點多鐘。他餓了，下午又有一件事情要出去調查，不由得伸伸懶腰，抽出一個抽屜，要拿漿糊把批條糊在捲上。無意中看見抽屜裡放著一個巴黎拉色克香粉小紅盒。那種香氣，直如那晚上在萬國酒店門前聞見的一樣。她用這東西麼？他自己問。把小盒子拿起來，打開，原來已經用完了。盒底有一行用鉛筆寫的小字，字跡已經模糊了，但從鉛筆的淺痕，還可以約略看出是「北下窪八號」。唔，這是她常去的一個地方罷？每常到她家去找她，總找不著，有時下班以後自請送她回家時，她總有話推辭。有時晚間想去找她出來走走，十次總有九次沒人應門，間或一次有一個老太太出來說，「陳小姐出門啦。」也許她是一隻夜蛾，要到北下窪八號才可以找到她。也許那是她的朋友家，是她常到的一個地方。不，若是常到的地方，又何必寫下來呢？想來想去總想不透，他只得皺皺眉頭，歎了一口氣，把東西放回原地，關好抽屜，回到自己座位。他看看時間快到一點半，想著不如把下午的公事交代清楚，吃過午飯不用回來，一直便去訪問那個葉姓老婆子。一切都弄停妥以後，他戴著帽子，逕自出了房門。

一路上他想著那一晚上在萬國酒店看見的那個，若是陳修飾起來，可不就是那樣。他聞聞方才拿過粉盒的指頭，一面走，一面玄想。

在飯館隨便吃了些東西，老胡便依著地址去找那葉老太太。原來葉老太太住在寶積寺後的破屋裡，外牆是前幾個月下大雨塌掉的，破門裡放著一個小爐子，大概那便是她的移動廚房了。老太太在屋裡聽見有人，便出來迎客，可為進屋裡只站著，因為除了一張破炕以外，椅桌都沒有。老太太直讓他坐在炕上，他又怕臭蟲，不敢逕自坐下，老太太也只得陪著站在一邊。她知道一定是社會局長派來的人，開口便問：「先生，我求社會局把我送到老人院的事，到底成不成呢？」那種輕浮的氣度，誰都能夠理會她是一個不問是非，想什麼便說什麼的女人。

「成倒是成，不過得看看你的光景怎樣。你有沒有親人在這裡呢？」可為問。

「沒有。」

「那麼，你從前靠誰養活呢？」

「不用提啦。」老太太搖搖頭，等耳上那對古式耳環略為擺定了，才繼續說：「我原先是一個兒子養我，那想前幾年他忽然入了什麼要命黨，——或是敢死黨，我記不清楚了，——可真要了他的命。他被人逮了以後，我帶些吃的穿的去探了好幾次，總沒得見面。到巡警局，說是在偵緝隊；到偵緝隊，又說在司令部；到司令部，又說在軍法處。等我到軍法處，一個大兵指著門前的大牌樓，說在那裡。我一看可嚇壞了！他的腦袋就掛在那裡！我昏過去大半天，後來覺得有人把我扶起來，大概也灌了我一些薑湯，好容易把我救活了，我睜眼一瞧已是躺在屋裡的炕上，在我身邊的是一個我沒見過的姑娘。問起來，才知道是我兒子的朋友陳姑娘。那陳姑娘答允每月暫且供給我十塊錢，說以後成了事，官家一定有年俸給我養老。她說入要命黨也是做官，被人砍頭或槍斃也算功勞。我兒子的名字，一定會記在功勞簿上的。唉，現在的世界到底是怎麼一回事，我也糊塗了。陳姑娘養活了我，又把我的侄孫，他也是沒爹娘的，帶到她家，給他進學堂，現在還是她養著。」

老太太正要說下去，可爲忽截著問：「你說這位陳姑娘，叫什麼名字？」

「名字？」她想了很久，才說：「我可說不清，我只叫她陳姑娘，我侄孫也叫她陳姑娘。她就住在肉市大街，誰都認識她。」

「是不是戴著一副紫色眼鏡的那位陳姑娘？」

老太太聽了他的問，像很興奮地帶著笑容望著他連連點頭說：「不錯，不錯，她戴的是紫色眼鏡。原來先生也認識她，陳姑娘。」她又低下頭去，接著說補充的話：「不過，她晚上常不戴鏡子。她說她眼睛並沒毛病，只怕白天太亮了，戴著擋太陽，一到晚上，她便除下了。我見她的時候，還是不戴鏡子的多。」

「她是不是就在社會局做事？」

「社會局？我不知道。她好像也入了什麼會似地。她告訴我從會裡得的錢除分給我以外，還有兩三個人也是用她的錢。大概她一個月的入款最少總有二百多，不然，不能供給那麼些人。」

「她還做別的事嗎？」

「說不清。我也沒問過她，不過她一個禮拜總要到我這裡來三兩次，來的時候多半在夜裡，我看她穿得頂講究的。坐不一會，每有人來找她出去。她每告訴我，她夜裡有時比日裡還要忙。她說，出去做事，得應酬，沒法子，我想她做的事情一定很多。」

可爲越聽越起勁，像那老婆子的話句句都與他有關係似地，他不由得問：「那麼，她到底住在什麼地方呢？」

「我也不大清楚，有一次她沒來，人來我這裡找她。那人說，若是她來，就說北下窪八號有人找，她就知道了。」

「北下窪八號，這是什麼地方？」

「我不知道。」老太太看他問得很急，很詫異地望著他。

可爲楞了大半天，再也想不出什麼話問下去。

老太太也莫名其妙，不覺問此一聲：「怎麼，先生只打聽陳姑娘？難道她鬧出事來了麼？」

「不，不，我打聽她，就是因爲你的事，你不說從前都是她供給你麼？現在怎麼又不供給了呢？」

「唓！」老太太搖著頭，揸著拳頭向下一頓，接著說：「她前幾天來，偶然談起我兒子。她說我兒子的功勞，都教人給上在別人的功勞簿上了。她自己的事情也是飄飄搖搖，說不定那一天就要下來。她教我到老人院去掛個號，萬一她的事情不妥，我也有個退步，我到老人院去，院長說現在人滿了，可是還有幾個社會局的額，教我立刻找人寫稟遞到局裡去。我本想等陳姑娘來，請她替我辦，因爲那晚上我們有點拌嘴，把她氣走了。她這幾天都沒來，教我很著急，昨天早晨，我就在局前的寫字攤花了兩毛錢，請那先生給寫了一張請求書遞進去。」

「看來，你說的那位陳姑娘我也許認識，她也許就在我們局裡做事。」

「是麼？我一點也不知道。她怎麼今日不同您來呢？」

「她有三天不上衙門了。她說今兒下午去，我沒等她便出來啦。若是她知道，也省得我來。」

老太太不等更眞切的證明，已認定那陳姑娘就是在社會局的那一位。她用很誠懇的眼光射在可爲臉上問：「我說，陳姑娘的事情是不穩麼？」

「沒聽說，怕不至於罷。」

「她一個月支多少薪水？」

可爲不願意把實情告訴她，只說：「我也弄不清，大概不少罷。」

老太太忽然沉下臉去發出失望帶著埋怨的聲音說：「這姑娘也許嫌我累了她，不願意再供給我了，好好的事情在做著，平白地瞞我幹什麼！」

「也許她別的用費大了，支不開。」

「支不開？從前她有丈夫的時候也天天嚷窮。可是沒有一天不見她穿緞戴翠，窮就窮到連一個月給我幾塊錢用也沒有，我不信，也許這幾年所給我的，都是我兒子的功勞錢，瞞著我，說是她拿出來的。不然，我同她既不是親，也不是戚，她憑什麼養我一家？」

可爲見老太太說上火了，忙著安慰她說：「我想陳姑娘不是這樣人。現在在衙門裡做事，就是做一天算一天，誰也保不定能做多久，你還是不要多心罷。」

老太太走前兩步，低聲地說：「我何嘗多心？她若是一個正經女人，她男人何至不要她。聽說她男人現時在南京或是上海當委員，不要她啦。他逃後，她的肚子漸漸大起來，花了好些錢到日本醫院去，才取下來。後來我才聽見人家說，他們並沒穿過禮服，連酒都沒請人喝過，怨不得拆得那麼容易。」

可爲看老太太一雙小腳站得進一步退半步的，忽覺他也站了大半天，腳步未免也移動一下。老太太說：「先生，您若不嫌髒就請坐坐，我去沏一點水您喝，再把那陳姑娘的事細細地說給您聽。」可爲對於陳的事情本來知道一二，又見老太太對於她的事業的不明瞭和懷疑，料想說不出什麼好話。即如到醫院墮胎，陳自己對他說是因爲身體軟弱，醫生說非取出不可。關於她男人遺棄她的事，全局的人都知道，除他以外多數是不同情於她的。他不願意再聽她說下去，一心要去訪北下窪八號，看到底是個什麼人家。於是對老太太說：「不用張羅了，您的事情，我明天問問陳姑娘，一定可以給你辦妥。我還有事，要到別處去，你請歇著罷。」一面說，一面踏出院子。

老太太在後面跟著，叮嚀可爲切莫向陳姑娘打聽，恐怕她說壞話。可爲說：「斷不會，陳姑娘既然教你到老人院，她總有苦衷，會說給我知道，你放心罷。」

出了門，可爲又把方才拿粉盒的手指舉到鼻端，且走且聞，兩眼像看見陳情就在他前頭走，彷彿是領他到北下窪去。

北下窪本不是熱鬧街市，站崗的巡警很優遊地在街心踱來踱去。可爲一進街口，不費力便看見八號的門牌，他站在門口，心裡想：「找誰呢？」他想去問崗警，又怕萬一問出了差，可了不得。他正在躊躇，當頭來了一個人，手裡一碗醬，一把蔥，指頭還吊著幾兩肉，到八號的門口，大嚷：「開門。」他便向著那人搶前一步，話也在急忙中想出來。

「那位常到這裡的陳姑娘來了麼？」

那人把他上下估量了一會，便問：「那一位陳姑娘？您來這裡找過她麼？」

「我……」他待要說沒有時，恐怕那人也要說沒有一位陳姑娘。許久才接著說：我跟人家來過，我們來找過那位陳姑娘，她一頭的劉海髮不像別人燙得像石獅子一樣，說話像南方人。

那人連聲說：「唔，唔，她不一定來這裡。要來，也得七八點以後。您貴姓？有什麼話請您留下，她來了我可以告訴她。」

「我姓胡，只想找她談談，她今晚上來不來？」

「沒準，胡先生今晚若是來，我替您找去。」

「你到那裡找她去呢？」

「哼，哼！！」那人笑著，說：「到她家裡，她家就離這裡不遠。」

「她不是住在肉市嗎？」

「肉市？不，她不住在肉市。」

「那麼她住在什麼地方？」

「她們這路人沒有一定的住所。」

「你們不是常到寶積寺去找她麼？」

「看來您都知道，是她告訴您她住在那裡麼？」

可爲不由得又要扯謊，說：「是的，她告訴過我。不過方才我到寶積寺，那老太太說到這裡來找。」

「現在還沒黑，」那人說時仰頭看看天，又對著可爲說：「請您上市場去繞個彎再回來，我替您叫她去。不然請進來歇一歇，我叫點東西您用，等我吃過飯，馬上去找她。」

「不用，不用，我回頭來罷。」可爲果然走出胡同口，雇了一輛車上公園去，找一個僻靜的茶店坐下。

茶已沏過好幾次，點心也吃過，好容易等到天黑了。十一月的黖雲埋沒了無數的明星，懸在園裡的燈也被風吹得搖動不停，遊人早已絕跡了，可爲直坐到聽見街上的更夫敲著二更，然後踱出園門，直奔北下窪而去。

門口仍是靜悄悄的，路上的人除了巡警，一個也沒有。他急進前去拍門，裡面大聲問：「誰？」

「我姓胡。」

門開了一條小縫，一個人露出半臉，問：「您找誰？」

「我找陳姑娘。」可爲低聲說。

「來過麼？」那人問。

可爲在微光裡雖然看不出那人的面目，從聲音聽來，知道他並不是下午在門口同他回答的那一個。他一手急推著門，腳先已踏進去，隨著說：「我約過來的。」

那人讓他進了門口，再端詳了一會，沒領他往那裡走，可爲也不敢走了。他看見院子裡的屋子都像有人在裡面談話，不曉得進那間合適，那人見他不像是來過的。便對他說：「先生，您跟我走。」

這是無上的命令，教可爲沒法子不跟隨他，那人領他到後院去穿過兩重天井，過一個穿堂，才到一個小屋子，可爲進去四圍一望，在燈光下只見鐵床一張，小梳妝桌一台放在窗下，桌邊放著兩張方木椅。房當中安著一個發不出多大暖氣的火爐，門邊還放著一個臉盆架，牆上只有兩三隻凍死了的蠅蠅，還囚在籠裡像妝飾品一般。

「先生請坐，人一會就來。」那人說完便把門反掩著，可爲這時心裡不覺害怕起來。他一向沒到過這樣的地方，如今只爲要知道陳姑娘的秘密生活，冒險而來，一會她來了，見面時要說呢，若是把她羞得無地可容，那便造孽了。一會，他又望望那扇關著的門，自己又安慰自己說：「不妨，如果她來，最多是向她求婚罷了。……她若問我怎樣知道時，我必不能說看見她的舊粉盒子。不過，既是求愛，當然得說眞話，我必得告訴她我的不該，先求她饒恕……。」

門開了，喜懼交迫的可爲，急急把視線連在門上，但進來的還是方才那人。他走到可爲跟前，說：「先生，這裡的規矩是先賞錢。」

「你要多少？」

「十塊，不多罷。」

可爲隨即從皮包裡取出十元票子遞給他。

那人接過去。又說：「還請您打賞我們幾塊。」

可爲有點爲難了，他不願意多納，只從袋裡掏出一塊，說：「算了罷。」

「先生，損一點，我們還沒把茶錢和洗褥子的錢算上哪，多花您幾塊罷。」

可爲說：「人還沒來，我知道你把錢拿走，去叫不去叫？」

「您這一點錢，還想叫什麼人？我不要啦，您帶著。」說著眞個把錢都交回可爲，可爲果然接過來，一把就往口袋裡塞。那人見是如此，又搶進前揸住他的手，說：「先生，您這算什麼？」

「我要走，你不是不替我把陳姑娘找來嗎？」

「你瞧，你們有錢的人拿我們窮人開玩笑來啦？我們這裡有白進來，沒有白出去的。你要走也得，把錢留下。」

「什麼，你這不是搶人麼？」

「搶人？你平白進良民家裡，非奸即盜，你打什麼主意？」那人翻出一副凶怪的臉，兩手把可爲拿定，又嚷一聲，推門進來兩個大漢，把可爲團團圍住，問他：

「你想怎樣？」可爲忽然看見那麼些人進來，心裡早已著了慌，簡直鬧得話也說不出來。一會他才鼓著氣說：「你們眞是要搶人麼？」

那三人動手掏他的皮包了，他推開了他們，直奔到門邊，要開門，不料那門是望裡開的，門裡的鈕也沒有了。手滑，擰不動，三個人已追上來，他們把他拖回去，說：「你跑不了，給錢罷，舒服要錢買，不舒服也得用錢買。你來找我們開心，不給錢，成麼？」

可爲果眞有氣了，他端起門邊的臉盆向他們扔過去，臉盆掉在地上，砰崩一聲，又進來兩個好漢，現在屋裡是五個打一個。

「反啦？」剛進來的那兩個同聲問。

可爲氣得鼻息也粗了。

「動手罷。」說時遲，那時快，五個人把可爲的長掛子剝下來，取下他一個大銀表，一枝墨水筆，一個銀包，還送他兩拳，加兩個耳光。

他們搶完東西，把可爲推出房門，用手中包著他的眼和塞著他的口，兩個揸著他的手，從一扇小門把他推出去。

可爲心裡想：「糟了！他們一定下毒手要把我害死了！」手雖然放了，卻不曉得抵抗，停一回，見沒有什麼動靜，才把嘴裡手中拿出來，把綁眼的手中打開，四圍一望原來是一片大空地，不但巡警找不著，連燈也沒有。他心裡懊悔極了，到這時才疑信參半，自己又問：「到底她是那天酒店前的車伕所說的陳皮梅不是？」慢慢地踱了許久才到大街，要報警自己又害羞，只得急急雇了一輛車回公寓。

他在車上，又把午間拿粉盒的手指舉到鼻端間，忽而覺得兩頰和身上的餘痛還在，不免又去摩挲摩挲。在道上，一連打了幾個噴嚏，才記得他的大衣也沒有了。回到公寓，立即把衣服穿上，精神興奮異常，自在廳上踱來踱去，直到極疲乏的程度才躺在床上。合眼不到兩個時辰，睜開眼時，已是早晨九點，他忙爬起來坐在床上，覺得鼻子有點不透氣，於是急急下床教夥計提熱水來。過一會，又匆匆地穿上厚衣服，上街門去，

他到辦公室，嚴莊和子清早已各在座上。

「可爲，怎麼今天晚到啦？」子清問。

「傷風啦，本想不來的。」

「可爲，新聞又出來了！」嚴莊遞給可爲一封信，這樣說。「這是陳情辭職的信，方才一個孩子交進來的。」

「什麼？她辭職！」可爲詫異了。

「大概是昨天下午同局長鬧翻了。」子清用報告的口吻接著說，「昨天我上局長辦公室去回話，她已先在裡頭，我坐在室外候著她出來。局長照例是在公事以外要對她說些『私事』，我說的『私事』你明白。」他笑向著可爲，「但是這次不曉得爲什麼鬧翻了。我只聽見她帶著氣說：『局長，請不要動手動腳，在別的夜間你可以當我是非人，但在日間我是個人，我要在社會做事，請您用人的態度來對待我。』我正注神聽著，她已大踏步走近門前，接著說：『撤我的差罷，我的名譽與生活再也用不著您來維持了。』我停了大半天，至終不敢進去回話，也回到這屋裡。我進來，她已走了。老嚴，你看見她走時的神氣麼？」

「我沒留神，昨天她進來，像沒坐下，把東西檢一檢便走了，那時還不到三點。」嚴莊這樣回答。

「那麼，她眞是走了。你們說她是局長的候補姨太，也許永不能證實了。」可爲一面接過信來打開看，信中無非說些官話。他看完又摺起來，納在信封裡，按鈴叫人送到局長室。他心裡想陳情總會有信給他，便注目在他的桌上，明漆的桌面只有昨夜的宿塵，連紙條都沒有。他坐在自己的位上，回想昨夜的事情，同事們以爲他在爲陳情辭職出神，調笑著說：「可爲，別再想了，找苦惱受幹什麼？方才那送信的孩子說，她已於昨天下午五點鐘搭火車走了，你還想什麼？」

說者無心，聽者有意，可爲只回答：「我不想什麼，只估量她到底是人還是非人。」說著，自己摸自己的嘴巴，這又引他想起在屋裡那五個人待遇他的手段。他以爲自己很笨，爲什麼當時不說是社會局人員，至少也可以免打。不，假若我說是社會局的人，他們也許會把我打死咧。……無論如何，那班人都可惡，得通知公安局去逮捕，房子得封，傢具得充公。他想有理，立即打開墨盒，鋪上紙，預備起信稿，寫到「北下窪八號」，忽而記起陳情那個空粉盒。急急過去，抽開屜子，見原物仍在，他取出來，正要望袋裡藏，可巧被子清看見。

「可爲，到她屜裡拿什麼？」

「沒什麼！昨天我在她座位上辦公，忘掉把我一盒日快丸拿去，現在才記起。」他一面把手插在袋裡，低著頭，回來本位，取出小手巾來擤鼻子。

在費總理的客廳裡

費總理的會客廳裡面的陳設都能表示他是一個辦慈善事業具有熱心和經驗的人。梁上懸著兩塊「急公好義」和「善與人同」的匾額，自然是第一和第二任大總統頒賜的，我們看當中蓋著一方「榮典之璽」的印文便可以知道。在兩塊匾當中懸著一塊「敦詩說禮之堂」的題額，聽說是花了幾百圓的潤筆費請求康老先生寫的。因爲總理要康老先生多寫幾個字，所以他的堂名會那麼長。四圍牆上的裝飾品無非是褒獎狀、格言聯對、天官賜福圖、大鏡之類。廳裡的鏡框很多，最大的是對著當街的窗戶那面西洋大鏡。廳裡的傢俬都是用上等楠木製成。幾桌之上雜陳些新舊眞假的古董和東西洋大小自鳴鐘。廳角的書架上除了兒本《孝經》、《治家格言注》、《理學大全》和些日報以外，其餘的都是募捐冊和幾冊名人的介紹字跡。

當差的引了一位穿洋服、留著鬍子的客人進來，說：「請坐一會兒，總理就出來。」客人坐下了。當差的進裡面去，好像對著一個丫頭說：「去請大爺，外頭有位黃先生要見他。」裡面隱約聽見一個女人的聲音說：「翠花，爺在五太房間哪。」我們從這句話可以斷定費總理的家庭是公雞式的，他至少有五位太太，丫頭還不算在內。其實這也算不了怎麼一回事，在這個禮教之邦，又值一般大人物及當代政府提倡「舊道德」的時候，多納幾位「小星」，既足以增門第的光榮，又可以爲敦倫之一助，有些少身家的人不娶姨太都要被人笑話，何況時時墊款出來辦慈善事業的費總理呢！

已經過一刻鐘了，客人正在左觀右望的時候，主人費總理一面整理他的長褂，一面踏進客廳，連連作揖，說：「失迎了，對不住，對不住！」黃先生自然要趕快答禮說：「豈敢，豈敢。」賓主敘過寒暄，客人便言歸正傳，向總理說：「鄙人在本鄉也辦了一個婦女慈善工廠，每聽見人家稱讚您老先生所辦的民生婦女慈善習藝工廠成績很好，所以今早特意來到，請老先生給介紹到貴工廠參觀參觀，其中一定有許多可以爲敝廠模範的地方。」

總理的身材長短正合乎「讀書人」的度數，體質的柔弱也很相稱。他那副玄黃相雜的牙齒，很能表現他是個闊人。若不是一天抽了不少的鴉片，決不能使他的牙齒染出天地的正色來！他顯出很謙虛的態度，對客人詳述他創辦民生女工廠的宗旨和最近發展的情形。從他的話裡我們知道工廠的經費是向各地捐來的。女工們儘是鄉間婦女。她們學的手藝都很平常，多半是織襪、花邊、裁縫，那等輕巧的工藝。工廠的出品雖然很多，銷路也很好，依理說應當賺錢，可是從總理的敘述上，他每年總要賠墊一萬幾千塊錢！

總理命人打電話到工廠去通知說黃先生要去參觀，又親自寫了幾個字在他自己的名片上作爲介紹他的證據。黃先生顯出感謝的神氣，站起來向主人鞠躬告辭，主人約他晚間回來吃便飯。

主人送客出門時，順手把電扇的制鈕轉了，微細的風還可以使書架上那幾本《孝經》之類一頁一頁地被吹起來，還落下去。主人大概又回到第幾姨太房裡抽鴉片去。客廳裡頓然寂靜了。不過上房裡好像有女人哭罵的聲音，隱約聽見「我是有夫之婦……你有錢也不成……」，其餘的就聽不清了。午飯剛完，當差的又引導了一位客人進來，遞過茶，又到上房去回報說：「二爺來了」

二爺與費總理是交換蘭譜的兄弟。實際上他比總理大三四歲，可是他自己一定要說少三兩歲，情願列在老弟的地位。這也許是因爲他本來排行第二的原故。他的臉上現出很焦急的樣子，恨不能立時就見著總理。

這次總理卻不教客人等那麼久。他也沒穿長褂，手捧著水煙筒，一面吹著紙捻，進到客廳裡來。他說：「二弟吃過飯沒有？怎麼這樣著急？」

「大哥，咱們的工廠這一次恐怕免不了又有麻煩。不曉得誰到南方去報告說咱們都是土豪劣紳，聽說他們來到就要查辦咧。我早晨爲這事奔走了大半天，到現在還沒吃中飯哪。假使他們發現了咱們用民生工廠的捐款去辦興華公司，大哥，你有什麼方法對付？若是教他們查出來，咱們不挨槍斃也得擔個無期徒刑！」

總理像很有把握的神氣，從容地說：「二弟，別著急，先叫人開飯給你吃，咱們再商量。」他按電鈴，叫人預備飯菜，接著對二爺說：「你到底是膽量不大，些小事情還値得這麼驚惶！『土豪劣紳』的名詞難道還會加在慈善家的頭上不成？假使人來查辦，一領他們到這敦詩說禮之堂來看看，捐冊、帳本、褒獎狀，件件都是來路分明，去路清楚，他們還能指摘什麼，咱們當然不要承認興華公司的資本就是民生工廠的捐款。世間沒有不許辦慈善事業的人兼爲公司的道理，法律上也沒有講不過去的地方。」

「怕的是人家一查，查出咱們的款項來路分明，去路不清。我跟著你大哥辦慈善事業，倒辦出一身罪過來了，怎辦，怎辦？」二爺說得非常焦急。

「你別慌張，我對於這事早已有了對付的方法。咱們並沒有直接地提民生工廠的款項到興華公司去用。民生的款項本來是慈善性質，消耗了是當然的事體，只要咱們多劃幾筆帳便可以敷衍過去。其實捐錢的人，誰來考查咱們的帳目？捐一千幾百塊的，本來就衝著咱們的面子，不好意思不捐，實在他們也不是爲要辦慈善事業而捐錢，他們的錢一拿出來，早就存著輸了幾台麻雀的心思，捐出去就算了。只要他們來到廠裡看見他們的名牌高高地懸掛在會堂上頭，他們就心滿意足了。還有捐一百幾十的『無名氏』，我們也可以從中想法子。在四五十個捐一百元的『無名氏』當中，我們可以只報出三四個，那捐款的人個個便會想著報告書上所記的便是他。這裡豈不又可以挖出好些錢來？至於那班捐一塊幾毛錢的，他們要查帳，咱們也得問問他們配不配。」

「然則工廠基金捐款的問題呢？」二爺又問。

「工廠的基金捐款也可以歸在去年證券交易失敗的帳裡。若是查到那一筆，至多是派咱們『付託失當，經營不善』這幾個字，也擔不上什麼處分，更掛不上何等罪名。再進一步說，咱們的興華公司，表面上豈不能說是爲工廠銷貨和其他利益而設的？又公司的股東，自來就沒有咱姓費的名字，也沒你二爺的名子，咱的姨太開公司難道是犯罪行爲？總而言之，咱們是名正言順，請你不要慌張害怕。」他一面說，一面把水煙筒吸得嘩羅嘩羅地響。

二爺聽他所說，也連連點頭說：「有理有理！工廠的事，咱們可以說對得起人家，就是查辦，也管教他查出功勞來。……然而，大哥，咱們還有一樁案未了。你記得去年學生們到咱們公司去檢貨，被咱們的夥計打死了他們兩個人，這樁案件，他們來到，一定要辦的。昨天我就聽見人家說，學生會已宣佈了你、我的罪狀，又要把什麼標語、口號貼在街上。不但如此，他們又要把咱們夥計冒充日籍的事實揭露出來。我想這事比工廠的問題還要重大。這眞是要咱們的身家、性命、道德、名譽咧。」

總理雖然心裡不安，但仍鎭靜地說：「那件事情，我已經拜託國仁向那邊接洽去了，結果如何，雖不敢說定，但據我看來，也不致於有什麼危險。國仁在南方很有點勢力，只要他向那邊的當局爲咱們說一句好話，咱們再用些錢，那就沒有事了。」

「這一次恐怕錢有點使不上罷，他們以廉潔相號召，難道還能受賄賂？」

「咳！二弟你眞是個老實人！世間事都是說的容易做的難。何況他們只是提倡廉潔政府，並沒明說廉潔個人。政府當然是不會受賄賂的，歷來的政府哪一個受過賄呢？反正都是和咱們一類的人，誰不愛錢？只要咱們送得有名目，人家就可以要。你如心裡不安，就可以立刻到國仁那裡去打聽一下，看看事情進行到什麼程度。」

「那麼，我就去罷。我想這一次用錢有點靠不住。」

總理自然願意他立刻到國仁那裡去打聽。他不但可以省一頓客飯，並且可以得著那樁案件的最近消息。他說：「要去還得快些去，飯後他是常出門的。你就在外頭隨便吃些東西罷。可惡的廚子，教他做一頓飯到大半天還沒做出來！」他故意叫人來罵了幾句，又吩咐給二爺雇車。不一會，車雇得了，二爺站起來順便問總理說：「芙蓉的事情和諧罷？恭喜你又添了一位小星。」總理聽見他這話，臉上便現出不安的狀態。他回答說：「現在沒有工夫和你細談那事，回頭再給你說罷。」他又對二爺說：「你快去快回來，今晚上在我這裡吃晚飯罷。我請了一位黃先生，正要你來陪。國仁有工夫，也請他來。」

二爺坐上車，匆匆地到國仁那裡去了。總理沒有送客出門，自己吸著水煙，回到上房。當差的進客廳裡來，把桌上茶杯裡的剩茶倒了，然後把它們擱在架上。客廳裡現在又寂靜了。我們只能從壁上的鏡子裡看見街上行人的反影，其中看見時髦的女人開著汽車從窗外經過，車上只坐著她的愛犬。很可怪的就是坐在汽車上那隻畜生不時伸出頭來向路人狂吠，表示它是闊人的狗！它的吠聲在費總理的客廳裡也可以聽見。

時辰鐘剛敲過三下，客廳裡又熱鬧起來了。民生工廠的庶務長魏先生領著一對鄉下夫婦進來，指示他們總理客廳裡的陳設。鄉下人看見當中二塊匾就聯想到他們的大宗祠裡也懸著像旁邊兩塊一樣的東西，聽說是皇帝賜給他們第幾代的祖先的。總理客廳裡的大小自鳴鐘、新舊古董和一切的陳設，教他們心裡想著就是皇帝的金鑾殿也不過是這般佈置而已。

他們都坐下，老婆子不歇地摩挲放在身邊的東西，心裡有的是讚羨。

魏先生對他們說：「我對你們說，你們不信，現在理會了。我們的總理是個有身家有名譽的財主，他看中了芙蓉就算你們兩人的造化。她若嫁給總理做姨太，你們不但不愁沒得吃的、穿的、住的，就是將來你們那個小狗兒要做一任縣知事也不難。」

老頭子說：「好倒很好，不過芙蓉是從小養來給小狗兒做媳婦，若是把她嫁了，我們不免要吃她外家的官司。」

老婆子說：「我們送她到工廠去也是爲要使她學些手藝，好教我們多收些錢財，現在既然是總理財主要她，我們只得怨小狗兒沒福氣。總理財主如能吃得起官司，又保得我們的小狗兒做個營長、旅長，那我們就可以要一點財禮爲他另娶一個回來。我說魏老爺呀，營長是不是管得著縣知事？您方才說總理財主可以給小狗兒一個縣知事做，我想還不如做個營長、旅長更好。現在做縣知事的都要受氣，聽說營長還可以升到督辦哪。」

魏先生說：「只要你們答應，天大的官司，咱們總理都吃得起。你看咱們總理幾位姨太的親戚沒有一個不是當闊差事的。小狗兒如肯把芙蓉讓給總理，那愁他不得著好差事！不說是營長、旅長，他要什麼就得什麼。」

老頭子是個明理知禮的人，他雖然不大願意，卻也不敢違忤魏先生的意思。他說：「無論如何，咱們兩個老夥計是不能完全做主的。這個還得問問芙蓉，看她自己願意不願意。」

魏先生立時回答他說：「芙蓉一定願意。只要你們兩個人答應，一切的都好辦了。她昨晚已在這裡上房住一宿，若不願意，她肯麼？」

老頭子聽見芙蓉在上房住一宿就很不高興。魏先生知道他的神氣不對，趕快對他說明工廠裡的習慣，女工可以被雇到廠外做活去。總理也有權柄調女工到家裡當差，譬如翠花、菱花們，都是常川在家裡做工的。昨晚上剛巧總理太太有點活要芙蓉來做，所以住了一宿，並沒有別的原故。

芙蓉的公姑請求叫她出來把事由說個明白，問她到底願意不願意。不一會，翠花領著芙蓉進到客廳裡。她一見著兩位老人家，便長跪在地上哭個不休。她嚷著說：「我的爹媽，快帶我回家去罷，我不能在這裡受人家欺侮。……我是有夫之婦。我決不能依從他。他有錢也不能買我的志向。……」

她的聲音可以從窗戶傳達到街上，所以魏先生一直勸她不要放聲哭，有話好好地說。老婆子把她扶起來，她咒罵了一場，氣洩過了，聲音也漸漸低下去。

老婆子到底是個貪求富貴的人，她把芙蓉拉到身邊，細聲對她勸說，說她若是嫁給總理財主，家裡就有這樣好處，那樣好處。但她至終抱定不肯改嫁，更不肯嫁給人做姨太的主意。她寧願回家跟著小狗兒過日子。

魏先生雖然把她勸不過來，心裡卻很佩服她。老少喧嚷過一會，芙蓉便隨著她的公姑回到鄉間去。魏先生把總理請出來，對他說那孩子很刁，不要也罷，反正廠裡短不了比她好看的女人。總理也罵她是個不識抬舉的賤人，說她昨夜和早晨怎樣在上房吵鬧。早晨他送完客，回到上房的時候，從她面前經過，又被她侮辱了一頓。若不是他一意要她做姨太，早就把她一腳踢死。他教魏先生回到工廠去，把芙蓉的名字開除，還教他從工廠的臨時費支出幾十塊錢送給她家人，教他們不要播揚這事。

五點鐘過了。幾個警察來到費總理家的門房，費家的人個個都捏著一把汗，心裡以爲是芙蓉同著她的公姑到警察廳去上訴，現在來傳人了。警察們倒不像來傳人的樣子。他們只報告說：「上頭有話，明天歡迎總司令、總指揮，各家各戶都得掛旗。」費家的大小這才放了心。

當差的說：「前幾天歡送大帥，你們要人掛旗，明天歡迎總司令，又要掛旗，整天掛旗，有什麼意思？」

「這是上頭的命令，我們只得照傳。不過明天千萬別掛五色國旗，現在改用海軍旗做國旗。」

「哪裡找海軍旗去？這都是你們警廳的主意，一會要人掛這樣的旗，一會又要人掛那樣的旗。」

「我們也管不了。上頭說掛龍旗，我們便教掛龍旗；上頭說掛紅旗，我們也得照傳，教掛紅旗。」

警察叮嚀了一會，又往別家通告去了。客廳的大鏡裡已經映著街上一家新開張的男女理髮所門門掛著兩面二丈四長、垂到地上的黨國大旗。那旗比新華門平時所用的還要大，從遠地看來，幾乎令人以爲是一所很重要的行政機關。

掌燈的時候到了。費總理的客廳裡安排著一席酒，是爲日間參觀工廠的黃先生預備的。還是庶務長魏先生先到。他把方才總理吩咐他去辦的事情都辦妥了。他又對總理說他已買了兩面新的國旗。總理說他不該買新的，費那麼些錢，他說應當到估衣鋪[1]去搜羅。原來總理以爲新的國旗可以到估衣鋪去買。

二爺也到了。從他眉目的舒展可以知道他所得的消息是不壞的。他從袖裡掏出幾本書本，對費總理說：「國仁今晚要搭專車到保定去接司令，不能來了。他教我把這幾本書帶來給你看。他說此後要在社會上做事，非能背誦這裡頭的字句不成。這是新頒的《聖經》，一點一畫也不許人改易的。」

他雖然說得如此鄭重，總理卻慢慢地取過來翻了幾遍。他在無意中翻出「民

1估衣鋪：販賣舊衣的店鋪。

生主義」幾個字，不覺狂喜起來，對二爺說：「咱們的民生工廠不就是民生主義麼？」

「有理有理。咱們的見解原先就和中山先生一致呵！」二爺又對總理說國仁已把事情辦妥，前途大概沒有什麼危險。

總理把幾本書也放在《孝經》、《治家格言》等書上頭。也許客廳的那一個犄角就是他的圖書館！他沒有別的地方藏書。

黃先生也到了，他對於總理所辦的工廠十分讚美，總理也謙讓了幾句，還對他說他的工廠與民生主義的關係，黃先生越發佩服他是個當代的社會改良家兼大慈善家，更是總理的同志。他想他能與總理同席，是一樁非常榮幸可以記在參觀日記上頭、將來出版公佈的事體。他自然也很羨慕總理的闊綽。心裡想著，若不是財主，也做不了像他那樣的慈善家。他心中最後的結論以爲若不是財主，就沒有做慈善家的資格。可不是！

賓主入席，暢快地吃喝了一頓，到十點左右，各自散去。客廳裡現在只剩下幾個當差的在那裡收拾杯盤。器具摩蕩的聲音與從窗外送來那家新開張的男女理髮所的留聲機唱片的聲音混在一起。

鐵魚的鰓

那天下午警報的解除信號已經響過了。華南一個大城市的一條熱鬧馬路上排滿了兩行人，都在肅立著，望著那預備保衛國土的壯丁隊遊行。他們隊裡，說來很奇怪，沒有一個是扛槍的，戴的是平常的竹笠，穿的是灰色衣服，不像兵士，也不像農人。巡行自然是為耀武揚威給自家人看，其它有什麼目的，就不得而知了。

大隊過去之後，路邊閃出一個老頭，頭髮蓬鬆得像戴著一頂皮帽子，穿的雖然是西服，可是縫補得走了樣了。他手裡抱著一卷東西，匆忙地越過巷口，不提防撞到一個人。

「雷先生，這麼忙！」

老頭抬頭，認得是他的一個不很熟悉的朋友。事實上雷先生並沒有至交，這位朋友也是方才被遊行隊阻撓一會，趕著要回家去的。雷見他打招呼，不由得站住對他說：「唔，原來是黃先生，黃先生一向少見了，你也是從避彈室出來的罷？他們演習抗戰，我們這班沒用的人，可跟著在演習逃難哪！」

「可不是！」黃笑著回答他。

兩人不由得站住，談了些閒話。直到黃問起他手裡抱著的是什麼東西，他才說：「這是我的心血所在，說來話長，你如有興致，可以請到舍下，我打開給你看看，看完還要請教。」

黃早知道他是一個最早被派到外國學製大炮的官學生，回國以後，國內沒有鑄炮的兵工廠，以致他一輩子坎坷不得意。英文、算學教員當過一陣，工廠也管理過好些年，最後在離那大城市不遠的一個割讓島上的海軍船塢做一分小小的職工，但也早已辭掉不幹了。他知道這老人家的興趣是在兵器學上，心裡想看他手裡所抱的，一定又是理想中的什麼武器的圖樣了。他微笑向著雷，順口地說：「雷先生，我猜又是什麼『死光鏡』、『飛機箭』一類的利器圖樣罷？」他說好像有點不相信，因為從來他所畫的圖樣，獻給軍事當局，就沒有一樣被採用過。雖然說他太過理想或說他不成的人未必全對，他到底是沒有成績拿出來給人看過。

雷回答黃說：「不是，不是，這個比那些都要緊。我想你是不會感到什麼興趣的。再見罷。」說著一面就邁他的步。

黃倒被他的話引起興趣來了。他跟著雷，一面說：「有新發明，當然要先睹爲快的，這裡離舍下不遠，不如先到舍下一談罷。」

「不敢打攪，你只看這藍圖是沒有趣味的。我已經做了一個小模型，請到舍下，我實驗給你看。」

黃索性不再問到底是什麼，就信步隨著他走。二人嘿嘿地並肩而行，不一會已經到了家。老頭子走得有點喘，讓客人先進屋裡去，自己隨著把手裡的紙卷放在桌上，坐在一邊，黃是頭一次到他家，看見四壁掛的藍圖，各色各樣，說不清是什麼。廳後面一張小小的工作桌子，鋸、鉗、螺絲旋一類的工具安排得很有條理，架上放著幾隻小木箱。

「這就是我最近想出來的一隻潛艇的模型。」雷順著黃先生的視線到架邊把一個長度約爲三尺的木箱拿下來，打開取出一條「鐵魚」來。他接著說：「我已經想了好幾年了，我這潛艇特點是在它像一條魚，有能呼吸的鰓。」

他領黃到屋後的天井，那裡有他用鉛版自製的一個大盆，長約八尺，外面用木板護著，一看就知道是用三個大洋貨箱改造的，盆裡盛著四尺多深的水。他在沒把鐵魚放進水裡之前，把「魚」的上蓋揭開，將內部的機構給黃說明了。他說，他的

「魚」的空氣供給法與現在所用的機構不同。他的鐵魚可以取得氧氣，像眞魚在水裡呼吸一般，所以在水裡的時間可以很長，甚至幾天不浮上水面都可以。說著他又把方才的藍圖打開，一張一張地指示出來。他說，他一聽見警報，什麼都不拿，就拿著那卷藍圖出外去躲避。對於其它的長處，他又說：「我這魚有許多『遊目』，無論沉下多麼深，平常的折光探視鏡所辦不到的，只要放幾個『遊目』使它們浮在水面，靠著電流的傳達，可以把水面與空中的情形投影到艇裡的鏡板上。浮在水面的『遊目』體積很小，形狀也可以隨意改裝，雖然低飛的飛機也不容易發見它們。還有它的魚雷放射管是在艇外，放射的時候艇身不必移動，便可以求到任何方向，也沒有像舊式潛艇在放射魚雷時會發生可能的危險的情形。還有艇裡的水手，個個有一個人造鰓，萬一艇身失事，人人都可以迅速地從方便門逃出，浮到水面。」

他一面說，一面揭開模型上一個蜂房式的轉盤門，說明水手可以怎樣逃生，但黃已經有點不耐煩了。他說：「你的專門話，請少說罷，說了我也不大懂，不如先把它放下水裡試試，再講道理，如何？」

「成，成。」雷回答著，一面把小發電機撥動，把上蓋蓋嚴密了，放在水裡。果然沉下許久，放了一個小魚雷再浮上來。他接著說：「這個還不能解明鐵鰓的工作，你到屋裡，我再把一個模型給你看。」

他順手把小潛艇托進來放在桌上，又領黃到架的另一邊，從一個小木箱取出一副鐵鰓的模型。那模型像一個人家養魚的玻璃箱，中間隔了兩片玻璃板，很巧妙的小機構就夾在當中。他在一邊注水，把電線接在插梢上。有水的那一面的玻璃版有許多細緻的長縫，水可以沁進去，不久，果然玻璃版中間的小機構與唧筒發動起來了。沒水的這一面，代表艇內的一部，有幾個像唧筒的東西，連著版上的許多管子。他告訴黃先生說，那模型就是一個人造鰓，從水裡抽出氧氣，同時還可以把炭氣排泄出來。他說，艇裡還有調節機，能把空氣調和到人可呼吸自如的程度。關於水的壓力問題，他說，戰鬥用的艇是不會潛到深海裡去的。他也在研究著怎樣做一隻可以探測深海的潛艇，不過還沒有什麼把握。

黃聽了一套一套他所不大懂的話，也不願意發問，只由他自己說得天花亂墜，一直等到他把藍圖捲好，把所有的小模型放回原地，再坐下想與他談些別的。

但雷的興趣還是在他的鐵鰓，他不歇地說他的發明怎樣有用，和怎樣可以增強中國海軍的軍備。

「你應當把你的發明獻給軍事當局，也許他們中間有人會注意到這事，給你一個機會到船塢去建造一隻出來試試。」黃說著就站起來。

雷知道他要走，便阻止他說：「黃先生忙什麼？今晚大家到茶室去吃一點東西，容我做東道。」

黃知道他很窮，不願意使他破費，便又坐下說：「不，不，多謝，我還有一點別的事要辦，在家多談一會罷。」

他們繼續方才的談話，從原理談到建造的問題。

雷對黃說他怎樣從製炮一直到船塢工作，都沒得機會發展他的才學。他說，別人是所學非所用，像他簡直是學無所用了。

「海軍船塢於你這樣的發明應當注意的，為什麼他們讓你走呢？」

「你要記得那是別人的船塢呀，先生。我老實說，我對於潛艇的興趣也是在那船塢工作的期間生起來的。我在從船塢工作之前，是在製襪工廠當經理。後來那工廠倒閉了，正巧那裡的海軍船塢要一個機器工人，我就以熟練工人的資格被取上了。我當然不敢說我是受過專門教育的，因為他們要的只是熟練工人。」

「也許你說出你的資格，他們更要給你相當的地位。」

雷搖頭說：「不，不，他們一定會不要我，我在任何時間所需的只是吃。受三十元『西紙』的工資，總比不著邊際的希望來得穩當。他們不久發現我很能修理大炮和電機，常常派我到戰艦上與潛艇裡工作，自然我所學的，經過幾十年間已經不適用了，但在船塢裡受了大工程師的指揮，倒增益了不少的新知識。我對於一切都不敢用專門名詞來與那班外國工程師談話，怕他們懷疑我。他們有時也覺得我說的不是當地的『鹹水英語』，常問我在那裡學的，我說我是英屬美洲的華僑，就把他們瞞過了。」

「你爲什麼要辭工呢？」

「說來，理由很簡單。因爲我研究潛艇，每到艇裡工作的時候，和水手們談話，探問他們的經驗與困難。有一次，教一位軍官注意了，從此不派我到潛艇裡去工作。他們已經懷疑我是奸細，好在我機警，預先把我自己畫的圖樣藏到別處去，不然萬一有人到我的住所檢查，那就麻煩了，我想，我也沒有把我自己畫的圖樣獻給他們的理由，自己民族的利益得放在頭裡，於是辭了工，離開那船塢。」

黃問：「照理想，你應當到中國的造船廠去。」

雷急急地搖頭說：「中國的造船廠？不成，有些造船廠都是個同鄉會所，你不知道嗎？我所知道的一所造船廠，凡要踏進那廠的大門的，非得同當權的有點直接或間接的血統或裙帶關係，不能得到相當的地位。縱然能進去，我提出來的計畫，如能請得一筆試驗費，也許到實際的工作上已剩下不多了。沒有成績不但是惹人笑話，也許還要派上個罪名。這樣，誰受得了呢？」

黃說：「我看你的發明如果能實現，卻是很重要的一件事。國裡現在成立了不少高深學術的研究院，你何不也教他們注意一下你的理論，試驗試驗你的模型？」

「又來了！你想我是七十歲左右的人，還有愛出風頭的心思嗎？許多自號爲發明家的，今日招待報館記者，明日到學校演講，說得自己不曉得多麼有本領，愛迪生和愛因斯坦都不如他，把人聽膩了。主持研究院的多半是年輕的八分學者，對於事物不肯虛心，很輕易地給下斷語，而且他們好像還有『幫』的組織，像青、紅幫似地，不同幫的也別妄生玄想。我平素最不喜歡與這班學幫中人來往，他們中間也沒人知道我的存在。我又何必把成績送去給他們審查，費了他們的精神來批評我幾句，我又覺得過意不去，也犯不上這樣做。」

黃看看時表，隨即站起來，說：「你老哥把世情看得太透澈，看來你的發明是沒有實現的機會了。」

「我也知道，但有什麼法子呢？這事個人也幫不了忙，不但要用錢很多，而且軍用的東西又是不能隨便製造的。我只希望我能活到國家感覺需要而信得過我的那一天來到。」

雷說著，黃已踏出廳門。他說：「再見罷，我也希望你有那一天。」

這位發明家的性格是很板直的，不大認識他的，常會誤會以爲他是個犯神經病的，事實上已有人叫他做「戇雷」。他家裡沒有什麼人，只有一個在馬尼剌當教員的守寡兒媳婦和一個在那裡念書的孫子。自從十幾年前辭掉船塢的工作之後，每月的費用是兒媳婦供給。因爲他自己要一個小小的工作室，所以經濟的力量不能容他住在那割讓島上。他雖是七十三四歲的人，身體倒還康健，除掉做輪子、安管子、打銅、銼鐵之外，沒別的嗜好，煙不抽，茶也不常喝。因爲生存在兒媳婦的孝心上，使他每每想著當時不該辭掉船塢的職務。假若再做過一年，他就可以得著一分長糧，最少也比吃兒媳婦的好。不過他並不十分懊悔，因爲他辭工的時候正在那裡大罷工的不久以前，愛國思想膨脹得到極高度，所以覺得到中國別處去等機會是很有意義的。他有很多造船工程的書籍，常常想把它們賣掉，可是沒人要。他的太太早過世了，家裡只有一個老傭婦來喜服事他。那老婆子也是他的妻子的隨嫁婢，後來嫁出去，丈夫死了，無以爲生，於是回來做工。她雖不受工資，在事實上是個管家，雷所用的錢都是從她手裡要，這樣相依爲活已經過了二十多年了。

黃去了以後，來喜把飯端出來，與他一同吃。吃著，他對來喜說：「這兩天風聲很不好，穿屨的也許要進來，我們得檢點一下，萬一變亂臨頭，也不至於手忙腳亂。」

來喜說：「不說是沒什麼要緊了嗎？一般官眷都還沒走，大概不至於有什麼大亂罷。」

「官眷走動了沒有，我們怎麼會知道呢？告示與新聞所說的是絕對靠不住的，一般人是太過信任印刷品了。我告訴你罷，現在當局的，許多是無勇無謀，貪權好利的一流人物，不做石敬塘獻十六州，已經可以被人稱爲愛國了。你念摸魚書和看殘唐五代的戲，當然記得石敬瑭怎樣獻地給人。」

「是，記得。」來喜點頭回答，「不過獻了十六州，石敬瑭還是做了皇帝！」

老頭子急了，他說：「眞的，你就不懂什麼叫做歷史！不用多說了，明天把東西歸聚一下，等我寫信給少奶奶，說我們也許得望廣西走。」

吃過晚飯，他就從桌上把那潛艇的模型放在箱裡，又忙著把別的小零件收拾起來。正在忙著的時候，來喜進來說：「姑爺，少奶奶這個月的家用還沒寄到，假如三兩天之內要起程，恐怕盤纏會不夠吧？」

「我們還剩多少？」

「不到五十元。」

「那夠了。此地到梧州，用不到三十元。」

時間不容人預算，不到三天，河堤的馬路上已經發見侵略者的戰車了。市民全然像在夢中被驚醒，個個都來不及收拾東西，見了船就下去。火頭到處起來，鐵路上沒人開車，弄得雷先生與來喜各抱著一點東西急急到河邊胡亂跳進一隻船，那船並不是往梧州去的，沿途上船的人們越來越多，走不到半天，船就沉下去了。好在水並不深，許多人都坐了小艇往岸上逃生，可是來喜再也不能浮上來了。她是由於空中的掃射喪的命或是做了龍宮的客人，都不得而知。

雷身邊只剩十幾元，輾轉到了從前曾在那工作過的島上。沿途種種的艱困，筆墨難以描寫。他是一個性格剛硬的人，那島市是多年沒到過的，從前的工人朋友，就使找著了，也不見得能幫助他多少。不說梧州去不了，連客棧他都住不起。他只好隨著一班難民在西市的一條街邊打地鋪。在他身邊睡的是一個中年婦人帶著兩個孩子，也是從那剛淪陷的大城一同逃出來的。

在幾天的時間，他已經和一個小飯攤的主人認識，就寫信到馬尼剌去告訴他兒媳婦他所遭遇的事情，叫她快想方法寄一筆錢來，由小飯攤轉交。

他與旁邊的那個中年婦人也成立了一種互助的行動。婦人因爲行李比較多些，孩子又小，走動不但不方便，而且地盤隨時有被人佔據的可能，所以他們互相照顧，雷老頭每天上街吃飯之後，必要給她帶些吃的回來。她若去洗衣服，他就坐著看守東西。

一天，無意中在大街遇見黃，各人都訴了一番痛苦。

「現在你住在什麼地方？」黃這樣問他。

「我老實說，住在西市的街邊。」

「那還了得！」

「有什麼法子呢？」

「搬到我那裡去罷。」

「大家同是難民，我不應當無緣無故地教你多擔負。」

黃很誠懇地說：「多兩個人也不會費得到什麼地步，我跟著你去搬罷。」說著就要叫車。雷阻止他說：「多謝，多謝盛意。我現在人口眾多，若都搬了去，於府上一定大大地不方便。」

「你不是只有一個傭人嗎？」

「我那來喜不見了，現在是另一個帶著兩著孩子的婦人，是在路上遇見的。我們彼此互助，忍不得，把她安頓好就離開她。」

「那還不容易嗎？想法子把她送到難民營就是了。聽說難民營的組織，現在正加緊進行著咧。」

他知道黃也不是很富裕的，大概是聽見他睡在街邊，不能不說一兩句友誼的話。但是黃卻很誠懇，非要他去住不可，連說：「不像話，不像話！年紀這麼大，不說你媳婦知道了難過，就是朋友也過意不去。」

他一定不肯教黃到他的露天客棧去，只推到難民營組織好，把那婦人送進去之後再說，黃硬把他拉到一個小茶館去，一說起他的發明，老頭子就告訴他那潛艇模型已隨著來喜喪失了。他身邊只剩下一大卷藍圖，和那一座鐵鰓的模型，其餘的東西都沒有了。他逃難的時候，那藍圖和鐵鰓的模型是歸他拿，圖是卷在小被褥裡頭，他兩手只能拿兩件東西。在路上還有人笑他逃難逃昏了，什麼都不帶，帶了一個小木箱。

「最低限度，你把重要的物件先存在我那裡罷。」黃說。

「不必了罷，住家孩子多，萬一把那模型打破了，我永遠也不能再做一個了。」

「那倒不至於。我爲你把它鎖在箱裡，豈不就成了嗎?你老哥此後的行止，打算怎樣呢?」

「我還是想到廣西去，只等兒媳婦寄些路費來，快則一個月，最慢也不過兩個月，總可以想法子從廣州灣或別的比較安全的路去到罷。」

「我去把你那些重要東西帶走罷。」黃還是催著他。

「你現在住什麼地方?」

「我住在對面海的一個親戚家裡，我們回頭一同去。」

雷聽見他也是住在別人家裡，就斷然回答說：「那就不必了，我想把些少東西放在自己身邊，也不至於很累贅，反正幾個星期的時間，一切都會就緒的。」

「但是你總得領我去看看你住的地方，下次可以找你。」

雷被勸不過，只得同他出了茶館，到西市來。他們經過那小飯攤，主人就嚷著：「雷先生，雷先生，信到了，信到了。我見你不在，教郵差帶回去，他說明天再送來。」

雷聽了幾乎喜歡得跳起來，他對飯攤主人說了一聲「多煩了」，回過臉來對黃說：「我家兒媳婦寄錢來了，我想這難關總可以過得去了。」

黃也慶賀他幾句，不覺到了他所住的街邊。他對黃說：「對不住，我的客廳就是你所站的地方，你現在知道了。此地不能久談，請便罷。明天取錢之後，去拜望你，你的地址請開一個給我。」

黃只得從口袋裡掏出一張名片，寫上地址交給他，說聲「明天在舍下恭候」，就走了。

那晚上他好容易盼到天亮，第二天一早就到小飯攤去候著。果然郵差來到，取了他一張收據把信遞給他。他拆開信一看，知道他兒媳婦給他匯了一筆到馬尼刺的船費，還有辦護照及其它需用的費用，都教他到匯通公司去取。他不願到馬尼刺去，不過總得先把需用的錢拿出來再說。到了匯通公司，管事的告訴他得先去照像辦護照。他說，是他兒媳婦弄錯了，他並不要到馬尼刺去，要管事的把錢先交給他；管事的不答允，非要先打電報去問清楚不可。兩方爭持，弄得毫無結果，自然錢在人家手裡，雷也無可如何，只得由他打電報去問。

從滙通公司出來，他就踐約去找黃先生，把方才的事告訴他，黃也贊成他到馬尼剌去。但他說，他的發明是他對國家的貢獻，雖然目前大規模的潛艇用不著，將來總有一天要大量地應用；若不用來戰鬥，至少也可以促成海下航運的可能，使侵略者的封鎖失掉效力。他好像以爲建造的問題是第二步，只要當局採納他的，在河裡建造小型的潛航艇試試，若能成功，心願就滿足了。材料的來源，他好像也沒深深地考慮過。他想，若是可能，在外國先定造一隻普通的潛艇，回來再修改一下，安上他所發明的鰓、遊目等等，就可以了。

黃知道他有點戇氣，也不再去勸他。談了一回，他就告辭走了。

過一兩天，他又到滙通公司去，管事人把應付的錢交給他，說：馬尼剌回電來說，隨他的意思辦。他說到內地不需要很多錢，只收了五百元，其餘都教滙回去。出了公司，到中國旅行社去打聽，知道明天就有到廣州灣去的船。立刻又去告訴黃先生，兩人同回到西市去檢行李。在卷被褥的時候，他才發現他的藍圖，有許多被撕碎了。心裡又氣又驚，一問才知道那婦人好幾天以來，就用那些紙來給孩子們擦髒。他趕緊打開一看，還好，最裡面的那幾張鐵鰓的圖樣，仍然好好的，只是外頭幾張比較不重要的總圖被毀了。小木箱裡的鐵鰓模型還是完好，教他雖然不高興，可也放心得過。

他對婦人說，他明天就要下船，因爲許多事還要辦，不得不把行李寄在客棧裡，給她五十元，又介紹黃先生給她，說錢是給她做本錢，經營一點小買賣；若是辦不了，可以請黃先生把她母子送到難民營去。婦人受了他的錢，直向他解釋說，她以爲那卷在被褥裡的都是廢紙，很對不住他。她感激到流淚，眼望著他同黃先生，帶著那卷剩下的藍圖與那一小箱的模型走了。

黃同他下船，他勸黃切不可久安於逃難生活。他說越逃，災難越發隨在後頭；若回轉過去，站住了，什麼都可以抵擋得住。他覺得從演習逃難到實行逃難的無價值，現在就要從預備救難進到臨場救難的工作，希望不久，黃也可以去。

船離港之後，黃直盼著得到他到廣西的消息。過了好些日子，他才從一個赤坎來的人聽說，有個老頭子搭上兩期的船，到埠下船時，失手把一個小木箱掉下海裡去，他急起來，也跳下去了。黃不覺滴了幾行淚，想著那鐵魚的鰓，也許是不應當發明得太早，所以要潛在水底。

女兒心

武昌豎起革命的旗幟已經一個多月了。在廣州城裡的駐防旗人個個都心驚膽戰，因為殺滿州人的謠言到處都可以聽得見。這年的夏天，一個正要到任的將軍又在離碼頭不遠的地方被革命黨炸死，所以在這滿伏著革命黨的城市，更顯得人心惶惶。報章上傳來的消息都是民軍勝利，「反正」的省分一天多過一天。本城的官僚多半預備掛冠歸田；有些還能很驕傲地說：「腰間三尺帶是我殉國之具。」商人也在觀望著，把財產都保了險或移到安全的地方——香港或澳門，聽說一兩日間民軍便要進城，住在城裡的旗人更嚇得手足無措，他們眞怕漢人屠殺他們。

在那些不幸的旗人中，有一個人，每天為他自己思維，卻想不出一個避免目前的大難的方法。他本是北京一個世襲一等輕車都尉，隸屬正紅旗下，同時也曾中過舉人；這時在鎮粵將軍衙門裡辦文書。他的身材很雄偉，若不是額下的大鬍鬍把他的年紀顯出來，誰也看不出他是五十多歲的人，那時已近黃昏，堂上的燈還沒點著，太太旁邊坐著三個從十一歲到十五六歲的子女，彼此都現出很不安的狀態。他也坐在一邊，捋著鬍子，沉靜地看著他的家人。

「老爺，革命黨一來，我們要往那裡逃呢？」太太破了沉寂，很誠懇問她的老爺。

「哼，望那裡逃？」他搖頭說：「不逃，不逃，不能逃。逃出去無異自己去找死，我每年的俸銀二百多兩，合起衙門裡的津貼和其它的入款也不過五六百兩，除掉這所房子以外也就沒有什麼餘款。這樣省省地過日子還可以支持過去，若一逃走，縱然革命黨認不出我們是旗人，僥倖可以免死，但有多少錢能夠支持咱家這幾口人呢？」

「這倒不必老爺掛慮，這二十幾年來我私積下三萬多塊，我想咱們不如到海過去買幾畝地，就作了鄉下人也強過在這裡擔心。」

「太太的話眞是所謂婦人女子之見。若是那麼容易到鄉下去落戶，那就不用發愁了。你想我的身份能夠撇開皇上不顧嗎？做奴才得爲主子，做人臣得爲君上。他們漢官可以革命，咱們可就不能，革命黨要來，在我們的地位就得同他們開火；若不能打，也不能棄職而逃。」

「那麼，老爺忠心爲國一定是不逃了。萬一革命黨人馬上殺到這裡來，我們要怎辦呢？」

「大丈夫可殺不可辱，我們自然不能愛他們的凌辱。等時候到來，再相機行事罷。」他看著他三個孩子，不覺黯然歎了一聲。

太太也歎一聲，說：「我也是爲這班小的發愁啊。他們都沒成人，萬一咱們兩口子盡了節，他們……」她說不出來了，只不歇地用手帕去擦眼睛。

他問三個孩子說：「你們想怎麼辦呢？」一雙閃爍的眼睛注視著他們。

兩個大孩子都回答說：「跟爹媽一塊兒死罷。」那十一歲的女兒麟趾好像不懂他們商量的都是什麼，一聲也不響，托著腮只顧想她自己的。

「姑娘，怎麼今兒不響啦？你往常的話兒是最多的。」她父親這樣問她。

她哭起來了，可是一句話也沒有。

太太說：「她小小年紀，懂得什麼，別問她啦。」她叫：「姑娘到我跟前來罷。」趾兒抽噎著走到跟前，依著母親的膝下。母親爲她捋捋鬢額，給她擦掉眼淚。

他捋著鬍子，像理會孩子的哭已經告訴了她的意思，不由得得意地說；「我說小姑娘是很聰明的，她有她的主意。」隨即站起來又說：「我先到將軍衙門去，看看下午有什麼消息，一會兒就回來。」他整一整衣服，就出門去了。

風聲越來越緊，到城裡豎起革命旗的那天，果然秩序大亂，逃的逃，躲的躲，搶的搶，該死的死。那位腰間帶著三尺殉國之具的大吏也把行李收束得緊緊地，領著家小回到本鄉去了。街上「殺盡滿州人」的聲音，也摸不清是眞的，還是市民高興起來一時發出這得意的話。這裡一家把大門嚴嚴地關起來，不管外頭鬧得多麼凶，只安靜地在堂上排起香案，兩夫婦在正午時分穿起朝服向北叩了頭，表告了滿洲諸帝之靈，才退入內堂，把公服換下來。他想著他不能領兵出去和革命軍對仗，已經辜負朝廷豢養之恩，所以把他的官爵職位自己貶了，要用世奴資格報效這最後一次的忠誠。他斟了一杯醇酒遞給太太說：「太太請喝這一杯罷。」他自己也喝，兩個男孩也喝了，趾兒只喝了一點。在前兩天，太太把傭僕都打發回家，所以屋裡沒有不相干的人。

兩小時就在這醇酒應酬中度過去。他並沒醉，太太和三個孩子已躺在床上睡著了。他出了房門，到書房去，從牆上取下一把寶劍，捧到香案前，叩了頭，再回到屋裡，先把太太殺死，再殺兩個孩子。一連殺了三個人，滿屋裡的血腥、酒味把他刺激得像瘋人一樣。看見他養的一隻狗正在門邊伏著，便順手也給它一劍，跑到廚房去把一隻貓和幾隻雞也殺了。他揮劍砍貓的時候，無意中把在灶邊灶君龕外那盞點著的神燈揮到劈柴堆上去，但他一點也不理會。正出了廚房門口，馬圈裡的馬嘶了一聲，他於是又趕過去照馬頭一砍。馬不曉得這是它盡節的時候，連踢帶跳，用盡力量來躲開他的劍。他一手揪住絡頭的繩子，一手儘管望馬頭上亂砍，至終把它砍倒。

回到上房，他的神情已經昏迷了，扶著劍，瞪眼看著地上的血跡。他發現麟趾不在屋裡，剛才並沒殺她，於是提起劍來，滿屋裡找。他怕她藏起來，但在屋裡無論怎樣找，看看床的，開開櫃門，都找不著。院裡有一口井，井邊正留著一隻麟趾的鞋。這個引他到井邊來。他扶著井欄，探頭望下去；從他兩肩透下去的光線，使他覺得井底有衣服浮現的影兒，其實也看不清楚。他對著井底說：「好，小姑娘，你到底是個聰明孩子，有主意！」他從地上把那只鞋撿起來，也扔在井裡。

他自己問：「都完了，還有誰呢？」他忽然想起在衙門裡還有一匹馬，它也得盡節。於是忙把寶劍提起，開了後園的門，一直望著衙門的馬圈裡去。從後園門出去是一條偏僻的小街，常時並沒有什麼人往來，那小街口有一座常關著大門的佛寺。他走過去時，恰巧老和尚從街上回來，站在寺門外等開門，一見他滿身血跡，右手提劍，左手上還在滴血，便搶前幾步攔住他說：「太爺，您怎麼啦？」他見有人攔住，眼睛也看不清，舉起劍來照著和尚頭便要砍下去。老和尚眼快，早已閃了身子，等他砍了空，再奪他的劍。他已沒氣力了，看著老和尚一言不發。門開了，老和尚先扶他進去，把劍靠韋陀香案邊放著，然後再扶他到自己屋裡，給他解衣服；又忙著把他自己的大衲給他披上，並且爲他裹手上的傷，他漸次清醒過來，覺得左手非常地痛，才記起方才砍馬的時候，自己的手碰著了刃口。他把老和尚給他裹的布條解開看時，才發現了兩個指頭已經沒了，這一個感覺更使他格外痛楚。屠人雖然每日屠豬殺羊，但是一見自己的血，心也會軟，不說他趁著一時的義氣演出這齣慘劇，自然是受不了。痛是本能上保護生命的警告，去了指頭的痛楚已經使他難堪，何況自殺！但他的意志，還是很剛強，非自殺不可。老和尚與他本來很有交情，這次用很多話來勸慰他，說城裡並沒有屠殺旗人的事情；偶然街上有人這樣嚷，也不過是無意識的話罷了。他聽著和尚的勸解，心情漸漸又活過來。正在相對著沒有話說的時候，外邊嚷著起火，哨聲、鑼聲，一齊送到他們耳邊。老和尚說：

「您請躺下歇歇罷，待老衲出去看看。」

他開了寺門，只見東頭烏太爺的房子著了火。他不聲張，把烏太爺扶到床上躺下，看他漸次昏睡過去，然後把寺門反扣著，走到烏家門前，只見一簇人丁趕著在那裡拆房子。水龍雖有一架，又不夠用。幸而過了半小時，很多人合力已把那幾間房子拆下來，火才熄了。

和尚回來，見烏太爺還是緊緊地褩著他的手，歪著身子，在那裡睡，沒驚動他。他把方才放在韋陀龕那把劍收起來，才到禪房打坐去。

二

在辛亥革命的時候，像這樣全家爲那權貴政府所擁戴的孺子死節的實在不多。當時麟趾的年紀還小，無論什麼都怕，死自然是最可怕的一件事。他父親要把全家殺死的那一天，她並沒喝多少酒，但也得裝睡，她早就想定了一個逃死的方法，總沒機會去試。父親看見一家人都醉倒了，到外邊書房去取劍的時候，她便急忙地爬起來，跑出院子。因爲跑得快，恰巧把一隻鞋子踢掉了。她趕快退回幾步，要再穿上，不提防把鞋子一踢，就撞到那井欄旁邊。她顧不得去撿鞋，從院子直跑到後園。後園有一棵她常爬上去玩的大榕樹，但是家裡的人都不曉得她會上樹。上榕樹本來很容易，她家那棵，尤其容易上去。她到樹下，急急把身子聳上去，蹲在那分出四五杈的樹幹上。平時她蹲在上頭，底下的人無論從那一方面都看不見。那時她只顧躲死，並沒計較往後怎樣過。蹲在那裡有一刻鐘左右，忽然聽見父親叫她，他自然不曉得麟趾在樹上。她也不答應，越發蹲伏著，容那濃綠的密葉把她掩藏起來。不久她又聽見父親的腳步像開了後門出去的樣子。她正在想著，忽然從廚房起了火。廚房離那榕樹很遠，所以人們在那裡拆房子救火的時候，她也沒下來。天已經黑了，那晚上正是十五，月很明亮，在樹上蹲了幾點鐘，倒也不理會。可是樹上不曉得歇著什麼鳥，不久就叫一聲，把她全身的毛髮都嚇豎了。身體本來有點冷，加上夜風帶那種可怕的鳥聲送到她耳邊，就不由得直打抖擻。她不能再藏在樹上，決意下來看看。然而怎麼也起不來，從腿以下，簡直痲痺得像長在樹上一樣。好容易慢慢地把腿伸直了，一面抖擻著下了樹，摸到園門，原來她的臥房就靠近園門。那一下午的火，只燒了廚房，她母親的臥房、大廳和書房，至於前頭的轎廳和後面她的臥房連著下房都還照舊。她從園門閃入她的臥房，正要上床睡覺時候，忽然聽見有人說話的聲音，心疑是鬼，趕緊把房門關起來。從窗戶看見兩個人拿著牛眼燈由轎廳那邊到她這裡來，心裡越發害怕。好在屋裡沒燈，趁著外頭的燈光還沒有射進來，她便蹲在門後。那兩人一面說著，出了園門，她才放心。原來他們是那條街的更夫，因爲她家沒人，街坊叫他們來守夜。他們到後園，大概是去看看後園通小街那道門關沒關罷。不一會他們進來，又把園門關上。聽他們的腳音，知道旁邊那間下房，他們也進去看過，正想爬到床後去，他們已來推她的門，於是不敢動彈，還是蹲在門後。門推不開，他們從窗戶用燈照了一下。她在門後聽見其中一個人說：「這間是鎖著的，裡頭倒沒有什麼。」他們並不一定要進她的房間，那時她眞像遇了赦一般，不曉得爲什麼原故，當時只不願意他們知道她在裡頭。等他們走遠了，才起來，坐在小椅上，也不敢上床睡，只想著天明時待怎辦。她決定要離開她的家，因爲全家的人都死了，若還住在家裡，有誰來養活她呢？雖然彷彿聽見她父親開了後園門出去，但以後他回來沒有，她又不理會，她想他一定是自殺了。前天晚上，當她父親問過她的話，上了衙門以後，她私下問過母親：「若是大家都死了，將來要在什麼地方相見呢？」她母親歎了一口氣說：「孩子，若都是好人，我們就會在神仙的地方相見，我們都要成仙哪。」常聽見她母親說城外有個什麼山，山名她可忘記了，那裡常有神仙出來度人。她想著不如去找神仙罷，找到神仙就能與她一家人相見了。她想著要去找神仙的事，使她心膽立時健壯起來，自己一人在黑屋裡也不害怕，但盼著天快亮，她好進行。

雞已啼過好幾次，星星也次第地隱沒了。初醒的雲漸漸現出灰白色，一片一片像魚鱗攤在天上。於是她輕輕地開了房門，出到院子來，她想「就這樣走嗎」，不，最少也得帶一兩件衣服。於是回到屋裡，打開箱子，拿出幾件衣服和梳篦等物，包成一個小包，再出房門。藏錢的地方她本知道，本要去拿些帶在身邊，只因那裡的房頂已經拆掉了，冒著險進去，雖然沒有妨礙，不過那兩人還在轎廳睡著，萬一醒來，又免不了有麻煩，再者，設使遇見神仙，也用不著錢。她本要到火場裡去，又伯看見父母和二位哥哥的屍體，只遠遠地望著，作為拜別的意思。她的眼淚直流，又不敢放聲哭；回過身去，輕輕開了園門，再反扣著。經過馬圈，她看見那馬躺在槽邊，槽裡和地上的血已經凝結，顏色也變了。她站在圈外，不住地掉淚。因為她很喜歡它，每常騎它到箭道去玩。那時天已大亮了，正在低著頭看那死馬的時候，眼光忽然觸到一樣東西，使她心傷和膽戰起來。進前兩步從馬槽下撿起她父親的一節小指頭，她認得是父親左手的小指頭。因為他只留這個小指的指甲，有一寸多長，她每喜歡摸著它玩。當時她也不顧什麼，趕緊取出一條手帕，緊緊把她父親的小指頭裹起來，揣在懷裡。她開了後園的街門，也一樣地反扣著。夾著小包袱，出了小街，便急急地向北門大街放步。幸虧一路上沒人注意她，故得優遊地出了城。

舊歷十月半的郊外，雖不像夏天那麼青翠，然而野草園蔬還是一樣地綠。她在小路上，不曉得已經走了多遠，只覺身體疲乏，不得已暫坐在路邊一棵榕樹根上小歇，坐定了才記得她自昨天午後到歇在道旁那時候一點東西也沒入口！眼前固然沒有東西可以買來充飢，縱然有，她也沒錢。她隱約聽見泉水激流的聲音，就順著找去，果然發現了一條小溪，那時一看見水，心裡不曉得有多麼快活，她就到水邊一掬掬地喝。沒東西吃，喝水好像也可以飽，她居然把疲乏減少了好些。於是夾著包袱又望前跑。她慢慢地走，用盡了誠意要會神仙，但看見路上的人，並沒有一個像神仙。心裡非常納悶，因爲走的路雖不多，太陽卻漸漸地西斜了。前面露出幾間茅屋，她雖然沒曾向人求乞過，可知道一定可以問人要一點東西吃，或打聽所要去的山在那裡。隨著路徑拐了一個彎，就看見一個老頭子在她前面走。看他穿著一件很寬的長袍，扶著一支黃褐色的枴杖，鬚髮都白了，心裡暗想：「這位莫不就是神仙麼」，於是搶前幾步，恭恭敬敬地問：「老伯父，請告訴我那座有神仙的山在什麼地方？」他好像沒聽見她問的是什麼話，她問了幾遍，他總沒回答，只問：「你是迷了道的罷？」麟趾搖搖頭。他問：「不是迷道，這麼晚，一個小姑娘夾著包袱，在這樣的道上走，莫不是私逃的小丫頭？」她又搖搖頭。她看他打扮得像學塾裡的老師一樣，心裡想著他也許是個先生。於是從地下撿起一塊有稜的石頭，就路邊一棵樹幹上畫了「我欲求仙去」幾個字。他從胸前的綠鯊皮眼鏡匣裡取出一副直徑約有一寸五分的水晶鏡子架在鼻上。看她所寫的，便笑著對她說：「哦，原來是求仙的！你大概因爲寫的是『王子去求仙，丹成上九天』的仿格，想著古人有這回事，所以也要倣倣倣倣。但現在天已漸漸晚了，不如先到我家歇歇，再往前走罷。」她本想不跟他去，只因問他的話也不能得著滿意的指示，加以肚子實餓了，身體也乏了，若不答應，前路茫茫，也不是個去處，就點頭依了他，跟著他走。

走不遠，渡過一道小橋，來到茅舍的籬邊。初冬的籬笆上還掛些未殘的豆花。晚煙好像一匹無盡長的白鏈，從遠地穿林織樹一直來到籬笆與茅屋的頂巔。老頭子也不叫門，只伸手到籬門裡把門撥開了。一隻戴著金鈴的小黃狗搶出來，吠了一兩聲，又到她跟前來聞她。她退後兩步，老頭子把它轟開，然後攜著她進門。屋邊一架瓜棚，黃萎的南瓜藤，還凌亂地在上頭繞著。雞已經站在棚上預備安息了。這些都是她沒見過的，心裡想大概這就是仙家罷。剛踏上小台階，便有一個二十多歲的姑娘出來迎著，她用手作勢，好像問「這位小姑娘是誰呀」，他笑著回答說：「她是求仙迷了路途的。」回過頭來，把她介紹給她，說：「這是我的孫女，名叫宜姑。」

他們三個人進了茅屋，各自坐下。屋裡邊有一張紅漆小書桌，老頭子把他的孫女叫到身邊，教她細細問麟趾的來歷。她不敢把所有的眞情說出來，恐怕他們一知道她是旗人或者就於她不利。她只說：「我的父母和哥哥前兩天都相繼過去了。剩下我一個人，沒人收養，所以要求仙去。」她把那令人傷心的事情瞞著，孫女把她的話用他們彼此通曉的方法表示給老頭子知道。老頭子覺得她很可憐，對她說，他活了那樣大年紀也沒有見過神仙，求也不一定求得著，不如暫時住下，再定奪前程，他們知道她一天沒吃飯，宜姑就趕緊下廚房，給她預備吃的。晚飯端出來，雖然是紅薯粥和些小醬菜，她可吃得津津有味。回想起來，就是不餓，也覺得甘美。飯後，宜姑領她到臥房去。一夜的話把她的意思說轉了一大半。

三

麟趾住在這不知姓名的老頭子的家已經好幾個月了。老人曾把附近那座白雲山的故事告訴過她。她只想著去看安期生[1]升仙的故跡，心裡也帶著一個遇仙的希望。正值村外木棉盛開的時候，十丈高樹，枝枝著花，在黃昏時候看來直像一座萬盞燈台，燦爛無比。閩、粵的樹花再沒有比木棉更壯麗的，太陽剛升到與綠禾一樣高的天涯，麟趾和宜姑同在樹下撿落花來做玩物，談話之間，忽然動了遊白雲山的念頭。從那村到白雲山也不過是幾里路，所以她們沒有告訴老頭子，到廚房裡吃了些東西，還帶了些薯乾，便到山裡玩去。天還很早，榕樹上的白鷺飛去打早食還沒歸巢，黃鸝卻已唱過好幾段宛轉的曲兒，在田間和林間的人們也唱起歌了。到處所聽的不是山歌，便是秧歌。她們兩個有時為追粉蝶，誤入那籬上纏著野薔薇的人家；有時為捉小魚涉入小溪，濺濕了衣袖。一路上嘻嘻嚷嚷，已經來到山裡。微風吹拂山徑旁的古松，發出那微妙的細響。著在枝上的多半是嫩綠的松球，襯著山坡上的小草花，和正長著的薇蕨，眞是綺麗無匹。

1安期生：秦漢間傳說中的仙人，曾賣藥於東海邊。

她們坐在石上休息，宜姑忽問：「你眞信有神仙麼？」麟趾手裡撩著一枝野花，漫應說：「我怎麼不信！我母親曾告訴我有神仙，她的話我都信。」

「我可沒見過，我祖父老說沒有，他所說的話，我都信。他既說沒有，那定是沒有了。」

「我母親說有，那定是有，怕你祖父沒見過罷。我母親說，好人都會成仙，並且可以和親人相見哪，仙人還會下到凡間救度他的親人，你聽過這話麼？」

「我沒聽見過。」

說著他們又起行，遊過了鄭仙巖，又到菖蒲澗去，在山泉流處歇了腳。下游的石上，那不知名的山禽在那裡洗午澡，從亂去堆積處，露出來的陽光指示她們快到未時了，麟趾一意要看看神仙是什麼樣子，她還有登摩星嶺的勇氣。她們走過幾個山頭，不覺把路途迷亂了。越走越不是路，她們巴不得立刻下山，尋著原路回到村裡。

出山的路被她們找著了，可不是原來的路徑，夕陽當前，天涯的白雲已漸漸地變成紅霞。正在低頭走著，前面來了十幾個背槍的大人物，宜姑心裡高興，等他們走近跟前，便問其中的人燕塘的大路在那一邊。那班人聽說她們所問的話，知道是兩隻迷途的羊羔，便說他們也要到燕塘去。宜姑的村落正離燕塘不遠，所以跟著他們走。

原來她們以爲那班強盜是神仙的使者，安心隨著他們走。走了許久，二人被領到一個破窯裡，那裡有一個人看守著她們，那班人又匆忙地走了。麟趾被日間遊山所受的快活迷住，沒想到、也沒經歷過在那山明水秀的仙鄉會遇見這班混世魔王。到被囚起來的時候，才理會她們前途的危險。她同宜姑苦口求那人憐恤她們，放她們走。但那人說若放了她們，他的命也就沒了。宜姑雖然大些，但到那時，也恐嚇得說出不話來。麟趾到底是個聰明而肯犧牲的孩子，她對那人說：「我家祖父年紀大了，必得有人伺候他，若把我們兩人都留在這裡，恐怕他也活不成。求你把大姊放回去罷，我寧願在這裡跟著你們。」那人毫無惻隱之心，任她們怎樣哀求，終不發一言，到他覺得厭煩的時候，還喝她們說：「不要瞎吵！」

丑時已經過去，破窯裡的油燈雖還閃著豆大的火花，但是燈心頭已結著很大的燈花，不時迸出火星和發出嗶剝的響，油盞裡的油快要完了。過些時候，就聽見人馬的聲音越來越近，那人說：「他們回來了。」他在窯門邊把著，不一會，大隊強盜進來，卸了贓物，還虜來三個十幾歲的女學生。

在破窯裡住了幾天，那些賊人要她們各人寫信回家拿錢來贖，各人都一一照辦了，最後問到麟趾和宜姑，麟趾看那人的容貌很像她大哥，但好幾次問他叫他，他都不大理會，只對著她冷笑。雖然如此，她仍是信他是大哥，不過仙人不輕易和凡人認親罷了。她還想著，他們把她帶到那裡也許是爲教她們也成仙。宜姑比較懂事，說她們是孤女，只有一個耳聾的老祖父，求他們放她們兩人回去。他們不肯，說：「只有白拿，不能白放。」他們把贓物檢點一下，頭目叫兩個夥計把那幾個女學生的家書送到郵局去，便領著大隊同幾個女子，趁著天還未亮出了破窯，向著山中的小徑前進。不曉得走了多少路程，又來到一個寨。群賊把那五個女子安置在一間小屋裡。過了幾天，那三個女學生都被帶走，也許是她們的家人花了錢，也許是被移到到處去。他們也去打聽過宜姑和麟趾的家境，知道那聾老頭花不起錢來贖，便計議把她們賣掉。

宜姑和麟趾在荒寨裡爲他們服務，他們都很喜歡。在不知不覺中又過了幾個星期。一天下午他們都喜形於色回到荒寨，兩個姑娘忙著預備晚飯。端菜出來，眾人都注目看著她們。頭目對大姑娘說：「我們以後不再幹這生活了，明天大家便要到惠州去投入民軍。我們把你配給廖兄弟。」他說著，指著一個面目長得十分俊秀、年紀在二十六七左右的男子，又往下說：「他叫廖成，是個白淨孩子，想一定中你的意思。」他又對麟趾說：「小姑娘年紀太小，沒人要，黑牛要你做女兒，明天你就跟著他過，他明天以後便是排長了。」他呶著嘴向黑牛指示麟趾，黑牛年紀四十左右，滿臉橫肉，看來像很凶殘。當時兩個女孩都哭了，眾人都安慰她們。頭目說：「廖兄弟的喜事明天就要辦的，各人得早起，下山去搬些吃的，大家熱鬧一回。」

他們圍坐著談天，兩個女孩在廚房收拾食具，小姑娘神氣很鎮定，低聲問宜姑說：「怎辦？」宜姑說：「我沒主意，你呢？」

「我不願意跟那黑鬼，我一看他，怪害怕的，我們逃罷。」

「不成，逃不了！」宜姑搖頭說。

「你願意跟那強盜？」

「不，我沒主意。」

她們在廚房沒想出什麼辦法，回到屋裡，一同躺在稻草褥上，還繼續地想。麟趾打定主意要逃，宜姑至終也贊成她，她們知道明天一早趁他們下山的時候再尋機會。

一夜的幽暗又叫朝雲抹掉，果然外頭的兄弟們一個個下山去預備喜筵。麟趾扯著宜姑說：「這是時候，該走了。」她們帶著一點吃的，匆匆出了小寨。走不多遠，宜姑住了步，對麟趾說：「不成，我們這一走，他們回寨見沒有人，一定會到處追尋，萬一被他們再抓回去，可就沒命了。」麟趾沒說什麼，可也不願意回去。宜姑至終說：「還是你先走罷，我回去張羅他們，他們問你的時候，我便說你到山裡撿柴去。你先回到我公公那裡去報信也好。」她們商量妥當，麟趾便從一條那班兄弟們不走的小道下山去。宜姑到看不見她，才掩淚回到寨裡。

小姑娘雖然學會晝伏夜行的方法，但在亂山中，夜行更是不便，加以不認得道路，遇險的機會很多，走過一夜，第二夜便不敢走了。她在早晨行人稀少的時候，遇見婦人女子才敢問道，遇見男子便藏起來。但她常走錯了道，七天的糧已經快完了，那晚上她在小山崗上一座破廟歇腳。霎時間，黑雲密佈，大雨急來，隨著電閃雷鳴。破廟邊一棵枯樹教雷劈開，雷音把麟趾的耳鼓幾乎震破，電光閃得更是可怕。她想那破廟一定會塌下來把她壓死，只是蹲在香案底下打抖擻。好容易聽見雨聲漸細，雷也不響，她不敢在那裡逗留，便從案下爬出來。那時雨已止住了，天際仍不時地透漏著閃電的白光，使蜿蜒的山路，隱約可辨。她走出廟門，待要往前，卻怕迷了路途，站著儘管出神。約有一個時辰，東方漸明，鳥聲也次第送到她耳邊，她想著該是走的時候，背著小包袱便離開那座破廟。一路上沒遇見什麼人，朝霧斷續地把去處遮攔著，不曉得從什麼地方來的泉聲到處都聽得見。正走著，前面忽然來了一隊人，她是個驚弓之鳥，一看見便急急向路邊的小叢林鑽進去。那裡提防到那剛被大雨洗刷過的山林濕滑難行，她沒力量攀住些草木，一任雙腳溜滑下去，直到山麓。她的手足都擦破了，腰也酸了，再也不能走。疲乏和傷痛使她不能不躺在樹林裡一塊鋪著朝陽的平石上昏睡。她腿上的血，殷殷地流到石上，她一點也不理會。

林外，向北便是越過梅嶺的大道，往來的行旅很多。不知經過幾個時辰，麟趾才在沉睡中覺得有人把她抱起來，睜眼一看，才知道被抱到一群男女當中。那班男女是走江湖賣藝的，一隊是屬於賣武耍把戲的黃勝，一隊是屬耍猴的杜強。麟趾是那耍猴的抱起來的，那賣武的黃勝取了些萬應的江湖秘藥來，敷她的傷口。他問她的來歷，知道她是迷途的孤女，便打定主意要留她當一名藝員，耍猴用不著女子，黃勝便私下向杜強要麟趾。杜強一時任俠，也就應許了。他只聲明將來若是出嫁得的財禮可以分些給他。

他們騙麟趾說他們是要到廣州去，其實他們的去向無定，什麼時候得到廣州，都不能說。麟趾信以爲眞，便請求跟著他們去。那男人騰出一個竹籮，教她坐在當中，他的妻子把她挑起來。後面跟著的那個人也挑著一擔行頭，在他肩膀上坐著一隻獮猴。他戴的那頂寬緣鑲雲紋的草笠上開了一個小圓洞，獮猴的頭可以從那裡伸出來。那人後面還跟著一個女子，牽著一隻綿羊和兩隻狗，綿羊馱著兩個包袱，最後便是扛刀槍的，麟趾與那一隊人在斜陽底下向著滿被野雲堆著的山徑前進，一霎時便不見了。

四

自從麟趾被騙以後，三四年間，就跟著那隊人在江湖上往來。她去求神仙的勇氣雖未消滅，而幼年的幻夢卻漸次清醒。幾年來除掉看一點淺近的白話報以外，她一點書也沒有念，所認得的字仍是在家的時候學的，深字甚至忘掉許多。她學會些江湖伎倆，如半截美人、高躍、踏索、過天橋等等，無一不精，因此被全班的人看爲台柱子，班主黃勝待她很好，常怕她不如意，另外給她好飲食。她同他們混慣了，也不覺得自己舉動下流。所不改的是她總沒有捨棄掉終有一天全家能夠聚在一起的念頭。神仙會化成人到處遊行的話是她常聽說的，幾年來，她安心跟著黃勝走江湖，每次賣藝總是目光灼灼注視著圍觀的人們，人們以她爲風騷，她卻在認人。多少次誤認了面貌與她父親或家人相彷彿的觀眾。但她仍是希望著，注意著，沒有一時不思念著。

他們眞個回到離廣州不遠的一個城，住在眞武廟傾破的後殿。早飯已經吃過，正預備下午的生意。黃勝坐在台階上抽煙等著麟趾，因爲她到街上買零碎東西還沒回來。

從廟門外驀然進來一個人，到黃勝跟前說：「勝哥，一年多沒見了！」老杜搖搖頭，隨即坐在台階上說：「眞不濟，去年那頭綿羊死掉，小山就悶病了。它每出場不但不如從前活潑，而且不聽話，我氣起來，打了它一頓。那隻畜生，可也奇怪，幾天不吃東西，也死了。從它死後，我一點買賣也沒做，指望贏些錢再買一隻羊和一隻猴，可是每賭必輸，至終把行頭都押出去了，現在來專意問大哥借一點。」

黃勝說：「我的生意也不很好，那裡有錢借給你使。」

老杜是打定主意的，他所要求非得不可。他說：「若是沒錢，就把人還我。」他的意思是指麟趾。

老黃急了，緊握著手，回答他說：「你說什麼？那個人是你的？」

「那女孩子是我撿的，自然屬於我。」

「你要，當時爲何不說？那時候你說要猴用不著她；多一個人養不起，便把她讓給我。現在我已養了好幾年，教會她各樣玩藝，你來要回去，天下沒有這個道理。」

「看來你是不願意還我了。」

「說不上還不還，難道我這幾年的心血和錢財能白費了麼？我不是說以後得的財禮分給你嗎？」

「好，我拿錢來贖成不成？」老杜自然等不得，便這樣說。

「你！拿錢來贖？你有錢還是買一隻羊、一隻猴耍耍去罷，麟趾，怕你贖不起。」老黃捨不得放棄麟趾，並且看不起老杜，想著他沒有贖她的資格。

「你要多少呢？」

「五百，」老黃說了，又反悔說，「不，不，我不能讓你贖去，她不是你的人，你再別廢話了。」

「你不讓我贖，不成。多會我有五百元，多會我就來贖。」老杜沒得老黃的同意，不告辭便出廟門去了。

自此以後，老杜常來跟老黃搗麻煩，但麟趾一點也不知道是爲她的事，她也沒去問。老黃怕以後更麻煩，心裡倒想先把她嫁掉，省得老杜屢次來胡纏，但他總也沒有把這意思給麟趾說，他也不怕什麼，因爲他想老杜手裡一點文據都沒有，打官司還可以佔便宜。他暗地裡托媒給麟趾找主，人約他在城隍廟戲台下相看，那地方是老黃每常賣藝的所在。相看的人是個當地土豪的兒子，人家叫他做郭太子。這消息給老杜知道，到廟裡與老黃理論，兩句不合，便動了武。幸而麟趾從外頭進來，便和班裡的人把他們勸開；不然，會鬧出人命也不一定，老杜罵到沒勁，也就走了。

麟趾問黃勝到底是怎麼回事。老黃沒敢把實在的情形告訴她，只說老杜老是來要錢使，一不給他，他便罵人。他對麟趾說：「因他知道我們將有一個闊堂會，非借幾個錢去使使不可。可是我不曉得這一宗買賣做得成做不成，明天下午約定在廟裡先耍著看，若是合意，人家才肯下定哪。你想我怎能事前借給他錢使！」

麟趾聽了，不很高興，說：「又是什麼堂會！」

老黃說：「堂會不好麼？我們可以多得些賞錢，姑娘不喜歡麼？」

「我不喜歡堂會，因爲看的人少。」

「人多人少有什麼相干，錢多就成了。」

「我要人多，不必錢多。」

「姑娘，那是怎講呢？」

「我希望在人海中能夠找著我的親人。」

黃勝笑了，他說：「姑娘！你要找親人，我倒想給你找親哪，除非你出閣，今生莫想有什麼親人，你連自己的姓都忘掉了！哈哈！」

「我何嘗忘掉？不過我不告訴人罷了，我的親人我認得，這幾年跟著你到處走，你當我眞是爲賣藝麼？你帶我到天邊海角，假如有遇見我的親人的一天，我就不跟你了。」

「這我倒放心，你永遠是遇不著的。前次在東莞你見的那個人，便說是你哥哥，楞要我去把他找來。見面談了幾句話，你又說不對了！今年年頭在增城，又錯認了爸爸！你記得麼？哈哈！我看你把心事放開罷。人海茫茫，那個是你的親人？倒不如過些日子，等我給你找個好主，若生下一男半女，我保管你享用無盡。那時，我，你的師父，可也叨叨光呀。」

「師父別說廢話，我不愛聽。你不信我有親人，我偏要找出來給你看。」麟趾說時像有了氣。

「那麼，你的親人卻是誰呢？」

「是神仙。」麟趾大聲地說。

老黃最怕她不高興，趕緊轉帆說：「我逗你玩哪，你別當眞，我們還是說些正經的罷，明天下午無論如何，我們得多賣些力氣。我身邊還有十幾塊錢，現在就去給你添些頭面。我一會兒就回來。」他笑著拍麟趾的肩膀，便自出去了。

第二天下午，老黃領著一班藝員到藝場去，郭太子早已在人圈中佔了一條板凳坐下。麟趾裝飾起來，招得圍觀的人越多，一套一套的把戲都演完，輪到麟趾的踏索，那是她的拿手技術。老黃那天便把繩子放長，兩端的鐵釬都插在人圈外頭。她一面走，一面演各種把式。正走到當中，啊，繩子忽然斷了！麟趾從一丈多高的空間摔下來。老黃不顧救護她，只嚷說：「這是老杜幹的」，連罵帶咒，跳出人圈外到繩折的地方。觀眾以爲麟趾摔死了，怕打官司時被傳去做證人，一哄而散。有些人回身注視老黃，見他追著一個人往人叢中跑，便跟過去趁熱鬧。不一會，全場都空了。老黃追那人不著，氣喘喘地跑回來，只見那兩個夥計在那裡收拾行頭。行頭被眾人踐踏，破壞了不少：刀槍也丟了好幾把；麟趾也不見了。夥計說人亂的時候他們各人都緊伏在兩箱行頭上頭，沒看見麟趾爬起來，到人散後，就不見她躺在地上。老黃無奈，只得收拾行頭，心裡想這定是老杜設計把麟趾搶走，回到廟裡再去找他計較，藝場中幾張殘破的板凳也都堆在一邊。老鴉從屋脊飛下來啄地上殘餘的食物；樹花重複發些清氣，因爲滿身汗臭的人們都不見了。

黃勝找了老杜好幾天都沒下落，到郭太子門上訴說了一番。郭太子反說他是設局騙他的定錢，非把他押起來不可。老黃苦苦哀求才脫了險。他出了郭家大門，垂頭走著，拐了幾個彎，驀地裡與老杜在巷尾一個犄角上撞個滿懷。「好，冤家路窄！」黃勝不由分說便伸出右手把老杜揪住。兩隻眼睛瞪得直像冒出電來，氣也粗了。老杜一手擅住老黃的右手，冷不防給他一拳。老黃哪裡肯讓，一腳便踢過去，指著他說：「你把人藏在那裡？快說出來，不然，看老子今天結束了你。」老杜退到牆犄角上，紮好馬步，兩拳瞄準老黃的腦袋說：「呸！你問我要人！我正要問你呢。你同郭太子設局，把所得的錢，半個也不分給我，反來問我要人。」說著，往前一跳，兩拳便飛過來，老黃閃得快，沒被打著。巷口看熱鬧的人越圍越多，巡警也來了。他們不願意到派出所去，敷衍了巡警幾句話，便教眾人擁著出了巷口。

老杜跟著老黃，又走過了幾條街。

老黃說：「若是好漢，便跟我回家分說。」

「怕你什麼？去就去！」老杜堅決地說。

老黃見他橫得很，心裡倒有點疑惑。他問：「方才你說我串通郭太子，不分給你錢，是從那裡聽來的狗謠言？」

「我還在我面前裝呆！那天在場上看把戲的大半是郭家的手腳，你還瞞誰？」

「我若知道這事，便教我男盜女娼。那天郭太子約定來看人是不錯，不過我已應許你，所得多少總要分給你，你爲什麼又到場上搗亂？」

老杜瞪眼看著他，說：「這就是胡說！我搗什麼亂？你們說了多少價錢我一點也不知道，那天我也不在那裡，後來在道上就見郭家的人們擁著一頂轎子過去，一打聽，才知道是從廟裡扛來的。」

老黃住了步，回過頭來，詫異地說：「郭太子！方才我到他那裡，幾乎教他給押起來。你說的話有什麼憑據？」

「自然有不少憑據。那天是誰把繩子故意拉斷的？」老杜問。

「你！」

「我！我告訴你，我那天不在場，一定是你故意做成那樣局面，好教郭太子把人搶走。」

老黃沉吟了一會，說：「這我可明白了。好兄弟，我們可別打了，這事一定是郭家的人幹的。」他把方才郭家的人如何蠻橫，爲老杜說過一遍。兩個人彼此埋怨，可也沒奈他何，回到眞武廟，大家商量怎樣打聽麟趾的下落。他們當然不敢打官司，也不敢闖進郭府裡去要人，萬一不對，可了不得。

老杜和黃勝兩人對坐著。你看我，我看你，一言不發，各自急抽著煙卷。

五

郭家的人們都忙著檢點東西，因爲地方不靖，從別處開來的軍隊進城時難免一場搶掠。那是一所五進的大房子，西邊還有一個大花園，各屋裡的陳設除椅、桌以外，其餘的都已裝好，運到花園後面的石庫裡，花園裡還留下一所房子沒有收拾。因爲郭太子新娶的新奶奶忌諱多，非過百日不許人搬動她屋子裡的東西。

窗外種著一叢碧綠的芭蕉，連著一座假山直通後街的牆頭。屋裡一張紫檀嵌牙的大床，印度紗帳懸著，雲石椅、桌陳設在南窗底下。瓷瓶裡插的一簇鮮花，香氣四溢。牆上掛的字畫都沒有取下來，一個康熙時代的大自鳴鐘的擺子在靜悄悄的空間的得地作響，鏈子末端的金葫蘆動也不動一下。在窗櫺下的貴妃床上坐著從前在城隍廟賣藝的女郎，她的眼睛向窗外注視，像要把無限的心事都寄給輕風吹動的蕉葉。

芭蕉外，輕微的腳音漸次送到窗前。一個三十左右的男子，到階下站著，頭也沒抬起來，便叫：「大官，大官在屋裡麼？」

裡面那女郎回答說：「大官出城去了，有什麼事？」

那人抬頭看見窗裡的女郎，連忙問說：「這位便是新奶奶麼？」

麟趾注目一看，不由得怔了一會，「你很面善，像在那裡見過的。」她的聲音很低，五尺以外幾乎聽不見。

那人看著她，也像在什麼地方會過似地，但他一時也記不起來，至終還是她想起來。她說：「你不是姓廖麼？」

「不錯呀，我姓廖。」

「那就對了，你現在在這一家幹的什麼事？」

「我一向在廣州同大官做生意，一年之中也不過來一兩次，奶奶怎麼認得我？」

「你不是前幾年娶了一個人家叫她做宜姑的做老婆嗎？」

那人注目看她，聽到她說起宜姑，猛然回答說：「哦，我記起來了！你便是當日的麟趾小姑娘！小姑娘，你怎麼會落在他手裡？」

「你先告訴我宜姑現在好麼？」

「她麼？我許久沒見她了。自從你走後，兄弟們便把宜姑配給黑牛，黑牛現在名叫黑仰白，幾年來當過一陣要塞司令，宜姑跟著他養下兩個兒子。這幾天，聽說總部要派他到上海去活動，也許她會跟著去罷。我自那年入軍隊不久，過不了紀律的生活，就退了伍。人家把我薦到郭大官的煙土棧當掌櫃，我一直便做了這麼些年。」

麟趾問：「省城也能公賣煙土麼？」

「當然是私下買賣，軍隊裡我有熟人容易做，所以這幾年來很剩些錢。」

「黑牛和他的弟兄們幫你販煙土，是不是？」

「不，黑司令現在很正派，我同他的交情沒有從前那麼深了。我有許多朋友在別的軍隊裡，他們時常幫助我。」

「我很想去見見宜姑，你能領我去麼？」

「她不久便要到上海去，你就是到廣州，也不一定能看見她？」

「今晚，就走，怎樣？」

「那可不成，城裡恐怕不到初更就要出亂子，我方才就是來對大官說，叫他快把大門、偏門、後門都鎖起來，恐怕人進來搶。」

「他說出城迎接軍隊去了，不曉得什麼時候能回來。或者現在就領我去罷。」

「耳目眾多，不成，不成。再說要走，也不能同我走，教大官知道，會說我拐騙你。……我說你是要一走不回頭呢？還是只要見一見宜姑便回來？」

「我一點也不喜歡他，那天我在城隍廟踏索子掉下來，昏過去，醒來便躺在這屋裡的床上。好在身上沒有什麼傷，只是腳跟和手擦破，養了十幾天便好了。他強我嫁給他，口裡答應給我十萬銀做保證金，說若是他再娶奶奶，聽我把十萬銀帶走，單獨過日子。我問他給了多少給黃勝，他說不用給，他沒奈何他。自從我離開山寨以後，就給黃勝搶去學走江湖，幾年來走了好幾省地方，至終在這裡給他算上了。我常想著他那樣的人，連一個錢也不給黃勝，將來萬一他負了心，他也照樣可以把十萬銀子搶回去；現在錢雖然在我的名字底下存著，我可不敢相信是屬於我的，我還是願意走得遠遠地。他不是一個好人，跟著他至終不會有好結果，你說是不是？」

廖成注視她的臉，聽著她說，他對於郭大官擄人的事早有所聞，卻不知便是麟趾。他好像對於麟趾所說的沒有多少可詫異的，只說：「是，他並不是個好人，但是現在的世界，那個是好人！好人有人捧，壞人也有人捧，爲壞人死的也算忠臣，我想等宜姑從上海回來，我再通知你去會她罷。」

「不，我一定要走。你若不領我去，請給我一個地址，我自己想方法。」

廖成把宜姑的地址告訴她，還勸她切要過了這個亂子才去，麟趾囑咐他不要教郭太子知道。她說：「你走罷，一會怕有人來，我那丫頭都到前院幫助收拾東西去了，你出去，請給我叫一個人進來。」

他一面走著，一面說：「我看還是等亂過去，從長慢慢打算罷，這兩天一定不能走的，道路上危險多。」

麟趾目送著廖成走出蕉叢外頭，到他的腳音聽不見的時候，慢慢起身到妝台前，檢點她的細軟和首飾之類。走出房門，上了假山，她自傷癒後這是第一次登高，想著宜姑，教她心裡非常高興，巴不得立刻到廣州去見她。到牆的盡頭，她探頭下望，見一條黑深的空巷，一根電報桿子立在巷對面的高坡上，同圍牆距離約一丈多寬。一根拴電桿的粗鉛絲，從桿上離電線不遠的部位，牽到牆上一座一半砌在牆裡已毀的節孝坊的石柱上，幾乎成為水平線。她看看園裡並沒有門，若要從花園逃出去，恐怕沒有多少希望。

她從假山下來，進到屋裡已是黃昏時分，丫頭也從前院進來了。麟趾問：「你有舊衣服沒有？拿一套來給我。」

女婢說：「奶奶要舊衣服幹什麼？」

「外頭亂擾擾地，萬一給人打進家裡來，不就得改裝掩人耳目麼？」

「我的不合奶奶穿，我到外頭去找一套進來罷。」她說著便出去了。

麟趾到丫頭的臥房翻翻她的包袱，果然都是很窄小的，不合她穿。門邊掛著一把雨紙傘，她拿下來打開一看，已破了大半邊。在床底下有一根細繩子，不到一丈長。她搖搖頭歎了一聲，出來仍坐在窗下的貴妃床，兩眼凝視著芭蕉。忽然拍起她的腿說：「有了！」她立起來，正要出去，丫頭給她送了一套竹布衣服進來。

「奶奶，這套合適不合適？」

她打開一看，連說：「成，成，現在你可以到前頭幫他們搬東西，等七點鐘端飯來給我吃。」丫頭答應一聲，便離開她。她又到婢女屋裡，把兩竿張蚊帳的竹子取下捆起來；將衣物分做兩個小包結在竹子兩端，做成一根踏索用的均衡擔。她試一下，覺得稍微輕一點，便拿起一把小刀走到芭蕉底下，把兩棵有花蕾的砍下來，割下兩個重約兩斤的花蕾加在上頭。隨即換了衣服，穿著軟底鞋，扛著均衡擔飛跑上假山。沿著牆頭走，到石柱那邊。她不顧一切，兩手擅住均衡擔，踏上那很大鉛絲，一步一步地走過去。到電桿那頭，她忙把竹上的繩子解下來，圈成一個圓套子，套著自己的腰和桿子，像尺蠖一樣，一路拱下去。

下了土坡，急急向著人少的地方跑。拐了幾個彎，才稍微辨識一點道路。她也不用問道，一個勁兒便跑到眞武廟去，她想著教黃勝領她到廣州去找宜姑，把身邊帶著的珠寶分給他一兩件。不想眞武廟的後殿已經空了，人也不曉得往那裡去了。天色已晚，鄰居的人都不理會是她回來，她不敢問。她躊躇著，不曉得怎樣辦，在眞武廟歇，又害怕；客棧不能住；船，晚上不開，一會郭家人發覺了，一定把各路口把住，終要被逮捕回去。到巡警局報迷路罷，不成，若是巡警搜出身上的東西，倒惹出麻煩來。想來想去，還是趕出城，到城外藏一宿，再定行止。

她在道上，看見許多人在街上擠來擠去，很像要鬧亂子的光景。剛出城門，便聽見城裡一連發出砰磅的聲音。街上的人慌慌張張地亂跑，鋪店的門早已關好，一聽見槍聲，連門前的天燈都收拾起來。幸而麟趾出了城，不然，就被關在城裡頭。她要找一個僻靜的地方去躲一下，但找來找去，總找不著，不覺來到江邊。沿江除碼頭停泊著許多船以外，別的地方都很靜。在離碼頭不遠的地方，有一棵斜出江面的大榕樹。那樹的氣根，根根部向著水面伸下去。她又想起藏在樹上，在槍聲不歇的時候，已有許多人擠在碼頭那邊叫渡船，他們都是要到石龍去的。看他們的樣子都像是逃難的人，麟趾想著不如也跟著他們去，到石龍，再趕廣州車到廣州。看他們把價錢講妥了，她忙舉步，混在人們當中，也上了船。

亂了一陣，小渡船便離開碼頭。人都伏在艙底下，燈也不敢點，城中的槍聲教船後頭的大櫓和船頭的雙槳輕鬆地搖掉。但從雉堞影射出來的火光，令人感到是地獄的一種現象。船走得越遠，照得越亮。到看不見紅光的時候，不曉得船在江上已經拐了幾個彎了。

六

石龍車站裡雖不都是避難的旅客，但已擁擠得不堪。站台上幾乎沒有一寸空地，都教行李和人佔滿了，麟趾從她的座位起來，到站外去買些吃的東西，回來時，位已被別人佔去。她站在一邊，正在吃東西，一個扒手偷偷摸摸地把她放在地下那個小包袱拿走。在她沒有發覺以前，後面長凳上坐著的一個老和尙便趕過來，追著那賊說：「莫走，快把東西還給人。」他說著，一面追出站外。麟趾見拿的是她的東西，也追出來。老和尙把包袱奪回來，交給她說：「大姑娘，以後小心一點，在道上小人多。」

麟趾把包袱接在手裡，眼淚幾乎要流出來，她心裡說若是丟了包袱，她就永久失掉紀念她父親的東西了。再則，所有的珠寶也許都在裡頭。現出非常感激的樣子，她對那出家人說：「眞不該勞動老師父。跑累了麼？我扶老師父進裡面歇歇罷。」

老和尚雖然有點氣喘，卻仍然鎮定地說：「沒有什麼，姑娘請進罷。你像是逃難的人，是不是？你的包袱爲什麼這樣濕呢？」

「可不是，這是被賊搶漏了的，昨晚上，我們在船上，快到天亮的時候，忽然岸上開槍，船便停了。我一聽見槍聲，知道是賊來了，趕快把兩個包袱扔在水裡。我每個包袱本來都結著一條長繩子。扔下以後，便把一頭暗地結在靠近舵邊一根支篷的柱子上頭。我坐在船尾，扔和結的時候都沒人看見，因爲客人都忙著藏各人的東西，天也還沒亮，看不清楚。我又怕被人知道我有那兩個包袱，萬一被賊搜出來，當我是財主，將我擄去，那不更吃虧麼？因此我又趕緊到篷艙裡人多的地方坐著。賊人上來，眞兇！他們把客人的東西都搶走了。個個的身上也搜過一遍，僥倖沒被搜出的很少。我身邊還有一點首飾，也送給他們了，還有一個人不肯把東西交出，教他們打死了，推下水去。他們走後，我又回到船後去，牽著那繩子，可只剩下一個包袱，那一個恐怕是教水沖掉了。」

「我每想著一次一次的革命，逃難的都是闊人。他們有香港、澳門、上海可去。逃不掉的，只有小百姓。今日看見車站這麼些人，才覺得不然。所不同的，是小百姓不逃固然吃虧，逃也便宜不了。姑娘很聰明，想得到把包袱扔在水裡，眞可佩服。」

麟趾隨在後頭回答說：「老師父過獎，方才把東西放下，就是顯得我很笨；若不是師父給追回來，可就不得了。老師父也是避難的麼？」

「我以？出家人避什麼難？我從羅浮山下來，這次要上普陀山去朝山。」說時，回到他原來的坐位，但位已被人佔了，他的包袱也沒有了。他的神色一點也不因爲丟了東西更變一點，只笑說：「我的包袱也沒了！」

心裡非常不安的麟趾從身邊拿出一包現錢，大約二十元左右，對他說：「老師父，我眞感謝你，請你把這些銀子收下罷。」

「不，謝謝，我身邊還有盤纏。我的包袱不過是幾卷殘經和一件破袈裟而已。你是出門人，多一元在身邊是一元的用處。」

他一定不受，麟趾只得收回。她說：「老師父的道行眞好，請問法號怎樣稱呼？」

那和尚笑說：「老衲沒有名字。」

「請告訴我，日後也許會再相見。」

「姑娘一定要問，就請叫我做羅浮和尚便了。」

「老師父一向便在羅浮嗎？聽你的口音不像是本地人。」

「不錯，我是北方人。在羅浮出家多年了，姑娘倒很聰明，能聽出我的口音。」

「姑娘倒很聰明」，在麟趾心裡好像是幼年常聽過的。她父親的形貌，她已模糊記不清了，她只記得旺密的大鬍子，發亮的眼神。因這句話，使她目注在老和尚臉上。光圓的臉，一根鬍子也不留，滿頰直像鋪上一層霜，眉也白得像棉花一樣，眼睛帶著老年人的混濁顏色，神彩也沒有了。她正要告訴老師父她原先也是北方人，可巧汽笛的聲音夾著輪聲、軌道震動聲，一齊送到。

「姑娘，廣州車到了，快上去罷，不然佔不到好座位。」

「老師父也上廣州麼？」

「不，我到香港候船。」

麟趾匆匆地別了他，上了車，當窗坐下。人亂過一陣，車就開了。她探出頭來，還望見那老和尚在月台上。她凝望著，一直到車離開很遠的地方。

她坐在車裡，意象裡只有那個老和尚，想著他莫不便是自己的父親？可惜方才他遞包袱時，沒留神看看他的手，又想回來，不，不能夠，也許我自己以爲是，其實是別人。他的臉不很像哪！他的道行眞好，不愧爲出家人。忽然又想：假如我父親仍在世，我必要把他找回來，供養他一輩子。呀，幼年時代甜美的生活，父母的愛惜，我不應當報答嗎？不，不，沒有父母的愛，父母都是自私自利的。爲自己的名節，不惜把全家殺死。也許不止父母如此，一切的人都是自私自利的。從前的女子，不到成人，父母必要快些把她嫁給人。爲什麼？留在家裡吃飯，賠錢。現在的女子，能出外跟男子一樣做事，父母便不願她嫁了。他們願意她像兒子一樣養他們一輩子，送他們上山。不，也許我的父母不是這樣。他們也許對，是我不對，不聽話，才會有今日的流離。

她一向便沒有這樣想過，今日因著車輪的轉動搖醒了她的心靈。「你是聰明的姑娘！」「你是聰明的姑娘！」輪子也發出這樣的聲音。這明明是父親的話，明明是方才那老和尙的話。不知不覺中，她竟滴了滿襟的淚。淚還沒乾，車已入了大沙頭的站台了。

出了車站，照著廖成的話，雇一輛車直奔黑家。車走了不久時候，至終來到門前。兩個站崗的兵問她找誰，把她引到上房，黑太太緊緊迎出來，相見之下，抱頭大哭一場。傭人面面相覷，莫名其妙。

黑太太現在是個三十左右的女人，黑老爺可已年近半百。她裝飾得非常時髦，錦衣、繡裙，用的是歐美所產胡奴的粉，杜絲的脂，古特士的甲紅，魯意士的眉黛，和各種著名的香料。她的化妝品沒有一樣不是上等，沒有一件是中國產物。黑老爺也是面團團，腹便便，絕不像從前那凶神惡煞的樣子，寒暄了兩句，黑老爺便自出去了。

「妹妹，我佔了你的地位。」這是黑老爺出去後，黑太太對麟趾的第一句話。麟趾直看著她，雙眼也沒眨一下。

「唉，我的話要從那裡說起呢？你怎麼知道找到這裡來？你這幾年來到那裡去了？」

「姊姊，說來話長，我們晚上有功夫細細談罷，你現在很舒服了，我看你穿的用的便知道了。」

「不過是個繡花枕而已，我眞是不得已。現在官場，專靠女人出去交際，男人才有好差使，無謂的應酬一天不曉得多少，眞是把人累得要死。」

她們眞個一直談下去，從別離以後談到彼此所過的生活。宜姑告訴麟趾他祖父早已死掉，但村裡那間茅屋她還不時去看看，現在沒有人住，只有一個人在那裡守著。她這幾年跟人學些注音字母，能夠念些淺近文章，在話裡不時讚美她丈夫的好處。麟趾心裡也很喜歡，最能使她開心的便是那間茅舍還存在。她又要求派人去訪尋黃勝，因爲她每想著她欠了他很大的恩情。宜姑了應許爲她去辦，她又告訴宜姑早晨在石龍車站所遇的事情，說她幾乎像看見父親一樣。

這樣的傾談決不能一時就完畢，好幾天或好幾個月都談不完，東江的亂事教黑老爺到上海的行期改早些，他教他太太過些日子再走。因此宜姑對於麟趾，第二天給她買穿，第三天給她買戴；過幾天又領她到張家，過幾時又介紹她給李家。一會是同坐紫洞艇遊河，一會又回到白雲山附近的村居。麟趾的生活在一兩個星期中眞像粘在枯葉下的冷蛹，化了蝴蝶，在旭日和風中間翻舞一樣。

東江一帶的秩序已經漸次恢復。在一個下午，黑府的勤務兵果然把黃勝領到上房來。麟趾出來見他，又喜又驚。他喜的是麟趾有了下落；他怕的是軍人的勢力。她可沒有把一切的經過告訴他，只問他事變的那天他在那裡。黃勝說他和老杜合計要趁亂領著一班窮人闖進郭太子的住宅，他們兩人希望能把她奪回來，想不到她沒在那裡。郭家被火燒了，兩邊死掉許多人，老杜也打死了，郭家的人活的也不多，郭太子在道上教人擄去，到現在還不知下落。他見事不濟，便自逃回城隍廟去，因爲事前他把行頭都存在那裡，夥計沒跟去的也住在那裡。

麟趾心裡想著也許廖成也遇了險。不然，這麼些日子，怎麼不來找我，他總知道我會到這裡來。因爲黃勝不認識廖成，問也沒用，她問黃勝願意另謀職業，還是願意幹他的舊營生。黃勝當然不願再去走江湖，她於是給了他些銀錢。但他願意在黑府當差，宜姑也就隨便派給他當一名所謂國術教官。

黑家的行期已經定了，宜姑非帶麟趾去不可，她想著帶她到上海，一定有很多幫助。女人的臉曾與武人的槍平分地創造了人間一大部歷史。黑老爺要去聯絡各地戰主，也許要仗著麟趾才能成功。

七

南海的月亮雖然沒有特別動人的容貌，因爲只有它來陪著孤零的輪船走，所以船上很有些與它默契的人。夜深了，輕微的浪湧，比起人海中政爭匪掠的風潮舒適得多。在枕上的人安寧地聽著從船頭送來波浪的聲音，直如催眠的歌曲。統艙裡躺著、坐著的旅客還沒盡數睡著，有些還在點五更雞煮掛麵，有些躺在一邊燒鴉片，有些圍起來賭錢，幾個要到普陀朝山的和尚受不了這種人間濁氣，都上到艙面找一個僻靜處所打坐去了，在石龍車站候車的那個老和尚也在裡頭。船上雖也可以入定，但他們不時也談一兩句話。從他們的談話裡，我們知道那老和尚又回到羅浮好些日子，爲的是重新置備他的東西。

在那班和尚打坐的上一層甲板，便是大菜間客人的散步地方，藤椅上坐著宜姑，麟趾靠著舷邊望月，別的旅客大概已經睡著了。宜姑日來看見麟趾心神恍惚，老像有什麼事掛在心頭一般，在她以爲是待她不錯；但她總是望著空間想，話也不願意多說一句。

「妹妹，你心裡老像什麼事，不肯告訴我。你是不喜歡我們帶你到上海去麼？也許你想你的年紀大啦，該有一個伴了。若是如此，我們一定爲你想法子。他的交遊很廣，面子也夠，替你選擇的人準保不錯。」宜姑破了沉寂，坐在麟趾背後這樣對她說。她心裡是想把麟趾認做妹妹，介紹給一個督軍的兒子當做一種政治釣餌，萬一不成，也可以藉著她在上海活動。

麟趾很冷地說：「我現在談不到那事情，你們待我很好，我很感激。但我老想著到上海時，順便到普陀去找找那個老師父，看他還在那裡不在，我現在心裡只有他。」

「你準知道他便是你父親嗎？」

「不，我不過思疑他是。我不是說過那天他開了後門出去，沒聽見他回到屋裡的腳音嗎？我從前信他是死了，自從那天起教我希望他還在人間。假如我能找著他，我寧願把所有的珠寶給你換那所茅屋，我同他在那裡住一輩子。」麟趾轉過頭來，帶著滿有希望的聲調對著宜姑。

「那當然可以辦的到，不過我還是希望你不要做這樣沒有把握的尋求。和尚們多半是假慈悲，老奸巨猾的不少；你若有意去求，若是有人知道你的來歷，冒充你父親，教你養他一輩子，那你不就上了當？幼年的事你準記得清楚麼？」

「我怎麼不記得？誰能瞞我？我的憑證老帶在身邊，誰能瞞得過我？」她說時拿出她幾年來常在身邊的兩截帶指甲的指頭來，接著又說；「這就是憑證。」

「你若是非去找他不可，我想你一定會過那飄泊的生活，萬一又遇見危險，後悔就晚了。現在的世界亂得很，何苦自己去找煩惱？」

「亂麼？你、我都見過亂，也嘗過亂的滋味，那倒沒有什麼，我的窮苦生活比你多過幾年，我受得了，你也許忘記了。你現在的地位不同，所以不這樣想。假若你同我換一換生活，你也許也會想去找你那耳聾的祖父罷。」她沒有回答什麼，嘴裡漫應著：「唔，唔。」隨即站起來，說：「我們睡去罷，不早了。明天一早起來看旭日，好不好？」

「你先去罷，我還要停一會兒才能睡咧。」

宜姑伸伸懶腰，打了一個呵欠，說聲「明天見！別再胡思亂想了，妹妹，」便自進去了。

她仍靠在舷邊，看月光映得船邊的浪花格外潔白，獨自無言，深深地呼吸著。甲板底下那班打坐的和尚也打起盹來了。他們各自回到統艙裡去。下了扶梯，便躺著，那個老是用五更雞煮掛麵的客人，他雖已睡去，火仍是點著。一個和尚的袍角拂倒那放在上頭的鍋，幾乎燙著別人的腳。再前便是那抽鴉片的客人，手拿著煙槍，仰面打鼾，煙燈可還未滅，黑甜的氣味繞繚四圍，鬥紙牌的還在鬥著，談話的人可少了。

月也回去了，這時只剩下浪吼輪動的聲音。

宜姑果然一清早便起來看海天旭日，麟趾卻仍在睡鄉裡，報時的鐘打了六下，甲板上下早已洗得乾乾淨淨。統艙的客人先後上來盥漱，麟趾也披著寢衣出來，坐在舷邊的漆椅上，在桅梯邊洗臉的和尚們牽引了她的視線。她看見那天在石龍車站相遇的那個老師父，喜歡得直要跳下去叫他。正要走下去，宜姑忽然在背後叫她，說：「妹妹，你還沒穿衣服咧。快吃早點了，還不去梳洗？」

「姊姊，我找著他了！」她不顧一切還是要下扶梯。宜姑進前幾步，把她揪住，說：「你這像什麼樣子，下去不怕人笑話，我看你眞是有點迷。」她不由分說，把麟趾拉進艙房裡。

「姊姊，我找著他了！」她一面換衣服，一面說，「若果是他，你得給我靠近燕塘的那間茅屋，我們就在那裡住一輩子。」

「我怕你又認錯了人，你一見和尚便認定是那個老師父，我準保你又會鬧笑話，我看吃過早飯叫『播外』[2]下去問問，若果是，你再下去不遲。」

「不用問，我準知道是他。」她三步做一步跳下扶梯來。那和尚已漱完口下艙去了，她問了旁邊的人便自趕到統艙去，下扶梯過急，猛不防把那點著的五更雞踢倒。汽油灑滿地，火跟著冒起來。

2「播外」，即 boy 的譯音，就是茶役的意思。

艙裡的搭客見樓梯口著火，個個都驚慌失措，哭的，嚷的，亂跑的，混在一起。麟趾退上艙面，臉嚇得發白，話也說不出來。船上的水手，知道火起，忙著解開水龍。警鐘響起來了！

艙底沒有一個敢越過那三尺多高的火焰。忽然跳出那個老和尚，抱著一張大被窩騰身向火一撲，自己倒在火上壓著。他把火幾乎壓滅了一半，眾人才想起掩蓋的一個法子。於是一個個拿被窩爭著向剩下的火焰掩壓。不一會把火壓住了，水龍的水也到了，忙亂了一陣，好容易才把火撲滅了，各人取回沖濕的被窩時，直到最底下那層，才發現那老師父，眾人把他扛到甲板上頭，見他的胸背都燒爛了。

他兩隻眼雖還睜著，氣息卻只留著一絲，眾人圍著他，但具有感激他爲眾捨命的恐怕不多。有些只顧罵點五更雞的人，有些卻咒那行動鹵莽的女子。

麟趾鑽進人叢中，滿臉含淚，那老師父的眼睛漸次地閉了，她大聲叫：「爸爸！爸爸！」

眾人中，有些肯定地說他死了。麟趾揸著他的左手，看看那剩下的三個指頭。她大哭起來。嚷，說：「眞是我的爸爸呀！」這樣一連說了好幾遍。宜姑趕下來，把她扶開，說：「且別哭啦，若眞是你父親，我們回到屋裡再打算他的後事。在這裡哭惹得大眾來看熱鬧，也沒什麼好處。」

她把麟趾扶上去以後，有人打聽老和尚和那女客的關係，卻沒有一個人知道，他同伴的和尚也不很知道他的來歷。他們只知道他是從羅浮山下來的。有一個知道詳細一點，說他在某年受戒，燒掉兩個指頭供養三世法佛。這話也不過是想，當然並沒有確實的憑據，同伴的和尚並沒有一個眞正知道他的來歷。他們最多知道他住在羅浮不過是四五年光景，從那裡得的戒牒也不知道。

宜姑所得的回報，死者是一個虔心奉佛燃指供養的老和尚。麟趾卻認定他便是好幾年前自己砍斷指頭的父親。死的已經死淖，再也沒法子問個明白，他們也不能教麟趾不相信那便是她爸爸。

她躺在床上，哭得像淚人一般，宜姑在旁邊直勸她。她說：「你就將他的遺體送到普陀或運回羅浮去爲他造一個塔，表表你的心也就夠了。」

統艙的秩序已經恢復，麟趾到停屍的地方守著。她心裡想：這到底是我父親不是？他是因爲受戒燒掉兩個指頭的麼？一定的，這樣的好人，一定是我父親，她的淚沉靜地流下，急劇地滴到膝上。她注目看著那屍體，好像很認得，可惜記憶不能給她一個反證。她想到普陀以後若果查明他的來歷不對，就是到天邊海角，她也要再去找找。她的疑心，很能使她再去過遊浪的生活，長住在黑家決不是她所願意的事。她越推想越入到非非之境，氣息幾乎像要停住一樣。船仍在無涯的浪花中漂著，煙囪冒出濃黑的煙，延長到好幾百丈，漸次變成灰白色，一直到消滅在長空裡頭。天涯的彩雲一朵一朵浮起來，在麟趾眼裡，彷彿像有仙人踏在上頭一般。

歸途

她坐在廳上一條板凳上頭，一手支頤，在那裡納悶。這是一家傭工介紹所。已經過了糖瓜祭灶的日子，所有候工的女人們都已回家了，惟獨她在介紹所裡借住了二十幾天，沒有人雇她，反欠下媒婆王姥姥十幾弔錢。姥姥從街上回來，她還坐在那裡，動也不動一下，好像不理會的樣子。

王姥姥走到廳上，把買來的年貨放在桌上，一面把她的圍脖取下來，然後坐下，喘幾口氣。她對那女人說：「我說，大嫂，後天就是年初一，個人得打個人的主意了。你打算怎辦呢？你可不能在我這兒過年，我想你還是先回老家，等過了元宵再來罷。」

她驀然聽見王姥姥這些話，全身直像被冷水澆過一樣，話也說不出來。停了半晌，眼眶一紅，才說：「我還該你的錢哪。我身邊一個大子也沒有，怎能回家呢？若不然，誰不想回家？我已經十一二年沒回家了。我出門的時候，我的大妞兒才五歲，這麼些年沒見面，她爹死，她也不知道，論理我早就該回家看看。無奈……」她的喉嚨受不了傷心的衝擊，至終不能把她的話說完，只把淚和涕來補足她所要表示的意思。

王姥姥雖想攆她，只爲十幾弔錢的債權關係，怕她一去不回頭，所以也不十分壓迫她。她到裡間，把身子倒在冷炕上頭，繼續地流她的苦淚。淨哭是不成的，她總得想法子。她爬起來，在炕邊拿過小包袱來，打開，翻翻那幾件破衣服。在前幾年，當她隨著丈夫在河南一個地方的營盤當差的時候，也曾有過好幾件皮襖。自從編遣的命令一下，凡是受編遣的就得爲他的職業拚命。她的丈夫在鄭州那一仗，也隨著那位總指揮亡於陣上。敗軍的眷屬在逃亡的時候自然不能多帶行李。她好容易把些少細軟帶在身邊，日子就靠著零當整賣這樣過去。現在她什麼都沒有了，只剩下當日丈夫所用的一把小手槍和兩顆槍子。許久她就想著把它賣出去，只是得不到相當的人來買。此外還有丈夫剩下的一件軍裝大氅和一頂三塊瓦式的破皮帽。那大氅也就是她的被窩，在嚴寒時節，一刻也離不了它。她自然不敢教人看見她有一把小手槍，拿出來看一會，趕快地又藏在那件破大氅的口袋裡頭。小包袱裡只剩下幾件破衣服，賣也賣不得，吃也吃不得。她歎了一聲，把它們包好，仍舊支著下巴頦納悶。

黃昏到了，她還坐在那冷屋裡頭。王姥姥正在明間做晚飯，忽然門外來了一個男人。看他穿的那件鑲紅邊的藍大褂，可以知道他是附近一所公寓的聽差。那人進了屋裡，對王姥姥說，「今晚九點左右去一個。」

「誰要呀？」王姥姥問。

「陳科長。」那人回答。

「那麼，還是找鸞喜去罷。」

「誰都成，可別誤了。」他說著，就出門去了。

她在屋裡聽見外邊要一個人，心裡暗喜說，天爺到底不絕人的生路，在這時期還留給她一個吃飯的機會。她走出來，對王姥姥說：「姥姥，讓我去罷。」

「你哪兒成呀？」王姥姥冷笑著回答她。

「爲什麼不成呀？」

「你還不明白嗎？人家要上炕的。」

「怎樣上炕呢？」

「說是呢！你一點也不明白！」王姥姥笑著在她的耳邊如此如彼解釋了些話

語，然後說：「你就要，也沒有好衣服穿呀。就是有好衣服穿，你也得想想你的年紀。」

她很失望地走回屋裡。拿起她那缺角的鏡子到窗邊自己照著。可不是！她的兩鬢已顯出很多白髮，不用說額上的皺紋，就是顴骨也突出來象懸崖一樣了。她不過是四十二、三歲人，在外面隨軍，被風霜磨盡她的容光，黑滑的鬏髻早已剪掉，剩下的只有滿頭短亂的頭髮。剪髮在這地方只是太太、少奶、小姐們的時裝，她雖然也當過使喚人的太太，只是要給人傭工，這樣的裝扮就很不合適，這也許是她找不著主的原故罷。

王姥姥吃完晚飯就出門找人去了。姥姥那套咬耳朵的話倒啓示了她一個新意見。她拿著那條凍成一片薄板樣的布，到明間白爐子上坐著的那盆熱水燙了一下。她回到屋裡，把自己的臉勻勻地擦了一回，瘦臉果然白淨了許多。她打開炕邊一個小木匣，拿起一把缺齒的木梳，攏攏頭髮。粉也沒了，只剩下些少填滿了匣子的四個犄角。她拿出匣子裡的東西，用一根簪子把那些不很白的剩粉剔下來，倒在手上，然後往臉上抹。果然還有三分姿色，她的心略爲開了。她出門回去偷偷地把人家剛貼上的春聯撕了一塊；又到明間把燈罩積著的煤煙刮下來。她醮濕了紅紙來塗兩腮和嘴唇，用煤煙和著一些頭油把兩鬢和眼眉都塗黑了。這一來，已有了六七分姿色。心裡想著她蠻可以做上炕的活。

王姥姥回來了。她趕緊迎出來，問她，她好看不好看。王姥姥大笑說：「這不是老妖精出現麼！」

「難看麼？」

「難看倒不難看，可是我得找一個五六十歲的人來配你。哪兒找去？就使有老頭兒，多半也是要大姑娘的。我勸你死心罷，你就是倒下去，也沒人要。」

她很失望地又回到屋裡來，兩行熱淚直滾出來，滴在炕席上不久就凝結了，沒廉恥的事情，若不是爲饑寒所迫，誰願意幹呢？若不是年紀大一點，她自然也會做那生殖機能的買賣。

她披著那件破大氅，躺在炕上，左思右想，總得不著一個解決的方法。夜長夢短，她只睜著眼睛等天亮。

二十九那天早晨，她也沒吃什麼，把她丈夫留下的那頂破皮帽戴上，又穿上那件大氅，乍一看來，可像一個中年男子。她對王姥姥說：「無論如何，我今天總得想個法子得一點錢來還你。我還有一兩件東西可以當當，出去一下就回來。」王姥姥也沒盤問她要當的是什麼東西，就滿口答應了她。

她到大街上一間當鋪去，問夥計說：「我有一件軍裝，您櫃上當不當呀？」

「什麼軍裝？」

「新式的小手槍。」她說時從口袋裡掏出那把手槍來。掌櫃的看見她掏槍，嚇得趕緊望櫃下躲。她說：「別怕，我是一個女人，這是我丈夫留下的，明天是年初一，我又等錢使，您就當周全我，當幾塊錢使使罷。」

夥計和掌櫃的看她並不像強盜，接過手槍來看看。他們在鐵檻裡唧唧咕咕地商議了一會。最後由掌櫃的把槍交回她，說：「這東西櫃上可不敢當。現在四城的軍警查得嚴，萬一教他們知道了，我們還要擔干係。你拿回去罷。你拿著這個，可得小心。」掌櫃的是個好人，才肯這樣地告訴她，不然他早已按警鈴叫巡警了。無論她怎樣求，這買賣櫃上總不敢做，她沒奈何只得垂著頭出來。幸而她旁邊沒有暗探和別人，所以沒有人注意。

她從一條街走過一條街，進過好幾家當鋪也沒有當成。她也有一點害怕了。一件危險的軍器藏在口袋裡，當又當不出去，萬一給人知道，可了不得。但是沒錢，怎好意思回到介紹所去見王姥姥呢？她一面走一面想，最後決心一說，不如先回家再說罷。她的村莊只離西直門四十里地，走路半天就可以到。她到西四牌樓，還進過一家當鋪，還是當不出去，不由得帶著失望出了西直門。

她走到高亮橋上，站了一會。在北京，人都知道有兩道橋是窮人的去路，犯法的到天橋去，活膩了的到高亮橋來。那時正午剛過，天本來就陰暗，間中又飄了些雪花，橋底水都凍了。在河當中，流水隱約地在薄冰底下流著。她想著，不站了罷，還是往前走好些。她有了主意，因爲她想起那十二年未見面的大妞兒現在已到出門的時候了，不如回家替她找個主兒，一來得些財禮，二來也省得累贅。一身無掛礙，要往前走也方便些。自她丈夫被調到鄭州以後，兩年來就沒有信寄回鄉下。家裡的光景如何？女兒的前程怎樣？她自都不曉得。可是她自打定了回家嫁女兒的主意以後，好像前途上又爲她露出一點光明，她於是帶著希望在向著家鄉的一條小路走著。

雪下大了。荒涼的小道上，只有她低著頭慢慢地走，心裡想著她的計畫。迎面來了一個青年婦人，好像是趕進城買年貨的。她戴著一頂寶藍色的帽子，帽上還安上一片孔雀翎；穿上一件桃色的長棉袍；腳底下穿著時式的紅繡鞋。這青年婦女從她身邊閃過去，招得她回頭直望著她。她心裡想，多麼漂亮的衣服呢，若是她的大妞兒有這樣一套衣服，那就是她的嫁妝了。然而她哪裡有錢去買這樣時樣的衣服呢？她心裡自己問著，眼睛直盯在那女人的身上。那女人已經離開她四五十步遠近，再拐一個彎就要看不見了。她看四圍一個人也沒有，想著不如搶了她的，帶回家給大妞兒做頭面。這個念頭一起來，使她不由回頭追上前去，用粗厲的聲音喝著：「大姑娘，站住，你那件衣服借我使使罷。」那女人回頭看見她手裡拿著槍，恍惚是個軍人，早已害怕得話都說不出來，想要跑，腿又不聽使，她只得站住，問：「你要什麼？」

「我什麼都不要。快把衣服，帽子，鞋，都脫下來。身上有錢都得交出來，手鐲、戒指、耳環，都得交我。不然，我就打死你。快快，你若是嚷出來，我可不饒你。」

那女人看見四圍一個人也沒有，嚷出來又怕那強盜眞個把她打死，不得已便照她所要求的一樣一樣交出來。她把衣服和財物一起捲起來，取下大氅的腰帶束上，往北飛跑。

那女人所有的一切東西都給剝光了，身上只剩下一套單衣褲。她坐在樹根上直打抖擻，差不多過了二十分鐘才有一個騎驢的人從那道上經過。女人見有人來，這才嚷救命。驢兒停止了。那人下驢，看見她穿著一身單衣褲。問明因由，便仗著義氣說：「大嫂，你別傷心，我替你去把東西追回來。」他把自己披著的老羊皮筒脫下來扔給她，「你先披著這個罷，我騎著驢去追她，一會兒就回來。那兔強盜一定走得不很遠，我一會就回來，你放心吧。」他說著，鞭著小驢便往前跑。

她已經過了大鐘寺，氣喘喘地冒著雪在小道上竄。後面有人追來，直嚷：「站住，站住。」她回頭看看，理會是來追她的人，心裡想著不得了，非與他拚命不可。她於是拿出小手槍來，指著他說：「別來，看我打死你。」她實在也不曉得要怎辦，姑且把槍比仿著。驢上的人本來是趕腳的，他的年紀才二十一二歲，血氣正強，看見她拿出槍來，一點也不害怕，反說：「瞧你，我沒見過這麼小的槍。你是從市場裡的玩意鋪買來瞎嚇人，我才不怕哪。你快把人家的東西交給我罷，不然，我就把你捆上，送司令部，槍斃你。」

她聽著一面望後退，但驢上的人節節迫近前，她正在急的時候，手指一攀，無情的槍子正穿過那人的左胸，那人從驢背掉下來，一聲不響，軟軟地攤在地上。這是她第一次開槍，也沒瞄準，怎麼就打中了！她幾乎不信那驢夫是死了，她覺得那槍的響聲並不大，真像孩子們所玩的一樣，她慌得把槍扔在地上，急急地走進前，摸那驢夫胸口，「呀，了不得！」她驚慌地嚷出來，看著她的手滿都是血。

她用那驢夫衣角擦淨她的手，趕緊把驢拉過來，把剛才搶得的東西夾上驢背，使勁一鞭，又望北飛跑。

一刻鐘又過去了。這裡坐在樹底下披著老羊皮的少婦直等著那驢夫回來。一個剃頭匠挑著擔子來到跟前。他也是從城裡來，要回家過年去。一看見路邊坐著的那個女人，便問：「你不是劉家的新娘子麼！怎麼大雪天坐在這裡？」女人對他說剛才在這裡遇著強盜。把那強盜穿的什麼衣服，什麼樣子，一一地告訴了他。她又告訴他本是要到新街口去買些年貨，身邊有五塊現洋，都給搶走了。

這剃頭匠本是她鄰村的人，知道她新近才做新娘子。她的婆婆欺負她外家沒人，過門不久便虐待她到不堪的地步。因爲要過新年，才許她穿戴上那套做新娘時的衣帽，交給她五塊錢，叫她進城買東西。她把錢丟了，自然交不了差，所以剃頭匠便也仗著義氣，允許上前追盜去。他說：「你別著急，我去看看到底是怎麼一回事。」他說著，把擔放在女人身邊，飛跑著望北去了。

剃頭匠走到剛才驢夫喪命的地方，看見地下躺著一個人。他俯著身子，搖一搖那屍體，驚惶地嚷著：「打死人了！鬧人命了！」他還是望前追，從田間的便道上趕上來一個巡警。郊外的巡警本來就很少見，這一次可碰巧了。巡警下了斜坡，看見地下死一個人，心裡斷定是前頭跑著的那人幹的事。他於是大聲喝著：「站住，往哪裡跑呢，你？」

他驀然聽見有人在後面叫，回頭看是個巡警，就住了腳，巡警說：「你打死人，還望哪裡跑？」

「不是我打死的，我是追強盜的。」

「你就是強盜，還追誰呀？得，跟我到派出所回話去。」巡警要把他帶走。他多方地分辯也不能教巡警相信他。

他說：「南邊還有一個大嫂在樹底下等著呢，我是剃頭匠，我的擔子還撩在那裡呢，你不信，跟我去看看。」

巡警不同他去追賊，反把他擒住，說：「你別廢話啦，你就是現行犯，我親眼看著，你還賴什麼？跟我走吧。」他一定要把剃頭的帶走。剃頭匠便求他說，「難道我空手就能打死人嗎？您當官明理，也可以知道我不是兇手。我又不搶他的東西，我爲什麼打死他呀？」

「哼，你空手？你不會把槍扔掉嗎？我知道你們有什麼冤仇呢？反正你得到所裡分會去。」巡警忽然看見離屍體不遠處有一把浮現在雪上的小手槍，於是進前去，用法繩把它拴起來，回頭向那人說：「這不就是你的槍嗎？還有什麼可說麼？」他不容分訴，便把剃頭匠帶往西去。

這搶東西的女人，騎在驢上飛跑著，不覺過了清華園三四里地。她想著後面一定會有人來迫，於是下了驢，使勁給它一鞭。空驢望北一直地跑，不一會就不見了，她抱著那卷贓物，上了斜坡，穿入那四圍滿是稠密的杉松的墓田裡。在墳堆後面歇著，她慢慢地打開那件桃色的長袍，看看那寶藍色孔雀翎帽，心裡想著若是給大妞兒穿上，必定是很時樣。她又拿起手鐲和戒指等物來看，雖是銀的，可是手工很好，決不是新打的。正在翻弄，忽然像感觸到什麼一樣，她盯著那銀鐲子，像是以前見過的花樣。那不是她的嫁妝嗎？她越看越眞，果然是她二十多年前出嫁時陪嫁的東西，因爲那鐲上有一個記號是她從前做下的。但是怎麼流落在那女人手上呢？這個疑問很容易使她想那女人莫不就是她的女兒。那東西自來就放在家裡，當時隨丈夫出門的時候，婆婆不讓多帶東西，公公喜歡熱鬧，把大妞兒留在身邊。不到幾年兩位老親相繼去世。大妞兒由她的嬸嬸撫養著，總有五六年的光景。

她越回想越著急。莫不是就搶了自己的大妞兒？這事她必要根究到底。她想著若帶回家去，萬一就是她女兒的東西，那又多麼難爲情。她本是爲女兒才做這事來，自不能教女兒知道這段事情。想來想去，不如送回原來搶她的地方。

她又望南，緊緊地走。路上還是行人稀少，走到方才打死的驢夫那裡，她的心驚跳得很厲害，那時雪下得很大，幾乎把屍首掩沒了一半。她想萬一有人來，認得她，又怎辦呢？想到這裡，又要回頭望北走。躊躇了很久，至終把她那件男裝大氅和皮帽子脫下來一起扔掉，回復她本來的面目，帶著那些東西望南邁步。

她原是要把東西放在樹下過一夜，希望等到明天，能夠遇見原主回來，再假說是從地下撿起來的。不料她剛到樹下，就見那青年的婦人還躺在那裡，身邊放著一件老羊皮，和一挑剃頭擔子，她不明白是什麼意思，只想著這個可給她一個機會去認認那女人是不是她的大妞兒。她不顧一切把東西放在一邊，進前幾步，去搖那女人。那時天已經黑了，幸而雪光映著，還可以辨別遠近。她怎麼也不能把那女人搖醒，想著莫不是凍僵了？她撿起羊皮給她蓋上。當她的手摸到那女人的脖子的時候，觸著一樣東西，拿起來看，原來是一把剃刀。這可了不得，怎麼就抹了脖子啦！她抱著她的脖子也不顧得害怕，從雪光中看見那副清秀的臉龐，雖然認不得，可有七八分像她初嫁時的模樣。她想起大妞兒的左腳有個駢趾，於是把那屍體的襪子除掉，試摸著看。可不是！她放聲哭起來，「兒呀」，「命呀」，雜亂地喊著。人已死了，雖然夜裡沒有行人，也怕人聽見她哭，不由得把聲音止住。

東村稀落的爆竹斷續地響，把這除夕在淒涼的情境中送掉。無聲的銀雪還是飛滿天地，老不停止。

第二天就是元旦，巡警領著檢察官從北來。他們驗過驢夫的屍，帶著那剃頭的來到樹下。巡警在昨晚上就沒把剃頭匠放出來，也沒來過這裡，所以那女人用剃刀抹脖子的事情，他們都不知道。

他們到樹底下，看見剃頭擔子還放在那裡，已被雪埋了一二寸。那邊一個四十多歲的女人摟著那剃頭匠所說被劫的新娘子。雪幾乎把她們埋沒了。巡警進前搖她們，發現兩個人的脖子上都有刀痕。在積雪底下搜出一把剃刀。新娘子的桃色長袍仍舊穿得好好地；寶藍色孔雀翎帽仍舊戴著；紅繡鞋仍舊穿著。在不遠地方的雪堆裡，撿出一頂破皮帽，一件灰色的破大氅。一班在場的人們都莫名其妙，面面相看，靜默了許久。

三博士

窄窄的店門外，貼著「承寫履歷」、「代印名片」、「當日取件」、「承印訃聞」等等廣告。店內幾個小徒弟正在忙著，踩得機輪軋軋地響。推門進來兩個少年，吳芬和他的朋友穆君，到櫃台上。

吳先生說：「我們要印名片，請你拿樣本來看看。」

一個小徒弟從機器那邊走過來，拿了一本樣本遞給他，說：「樣子都在裡頭啦。請您挑罷。」

他和他的朋友接過樣本來，約略翻了一遍。

穆君問：「印一百張，一會兒能得嗎？」

小徒弟說：「得今晚來。一會兒趕不出來。」

吳先生說：「那可不成，我今晚七點就要用。」

穆君說：「不成，我們今晚要去赴會，過了六點，就用不著了。」

小徒弟說：「怎麼今晚那麼些赴會的？」他說著，順手從櫃台上拿出幾匣印得的名片，告訴他們：「這幾位定的名片都是今晚赴會用的，敢情您兩位也是要赴那會去的罷。」

穆君同吳先生說：「也許是罷。我們要到北京飯店去赴留美同學化裝跳舞會。」

穆君又問吳先生說：「今晚上還有大藝術家枚宛君博士嗎？」

吳先生說：「有他罷。」

穆君轉過臉來對小徒弟說：「那麼，我們一人先印五十張，多給你些錢，馬上就上版，我們在這裡等一等。現在已經四點半了，半點鐘一定可以得。」

小徒弟因爲掌櫃的不在家，躊躇了一會，至終答應了他們。他們於是坐在櫃台旁的長凳上等著。吳先生拿著樣本在那裡有意無意地翻。穆君一會兒拿起白話小報看看，一會又到機器旁邊看看小徒弟的工作。小徒弟正在撤版，要把他的名字安上去，一見穆君來到，便說：「這也是今晚上要赴會用的，您看漂亮不漂亮？」他拿著一張名片遞給穆君看。他看見名片上寫的是「前清監生，民國特科俊士，美國鳥約克柯藍卑阿大學特贈博士，前北京政府特派調查歐美實業專使隨員，甄輔仁。」

後面還印上本人的銅版造像：一頂外國博士帽正正地戴著，金縫子垂在兩個大眼鏡正中間，臉模倒長得不錯，看來像三十多歲的樣子。他把名片拿到吳先生跟前，說：「你看這人你認識嗎？頭銜倒不寒傖。」

吳先生接過來一看，笑說：「這人我知道，卻沒見過。他哪裡是博士，那年他當隨員到過美國，在紐約住了些日子，學校自然沒進，他本來不是念書的。但是回來以後，滿處告訴人說憑著他在前清捐過功名，美國特贈他一名博士。我知道他這身博士衣服也是跟人借的。你看他連帽子都不會戴，把縫子放在中間，這是哪一國的禮帽呢？」

穆君說：「方才那徒弟說他今晚也去赴會呢。我們在那時候一定可以看見他。這人現在幹什麼？」

吳先生說：「沒有什麼事罷。聽說他急於找事，不曉得現在有了沒有。這種人有官做就去做，沒官做就想辦教育，聽說他現在想當教員哪。」

兩個人在店裡足有三刻鐘，等到小徒弟把名片焙乾了，拿出來交給他們。他們付了錢，推門出來。

在街上走著，吳先生對他的朋友說：「你先去辦你的事，我有一點事要去同一個朋友商量，今晚上北京飯店見罷。」

穆君笑說：「你又胡說了，明明為去找何小姐，偏要撒謊。」

吳先生笑說：「難道何小姐就不是朋友嗎？她約我到她家去一趟，有事情要同我商量。」

穆君說：「不是訂婚罷？」

「不，絕對不。」

「那麼，一定是你約她今晚上同到北京飯店去，人家不去，你定要去求她，是不是？」

「不，不。我倒是約她來的，她也答應同我去。不過她還有話要同我商量，大概是屬於事務的，與愛情毫無關係罷。」

「好吧，你們商量去，我們今晚上見。」

穆君自己上了電車，往南去了。

吳先生雇了洋車，穿過幾條胡同，來到何宅。門役出來，吳先生給他一張名片，說：「要找大小姐。」

僕人把他的名片送到上房去。何小姐正和她的女朋友黃小姐在妝台前談話，便對當差的說：「請到客廳坐罷，告訴吳先生說小姐正會著女客，請他候一候。」僕人答應著出去了。

何小姐對她朋友說：「你瞧，我一說他，他就來了。我希望你喜歡他。我先下去，待一會兒再來請你。」她一面說，一面燙著她的頭髮。

她的朋友笑說：「你別給我瞎介紹啦。你準知道他一見便傾心麼？」

「留學生回國，有些是先找事情後找太太的，有些是先找太太後謀差事的。有些找太太不找事，有些找事不找太太，有些什麼都不找。像我的表哥輔仁他就是第一類的留學生。這位吳先生可是第二類的留學生。所以我把他請來，一來托他給輔仁表哥找一個地位，二來想把你介紹給他。這不是一舉兩得嗎？他急於成家，自然不會很挑眼。」

女朋友不好意思搭腔，便換個題目問她說：「你那位情人，近來有信嗎？」

「常有信，他也快回來了。你說多快呀，他前年秋天才去的，今年便得博士了。」何小姐很得意地說。

「你真有眼。從前他與你同在大學念書的時候，他是多麼奉承你呢。若他不是你的情人，我一定要愛上他。」

「那時候你爲什麼不愛他呢？若不是他出洋留學，我也沒有愛他的可能。那時他多麼窮呢，一件好衣服也捨不得穿，一頓飯也捨不得請人吃，同他做朋友面子上眞是有點不好過。我對於他的愛情是這兩年來才發生的。」

「他倒是裝成的一個窮孩子。但他有特別的聰明，樣子也很漂亮，這會回來，自然是格外不同了。我最近才聽見人說他祖上好幾代都是讀書人，不曉得他告訴你沒有。」

何小姐聽了，喜歡得眼眉直動，把燙鉗放在酒精燈上，對著鏡子調理她的兩鬢。她說：「他一向就沒告訴過我他的家世。我問他，他也不說。這也是我從前不敢同他交朋友的一個原因。」

她的朋友用手捋捋她腦後的頭髮，向著鏡裡的何小姐說：「聽說他家裡也很有錢，不過他喜歡裝窮罷了。你當他眞是一個窮鬼嗎？」

「可不是，他當出國的時候，還說他的路費和學費都是別人的呢。」

「用他父母的錢也可以說是別人的。」她的朋友這樣說。

「也許他故意這樣說罷。」她越發高興了。

黃小姐催她說：「頭髮燙好了，你快下去罷。關於他的話還多著呢。回頭我再慢慢地告訴你。教客廳裡那個人等久了，不好意思。」

「你瞧，未曾相識先有情。多停一會兒就把人等死了！」她奚落著她的女朋友，便起身要到客廳去。走到房門口正與表哥輔仁撞個滿懷。表妹問，「你急什麼？險些兒把人撞倒！」

「我今晚上要化裝做交際明星，借了這套衣服，請妹妹先給我打扮起來，看看時樣不時樣。」

「你到媽屋裡去，教丫頭們給你打扮罷。我屋裡有客，不方便。你打扮好就到那邊給我去瞧瞧。瞧你淨以爲自己很美，淨想扮女人。」

「這年頭扮女人到外洋也是博士待遇，爲什麼扮不得？」

「怕的是你扮女人，會受『遊街示眾』的待遇咧。」

她到客廳，便說：「吳博士，久候了，對不起。」

「沒有什麼。今晚上你一定能賞臉罷。」

「豈敢。我一定奉陪。您瞧我都打扮好了。」

主客坐下，敘了些閒話。何小姐才說她有一位表哥甄輔仁現在沒有事情，好歹在教育界給他安置一個地位。在何小姐方面，本不曉得她表哥在外洋到底進了學校沒有。她只知道他是藉著當隨員的名義出國的。她以為一留洋回來，假如倒楣也可以當一個大學教授，吳先生在教育界很認識些可以為力的人，所以非請求他不可。在吳先生方面，本知道這位甄博士的來歷，不過不知道他就是何小姐的表兄。這一來，他也不好推辭，因為他也有求於她。何小姐知道他有幾分愛她，也不好明明地拒絕，當他說出情話的時候，只是笑而不答。她用別的話來支開。

她問吳博士說：「在美國得博士不容易罷？」

「難極啦。一篇論文那麼厚。」他比仿著，接下去說，「還要考英、俄、德、法幾國文字，好些老教授圍著你，好像審犯人一樣。稍微差了一點，就通不過。」

何小姐心裡暗喜，喜的是她的情人在美國用很短的時間，能夠考上那麼難的博士。

她又問：「您寫的論文是什麼題目？」

「凡是博士論文都是很高深很專門的。太普通和太淺近的，不說寫，把題目一提出來，就通不過。近年來關於中國文化的論文很時興，西方人厭棄他們的文化，想得些中國文化去調和調和。我寫的是一篇《麻雀牌與中國文化》。這題目重要極了。我要把麻雀牌在中國文化和世界文化的地位介紹出來。我從中國經書裡引出很多的證明，如《詩經》裡『誰謂雀無角，何以穿我屋』的『雀』便是麻雀牌的『雀』。爲什麼呢？眞的雀哪會有角呢？一定是麻雀牌才有八隻角呀。『穿我屋』表示當時麻雀很流行，幾乎家家都穿到的意思。可見那時候的生活很豐裕，像現在的美國一樣。這個鐵證，無論哪一個學者都不能推翻。又如『索子』本是『竹子』，寧波音讀『竹』爲『索』，也是我考證出來的。還有一個理論是麻雀牌的名字是從『一竹』得來的。做牌的人把『一竹』雕成一隻鳥的樣子，沒有學問的人便叫它做『麻雀』，其實是一隻鳳，取『鳴鳳在竹』的意思。這個理論與我剛才說的雀也不衝突，因爲鳳凰是貴族的，到了做那首詩的時代，已經民眾化了，變爲小家雀了。此外還有許多別人沒曾考證過的理論，我都寫在論文裡。您若喜歡念，我明天就送一本過來獻獻醜。請您指教指教。我寫的可是英文。我爲那論文花了一千多塊美金。您看要在外國得個博士多難呀，又得花時間，又得花精神，又得花很多的金錢。」

何小姐聽他說得天花亂墜，也不能評判他說的到底是對不對，只一味地稱讚他有學問。她站起來，說：「時候快到了，請你且等一等，我到屋裡裝飾一下就與你一同去。我還要介紹一位甜人給你。我想你一定會很喜歡她。」她說著便自出去了。吳博士心裡直盼著要認識那人。

她回到自己屋裡，見黃小姐張皇地從她的床邊走近前來。

「你放什麼在我床裡啦？」何小姐問。

「沒什麼。」

「我不信。」何小姐一面說一面走近床邊去翻她的枕頭。她搜出一捲筒的郵件，指著黃小姐說，「你還搗鬼！」

黃小姐笑說：「這是剛才外頭送進來的。所以把它藏在你的枕底，等你今晚上回來，可以得到意外的喜歡。我想那一定是你的甜心寄來的。」

「也許是他寄來的罷。」她說著，一面打開那捲筒，原來是一張文憑。她非常地喜歡，對著她的朋友說：「你瞧，他的博士文憑都寄來給我了！多麼好看的一張文憑呀，羊皮做的咧！」

她們一同看著上面的文字和金印。她的朋友拿起空筒子在那裡摩挲哩，顯出是很羨慕的樣子。

何小姐說：「那邊那個人也是一個博士呀，你何必那麼羨慕我的呢？」

她的朋友不好意思，低著頭儘管看那空筒子。

黃小姐忽然說：「你瞧，還有一封信呢！」她把信取出來，遞給何小姐。

何小姐把信拆開，念著：

最親愛的何小姐：

我的目的達到，你的目的也達到了。現在我把這一張博士文憑寄給你。我的論文是《油炸膾與燒餅的成分》。這題目本來不難，然而在這學校裡，前幾年有一位中國學生寫了一篇《北京松花的成分》也得著博士學位，所以外國博士到底是不難得。論文也不必選很艱難的問題。

我寫這論文的原故都是爲你，爲得你的愛，現在你的愛教我在短期間得到，我的目的已達到了。你別想我是出洋念書，其實我是出洋爭口氣。我並不是沒本領，不出洋本來也可以，無奈迫於你的要求，若不出來，倒顯得我沒有本領，並且還要冒個「窮鬼」的名字。現在洋也出過了，博士也很容易地得到了，這口氣也爭了，我的生活也可以了結了。我不是不愛你，但我愛的是性情，你愛的是功名；我愛的是內心，你愛的是外形，對像不同，而愛則一。然而你要知道人類所以和別的動物不同的地方便是在戀愛的事情上，失戀固然可以教他自殺，得戀也可以教他自殺。

禽獸會因失戀而自殺，卻不會在承領得意的戀愛滋味的時候去自殺，所以和人類不同。

別了，這張文憑就是對於我的紀念品，請你收起來。無盡情意，筆不能宣，萬祈原宥。

你所知的男子

「呀！他死了！」何小姐念完信，眼淚直流，她不曉得要怎辦才好。

她的朋友拿起信來看，也不覺傷心起來，但還勉強勸慰她說：「他不至於死的，這信裡也沒說他要自殺，不過發了一片牢騷而已。他是恐嚇你的，不要緊，過幾天，他一定再有信來。」

她還哭著，鐘已經打了七下，便對她的朋友說：「今晚上的跳舞會，我懶得去了。我教表哥介紹你給吳先生罷。你們三個人去得啦。」

她教人去請表少爺。表少爺卻以爲表妹要在客廳裡看他所扮的時裝，便搖擺著進來。

吳博士看見他打扮得很時髦，臉模很像何小姐。心裡想這莫不是何小姐所要介紹的那一位。他不由得進前幾步深深地鞠了一躬，問，「這位是……？」

輔仁見表妹不在，也不好意思。但見他這樣誠懇，不由得到客廳門口的長桌上取了一張名片進來遞給他。

他接過去，一看是「前清監生，民國特科俊士，美國鳥約克柯藍卑阿大學特贈博士，前北京政府特派調查歐美實業專使隨員，甄輔仁。」

「久仰，久仰。」

「對不住，我是要去赴化裝跳舞會的，所以扮出這個怪樣來，取笑，取笑。」

「豈敢，豈敢。美得很。」

街頭巷尾之倫理

在這城市裡，雞聲早已斷絕，破曉的聲音，有時是駱駝的鈴鐺，有時是大車的輪子。那一早晨，胡同裡還沒有多少行人，道上的灰土蒙著一層青霜，騾車過處，便印上蹄痕和輪跡。那車上滿載著塊煤，若不是加上車伕的鞭子，合著小驢和大騾的力量，也不容易拉得動。有人說，做牲口也別做北方的牲口，一年有大半年吃的是乾草，沒有歇的時候，有一千斤的力量，主人最少總要它拉夠一千五百斤，稍一停頓，便連鞭帶罵。這城的人對於牲口好像還沒有想到有什麼道德的關係，沒有待遇牲口的法律，也沒有保護牲口的會社。騾子正在一步一步使勁拉那重載的煤車，不提防踩了一蹄柿子皮，把它滑倒，車伕不問情由揮起長鞭，沒頭沒臉地亂鞭，嘴裡不斷地罵它的娘，它的姊妹。在這一點上，車伕和他的牲口好像又有了人倫的關係。騾子喘了一會氣，也沒告饒，掙扎起來，前頭那匹小驢幫著它，把那車慢慢地拉出胡同口去。

在南口那邊站著一個巡警。他看是個「街知事」，然而除掉捐項，指揮汽車，和跟洋車伕搗麻煩以外，一概的事情都不知。市政府辦了乞丐收容所，可是那位巡警看見叫化子也沒請他到所裡去住。那一頭來了一個瞎子，一手扶著小木桿，一手提著破柳罐。他一步一步踱到巡警跟前，後面一輛汽車遠遠地響著喇叭，嚇得他急要躲避，不湊巧撞在巡警身上。

巡警罵他說：「你這東西又髒又瞎，汽車快來了，還不快往胡同裡躲！」幸而他沒把手裡那根「尙方警棍」加在瞎子頭上，只揮著棍子叫汽車開過去。

瞎子進了胡同口，沿著牆邊慢慢地走。那邊來了一群狗，大概是追母狗的。它們一面吠，一面咬，衝到瞎子這邊來。他的拐棍在無意中碰著一隻張牙咧嘴的公狗，被它在腿上咬了一口。他摩摩大腿，低聲罵了一句，又往前走。

「你這小子，可教我找著了。」從胡同的那邊迎面來了一個人，遠遠地向著瞎子這樣說。

那人的身材雖不很魁梧，可也比得胡同口「街知事」。據說他也是個老太爺身份，在家裡刨掉灶王爺，就數他大，因爲他有很多下輩供養他。他住在鬼門關附近，有幾個侄子，還有兒媳婦和孫子。有一個兒子專在人馬雜沓的地方做扒手。有一個兒子專在娛樂場或戲院外頭假裝尋親不遇，求幫於人。一個兒媳婦帶著孫子在街上撿煤渣，有時也會利用孩子偷街上小攤的東西。這瞎子，他的侄兒，卻用「可憐我瞎子……」這套話來生利。他們照例都得把所得的財物奉給這位家長受用，若有怠慢，他便要和別人一樣，拿出一條倫常的大道理來譴責他們。

瞎子已經兩天沒回家了。他驀然聽見叔叔罵他的聲音，早已嚇得魂不附體。叔叔走過來，拉著他的胳臂，說：「你這小子，往哪裡跑？」瞎子還沒回答，他順手便給他一拳。

瞎子「喲」了一聲，哀求他叔叔說：「叔叔別打，我昨天一天還沒吃的，要不著，不敢回家。」

叔叔也用了罵別人的媽媽和妹妹的話來罵他的侄子。他一面罵，一面打，把瞎子推倒，拳腳交加。瞎子正坐在方才教騾子滑倒的那幾個爛柿子皮的地方。破柳罐也摔了，掉出幾個銅元，和一塊乾麵包頭。

叔叔說：「你還撒謊？這不是銅子？這不是饅頭？你有剩下的，還說昨天一天沒吃，眞是該揍的東西。」他罵著，又連踢帶打了一會。

瞎子想是個忠厚人，也不會抵抗，只會求饒。

路東五號的門升了。一個中年的女人拿著藥罐子到街心，把藥渣子倒了。她想著叫往來的人把吃那藥的人的病帶走，好像只要她的病人好了，叫別人病了千萬個也不要緊。她提著藥罐，站在街門口看那人打他的瞎眼侄兒。

路西八號的門也開了。一個十三四歲的黃臉丫頭，提著髒水桶，望街上便潑。她潑完，也站在大門口瞧熱鬧。

路東九號出來幾個人，路西七號也出來幾個人，不一會，滿胡同兩邊都站著瞧熱鬧的人們。大概同情心不是先天的本能，若不能，他們當中怎麼沒有一個人走來把那人勸開？難道看那瞎子在地上呻吟，無力抵抗，和那叔叔凶狠惡煞的樣子，夠不上動他們的惻隱之心麼？

瞎子嚷著救命，至終沒人上前去救他。叔叔見有許多人在兩旁看他教訓著壞子弟，便乘機演說幾句。這是一個演說時代，所以「諸色人等」都能演說。叔叔把他的侄兒怎樣不孝順，得到錢自己花，有好東西自己吃的罪狀都布露出來。他好像理會眾人以他所做的爲合理，便又將侄兒惡打一頓。

瞎子的枯眼是沒有淚流出來的，只能從他的號聲理會他的痛楚。他一面告饒，一面伸手去摸他的拐棍。叔叔快把拐棍從地上撿起來，就用來打他。棍落在他的背上發出一種霍霍的聲音，顯得他全身都是骨頭。叔叔說：「好，你想逃？你逃到哪裡去？」說完，又使勁地打。

街坊也發議論了。有些說該打，有些說該死，有些說可憐，有些說可惡。可是誰也不願意管閒事，更不願意管別人的家事，所以只靜靜地站在一邊，像「觀禮」一樣。

叔叔打夠了，把地下兩個大銅子撿起來，問他：「你這些子兒都是從哪裡來的？還不說！」

瞎子那些銅子是剛在大街上要來的，但也不敢申辯，由著他叔叔拿走。

胡同口的大街上，忽然過了一大隊軍警。聽說早晨司令部要槍斃匪犯。胡同裡方才站著瞧熱鬧的人們，因此也衝到熱鬧的胡同去。他們看見大車上綁著的人。那人高聲演說，說他是眞好漢，不怕打，不怕殺，更不怕那班臨陣扔槍的丘八。圍觀的人，也像開國民大會一樣，有喝彩的，也有拍手的。那人越發高興，唱幾句《失街亭》，說東道西，一任騾子慢慢地拉著他走。車過去了，還有很多人跟著，爲的是要聽些新鮮的事情。文明程度越低的社會，對於遊街示眾、法場處死、家小拌嘴、怨敵打架等事情，都很感得興趣，總要在旁助威，像文明程度高的人們在戲院、講堂、體育場裡助威和喝彩一樣。說「文明程度低」一定有人反對，不如說「古風淳厚」較爲堂皇些。

胡同裡的人，都到大街上看熱鬧去了。這裡，瞎子從地下爬起來，全身都是傷痕。巡警走來說他一聲「活該」！

他沒說什麼。

那邊來了一個女人，戴著深藍眼鏡，穿著淡紅旗袍，頭髮燙得像石獅子一樣。從跟隨在她後面那位抱著孩子的灰色衣帽人看來，知道她是個軍人的眷屬。抱小孩的大兵，在地下撿了一個大子。那原是方才從破柳罐裡摔出來的。他看見瞎子坐在道邊呻吟，就把撿得的銅子扔給他。

「您積德修好喲！我給您磕頭啦！」是瞎子謝他的話。

他在這一個大子的恩惠以外，還把道上的一大塊麵包頭踢到瞎子跟前，說：「這地上有你吃的東西。」他頭也不回，洋洋地隨著他的女司令走了。

瞎子在那裡摸著塊乾麵包，正拿在手裡，方才咬他的那只餓狗來到，又把它搶走了。

「街知事」站在他的崗位，望著他說：「瞧，活該！」

無憂花

加多憐新近從南方回來，因爲她父親剛去世，遺下很多財產給她幾位兄妹，她分得幾萬元現款和一所房子。那房子很寬，是她小時跟著父親居住過的，很多可紀念的交際會，都在那裡舉行過，所以她寧願少得五萬元，也要向她哥哥換那房子。她的丈夫樸君，在南方一個縣裡的教育機關當一份小差事，所得薪俸雖不很夠用，幸賴祖宗給他留下一點產業，還可以勉強度過日子。

自從加多憐沾著新法律的利益，得了父親這筆遺產，她便嫌樸君所住的地方閉塞簡陋，沒有公園、戲院，沒有舞場，也沒有夠得上與她交遊的人物。在窮鄉僻壤裡，她在外洋十年間所學的種種自然沒有施展的地方。她所受的教育使她要求都市的物質生活，喜歡外國器用，羡慕西洋人的性情。她的名字原來叫做黃家蘭，但是偏要譯成英國音義，叫加多憐伊羅。由此可知她的崇拜西方的程度。這次決心離開她丈夫，爲的要恢復她的都市生活。她把那舊房子修改成中西混合的形式，想等到佈置停當才爲樸君在本城運動一官半職，希望能夠在這裡長住下去。

她住的正房已經佈置好了，現在正計畫著一個游泳池，要將西花園那五間祖祠來改造，兩間暗間改做更衣室，把神龕挪進來，改做放首飾、衣服和其他細軟的櫃子，三間明間改做池子，瓦匠已經把所有的神主都取出來放在一邊。還有許多人在那裡，搬神龕的搬神龕，起磚的起磚，掘土的掘土，已經工作了好些時，她才來看看。她走到房門口，便大聲嚷：「李媽，來把這些神主拿走。」

李媽是個三十歲左右的少婦，長得還不醜，是她父親用過的人。她問加多憐要把那些神主搬到哪裡去。加多憐說：「愛搬哪兒搬哪兒。現在不興拜祖先了，那是迷信。你拿到廚房當劈柴燒了罷。」她說：「這可造孽，從來就沒有人燒過神主，您還是挑一間空屋子把它們擱起來罷。或者送到大少爺那裡也比燒了強。」加多憐說：「大爺也不一定要它們。他若是要，早就該搬走。反正我是不要它們了，你要送到大少爺那裡就送去。若是他也不要，就隨你怎樣處置，燒了也成，埋了也成，賣了也成。那上頭的金，還可以值幾十塊，你要是把它們賣了，換幾件好衣服穿穿，不更好嗎？」她答應著，便把十幾座神主放在籃裡端出去了。

加多憐把話吩咐明白，隨即回到自己的正房，房間也是中西混合型。正中一間陳設的東西更是複雜，簡直和博物院一樣。在這邊安排著幾件魏、齊造像，那邊又是意、法的裸體雕刻。壁上掛的，一方面是香光、石庵的字畫，一方面又是什麼表現派後期印象派的油彩。一邊掛著先人留下來的鐵笛玉笙，一邊卻放著皮安奧與梵歐林，這就是她的客廳。客廳的東西廂房，一邊是她的臥房和裝飾室，一邊是客房，所有的設備都是現代化的。她從客廳到裝飾室，便躺在一張軟床上，看看手錶已過五點，就按按電鈴，順手點著一支紙煙，一會，陳媽進來。她說：「今晚有舞局，你把我那新做的舞衣拿出來，再打電話叫裁縫立刻把那套蟬紗衣服給送來，回頭來伺候洗澡。」陳媽一一答應著，便即出去。

她洗完澡出來，坐在裝台前，塗脂抹粉，足夠半點鐘工夫。陳媽等她裝飾好了，便把衣服披在她身上。她問：「我這套衣服漂亮不漂亮？」陳媽說：「這花了多少錢做的？」她說，「這雙鞋合中國錢六百塊，這套衣服是一千。」陳媽才顯出很讚羨的樣子說：「那麼貴，敢情漂亮啦！」加多憐笑她不會鑒賞，對她解釋那雙鞋和那套衣服會這麼貴和怎樣好看的原故，但她都不懂得。她反而說：「這件衣服就夠我們窮人置一兩頃地。」加多憐說：「地有什麼用呢？反正有人管你吃的穿的用的就得啦。」陳媽說：「這兩三年來，太太小姐們穿得越發講究了，連那位黃老太太也穿得花花綠綠地。」加多憐說：「你們看得不順眼嗎？這也不希奇。你曉得現在娘們都可以跟爺們一樣，在外頭做買賣、做事和做官，如果打扮得不好，人家一看就討嫌，什麼事都做不成了。」她又笑著說：「從前的女人，未嫁以前是一朵花，做了媽媽就成了一個大倭瓜。現在可不然，就是八十歲的老太太，也得打扮得像小姑娘一樣才好。」陳媽知道她心裡很高興，不再說什麼，給她披上一件外衣，便出去叫車伕伺候著。

加多憐在軟床上坐著等候陳媽的回報，一面從小桌上取了一本洋文的美容雜誌，有意無意地翻著。一會兒李媽進來說：「眞不湊巧，您剛要出門，邸先生又來了。他現時在門口等著，請進來不請呢？」加多憐說：「請他這兒來罷。」李媽答應了一聲，隨即領著邸力里亞進來。邸力里亞是加多憐在紐約留學時所認識的西班牙朋友，現時在領事館當差。自從加多憐回到這城以來，他幾乎每個星期都要來好幾次。他是一個很美麗的少年，兩撇小鬍映著那對像電光閃爍的眼睛。說話時那種濃烈的表情，乍一看見，幾乎令人想著他是印度欲天或希拉伊羅斯的化身，他一進門，便直趨到加多憐面前，撫著她的肩膀說：「達靈，你正要出門嗎？我要同你出去吃晚飯，成不成？」加多憐說：「對不住，今晚我得去赴林市長的宴舞會，謝謝你的好意。」她拉著邱先生的手，教他也在軟椅上坐。又說：「無論如何，你既然來了，談一會再走罷。」他坐下，看見加多憐身邊那本美容雜誌，便說：「你喜歡美國裝還是法國裝呢？看你的身材，若扮起西班牙裝，一定很好看。不信，明天我帶些我們國裡的裝飾月刊來給你看。」加多憐說：「好極了。我知道我一定會很喜歡西班牙的裝束。」

兩個人坐在一起，談了許久，陳媽推門進來，正要告訴林宅已經催請過，驀然看見他們在椅子上摟著親嘴。在半驚半詫異的意識中，她退出門外。加多憐把邸力里亞推開，叫：「陳媽進來，有什麼事？是不是林宅來催請呢？」陳媽說：「催請過兩次了。」那邸先生隨即站起來，拉著她的手說：「明天再見吧，不再耽誤你的美好的時間了。」她叫陳媽領他出門，自己到妝台前再勻勻粉，整理整理頭面。一會陳媽進來說車已預備好，衣箱也放在車裡了。加多憐對她說：「你們以後該學學洋規矩才成，無論到哪個房間，在開門以前，必得敲敲門，教進來才進來。方才邸先生正和我行著洋禮，你闖進來，本來沒多大關係，爲什麼又要縮回去？好在邸先生知道中國風俗，不見怪，不然，可就得罪客人了。」陳媽心裡才明白外國風俗，親嘴是一種禮節，她一連回答了幾聲：「唔，唔」，隨即到下房去。

加多憐來到林宅，五六十位客人已經到齊了。市長和他的夫人走到跟前同她握手。她說：「對不住，來遲了。」市長連說：「不遲不遲，來得正是時候。」他們與她應酬幾句，又去同別的客人周旋。席間也有很多她所認識的朋友，所以和她談笑自如，很不寂寞，席散後，麻雀黨員，撲克黨員，白面黨員等等，各從其類，各自消遣，但大部分的男女賓都到舞廳去。她的舞藝本是冠絕一城的，所以在場上的獨舞與合舞，都博得賓眾的讚賞。

已經舞過很多次了。這回是市長和加多憐配舞，在進行時，市長極力讚美她身材的苗條和技術的純熟。她越發播弄種種嫵媚的姿態，把那市長的心緒攪得紛亂。這次完畢，接著又是她的獨舞。市長目送著她進更衣室，靜悄悄地等著她出來。眾賓又舞過一回，不一會，燈光全都熄了，她的步伐隨著樂音慢慢地踏出場中。她頭上的紗巾和身上的紗衣，滿都是螢火所發的光，身體的全部在磷光閃爍中斷續地透露出來。頭面四周更是明亮，直如圓光一樣。這動物質的衣裳比起其餘的舞衣，直像寒冰獄裡的鬼皮與天宮的霓裳的相差。舞罷，市長問她這件舞衣的做法。她說用螢火縫在薄紗裡，在黑暗中不用反射燈能夠自己放出光來。市長讚她聰明，說會場中一定有許多人不知道，也許有人會想著天衣也不過如此。

她更衣以後，同市長到小客廳去休息。在談話間，市長便問她說：「聽說您不想回南了，是不是？」她回答說：「不錯，我有這樣打算，不過我得替外子在這裡找一點事做才成。不然，他必不讓我一個人在這裡住著。如果他不能找著事情，我就想自己去考考文官，希望能考取了，派到這裡來。」市長笑著說：「像您這樣漂亮，還用考什麼文官武官呢！您只告訴我您願意做什麼官，我明兒就下委札。」她說：「不好吧，我不知道我能做什麼官。您若肯提拔，就請派外子一點小差事，那就感激不盡了。」市長說：「您的先生我沒見過，不便造次。依我看來，您自己做做官，豈不更抖嗎？官有什麼叫做會做不會做？您若肯做就能做，回頭我到公事房看看有什麼缺。馬上就把您補上好啦。若是目前沒有缺，我就給您一個秘書的名義。」她搖頭，笑著說：「當秘書，可不敢奉命。女的當人家的秘書，都要給人說閒話的。」市長說：「那倒沒有關係，不過有點屈才而已。當然我得把比較重要的事情來叨嘮。」

舞會到夜闌才散，加多憐得著市長應許給官做，回家以後，還在臥房裡獨自跳躍著。

從前老輩們每笑後生小子所學非所用，到近年來，學也可以不必，簡直就是不學有所用。市長在舞會所許加多憐的事已經實現了。她已做了好幾個月的特稅局幫辦，每月除到局支幾百元薪水以外，其餘的時間都是她自己的，督辦是市長自己兼，實際辦事的是局裡的主任先生們。她也安置了李媽的丈夫李富在局裡，爲的是有事可以關照一下。每日裡她只往來於飯店舞場和顯官豪紳的家庭間，無憂無慮地過著太平日子。平常她起床的時間總在中午左右，午飯總要到下午三四點，飯後便出門應酬，到上午三四點才回家。若是與邸力里亞有約會或朋友們來家裡玩，她就不出門，起得也早一點。

在東北事件發生後一個月的一天早晨，李媽在廚房爲她的主人預備床頭點心。陳媽把客廳歸著好，也到廚房來找東西吃。她見李媽在那裡忙著，便問：「現在才七點多，太太就醒啦？」李媽說：「快了罷，今天中午有飯局，十二點得出門，不是不許叫『太太』嗎？你眞沒記性！」陳媽說：「是呀，太太做了官，當然不能再叫『太太』了。可是叫她做『老爺』，也不合適，回頭老爺來到，又該怎樣呢？一定得叫『內老爺』、『外老爺』才能夠分別出來。」李媽說：「那也不對，她不是說管她叫『先生』或是幫辦麼？」陳媽在灶頭拿起一塊烤麵包抹抹果醬就坐在一邊吃。她接著說：「不錯，可是昨天你們李富從局裡來，問『先生在家不在』，我一時也拐不過彎來，後來他說太太，我才想起來。你說現在的新鮮事可樂不可樂？」李媽說：「這不算什麼，還有更可樂的啦。」陳媽說：「可不是！那『行洋禮』的事。他們一天到晚就行著這洋禮。」她嘻笑了一陣，又說：「昨晚那邸先生鬧到三點才走。送出院子，又是一回洋禮，還接著『達靈』、『達靈』叫了一陣。我說李姐，你想他們是怎麼一回事？」李媽說：「誰知道？聽說外國就是這樣亂，不是兩口子的男女摟在一起也沒有關係。昨兒她還同邸先生一起在池子裡洗澡咧。」陳媽說：「提起那池子來了，三天換一次水，水錢就是二百塊，你說是不是，洗的是銀子不是水？」李媽說：「反正有錢的人看錢就不當錢，又不用自己賣力氣，衙門和銀行裡每月把錢交到手，愛怎花就怎花，像前幾個月那套紗衣裳，在四郊收買了一千多隻火蟲，花了一百多。聽說那套料子就是六百，工錢又是二百。第二天要我把那些火蟲一隻一隻從小口袋裡摘出來，光那條頭紗就有五百多隻，摘了一天還沒摘完，眞把我的胳臂累壞了。三天花二百塊的水，也好過花八九百塊做一件衣服穿一晚上就拆，這不但糟蹋錢並且造孽。你想，那一千多隻火蟲的命不是命嗎？」陳媽說：「不用提那個啦。今天過午，等她出門，咱們也下池子去試一試，好不好？」李媽說：「你又來了，上次你偷穿她的衣服，險些闖出事來。現在你又忘了！我可不敢。那個神堂，不曉得還有沒有神，若是有咱們光著身子下去，怕褻瀆了受責罰。」陳媽說：「人家都不會出毛病，咱們還怕什麼？」她站起來，順手帶了些吃的到自己屋裡去了。

李媽把早點端到臥房，加多憐已經靠著床背，手拿一本雜誌在那裡翻著。她問李媽：「有信沒信？」李媽答應了一聲：「有」。隨把盤子放在床上，問過要穿什麼衣服以後便出去了。她從盤子裡拿起信來，一封一封看過。其中有一封是樸君的，說他在年底要來。她看過以後，把信放下，並沒顯出喜悅的神氣，皺著眉頭，拿起麵包來吃。

中午是市長請吃飯，座中只有賓主二人。飯後，市長領她到一間密室去。坐走後，市長便笑著說：「今天請您來，是爲商量一件事情。您如同意，我便往下說。」加多憐說：「只要我的能力辦得到，豈敢不與督辦同意？」

市長說：「我知道只要您願意，就沒有辦不到的事。我給您說，現在局裡存著一大宗緝獲的私貨和違禁品，價值在一百萬以上。我覺得把它們都歸了公，怪可惜的，不如想一個化公爲私的方法，把它們弄一部分出來。若能到手，我留三十萬，您留二十五萬，局裡的人員分二萬，再提一萬出來做參與這事的人們的應酬費。如果要這事辦得沒有痕跡，最好找一個外國人來認領。您不是認識一位領事館的朋友嗎？若是他肯幫忙，我們應在應酬費裡提出四五千送他。您想這事可以辦嗎？」加多憐很躊躇，搖著頭說：「這宗款太大了，恐怕辦得不妥，風聲洩漏出去，您我都要擔干係。」市長大笑說：「您到底是個新官僚！賺幾十萬算什麼？別人從飛機、軍艦、軍用汽車裝運煙土白麵，幾千萬、幾百萬就那麼容易到手，從來也沒曾聽見有人質問過。我們賺一百幾十萬，豈不是小事嗎？您請放心，有福大家享，有罪鄙人當，您待一會去找那位邸先生商量一下得啦。」她也沒主意了，聽市長所說，世間簡直好像是沒有不可做的事情。她站起來，笑著說：「好吧，去試試看。」

加多憐來到邸力里亞這裡，如此如彼地說了一遍。這邸先生對於她的要求從沒拒絕過，但這次他要同她交換條件才肯辦。他要求加多憐同他結婚，因爲她在熱愛的時候曾對他說過她與樸君離異了。加多憐說：「時候還沒到，我與他的關係還未完全脫離。此外，我還怕社會的批評。」他說：「時候沒到，時候沒到，到什麼時候才算呢？至於社會那有什麼可怕的？社會很有力量，像一個勇士一樣。可是這勇士是瞎的，只要你不走到他跟前，使他摸著你，他不看見你，也不會傷害你。我們離開中國就是了。我們有了這麼些錢，隨便到阿根廷住也好，到意大利住也好，就是到我的故鄉巴悉羅那住也無不可。我們就這樣辦吧，我知道你一定要喜歡巴悉羅那的蔚藍天空，那是沒有一個地方能夠比得上的。我們可以買一隻遊艇，天天在地中海遨遊，再沒有比這事快樂了。」

邸力里亞的話把加多憐說得心動了，她想著和樸君離婚倒是不難，不過這幾個月的官做得實在有癮，若是嫁給外國人，國籍便發生問題，以後能不能回來，更是一個疑問。她說：「何必做夫婦呢？我們這樣天天在一塊玩，不比夫婦更強嗎？一做了你的妻子，許多困難的問題都要發生出來。若是要到巴悉羅那去，等事情弄好了，就拿那筆款去花一兩年也無妨。我也想到歐洲去玩玩。……」她正說著，小使進來說幫辦宅裡來電話，請幫辦就回去，說老媽子洗澡，給水淹壞了。加多憐立刻起身告辭。邸先生說：「我跟你去罷，也許用得著我。」於是二人坐上汽車飛駛到家。

加多憐和邸先生一直來到游泳池邊，陳媽和李媽已經被撈起來，一個沒死，一個還躺著，她們本要試試水裡的滋味，走到跳板上，看見水並不很深，陳媽好玩，把李媽推下去，哪裡知道跳板彈性很強，同時又把她彈下去。李媽在水裡翻了一個身，衝到池邊，一手把繩揪著，可是左臂已擦傷了。陳媽浮起來兩三次，一沉到底。李媽大聲嚷救命，園裡的花匠聽見，才趕緊進來，把她們撈起來。邸先生給陳媽施行人工呼吸法，好容易把她救活了，加多憐叫邸先生把她們送到醫院去。

邸力里亞從醫院回來，加多憐繼續與他談那件事情，他至終應許去找一個外商來承認那宗私貨，並且發出一封領事館的證明書，她隨即用電話通知督辦。督辦在電話裡一連對她說了許多誇獎的話，其喜歡可知。

兩三個月的國難期間，加多憐仍是無憂無慮能樂且樂地過她的生活。那筆大款她早已拿到手，那邸先生又催著她一同到巴悉羅那去。她到市長那裡，偶然提起她要出洋的事，並且說明這是當時的一個條件。市長說：「這事容易辦，就請樸君代理您的事情，您要多久回任都可以。」加多憐說：「很好，外子過幾天就可以到。我原先叫他過年二三月才來，但他說一定要在年底來。現在給他這差事，眞是再好不過了。」

樸君到了，加多憐遞給他一張委任狀。她對丈夫說，政府派她到歐洲考查稅務，急要動身，教他先代理幫辦，等她回來再謀別的事情做。樸君是個老實人，太太怎麼說，他就怎麼答應，心裡並且讚賞她的本領。

過幾天，加多憐要動身了。她和邸力里亞同行，樸君當然不曉得他們的關係，把他們送到上海候船，便趕快回來。剛一到家，陳媽的丈夫和李富都在那裡等候著。陳媽的丈夫說他妻子自從出院以後，在家裡病得不得勁，眼看不能再出來做事了，要求幫辦賞一點醫藥費。李富因局裡的人不肯分給他那筆款，教他問幫辦要。這事遲延很久，加多憐也曾應許教那班人分些給他，但她沒辦妥就走了。樸君把原委問明，才知道他妻子自離開他以後的做官生活的大概情形。但她已走了，他即不便用書信去問她，又不願意拿出錢來給他們。說了很久，不得要領，他們都悵悵地走了。

一星期後，特稅局的大侵吞案被告發了，告發人便是李富和幾個分不著款的局員，市長把事情都推在加多憐身上。把樸君請來，說了許多官話，又把上級機關的公文拿出來。樸君看得眼呆呆地，說不出半句話來。市長假裝好意說：「不要緊，我一定要辦到不把閣下看管起來。這事情本不難辦，外商來領那宗貨物，也是有憑有據，最多也不過是辦過失罪，只把尊寓交出來當做賠償，變賣得多少便算多少，敷衍得過便算了事。我與尊夫人的交情很深，這事本可以不必推究，不過事情已經鬧到上頭，要不辦也不成。我知道尊夫人一定也不在乎那所房子，她身邊至少也有三十萬呢。」

第二天，撤職查辦的公文送到，警察也到了。樸君氣得把那張委任狀撕得粉碎。他的神氣直想發狂，要到游泳池投水，幸而那裡已有警察，把他看住了。

房子被沒收的時候，正是加多憐同邸力里亞離開中國的那天。他在敵人的炮火底下，和平日一樣，無憂無慮地來了吳淞口。邸先生望著岸上的大火，對加多憐說：「這正是我們避亂的機會，我看這仗一時是打不完的，過幾年，我們再回來吧！」

東野先生

那時已過了七點，屋裡除窗邊還有一點微光以外，紅的綠的都藏了它們的顏色。延禧還在他的小桌邊玩弄他自己日間在手工室做的不倒翁。不倒翁倒一次，他的笑顏開一次，全不理會夜母正將黑暗等著他。

這屋子是他一位教師和保護人東野夢鹿的書房。他有時叫他做先生，有時叫他做叔叔，但稱叔叔的時候多。這大屋裡的陳設非常簡單，除十幾架書以外，就是幾張凳子和兩張桌子，乍一看來，很像一間不講究的舊書鋪，夢鹿每天不到六點是不回來的。他在一個公立師範附屬小學裡當教員，還主持校中的事務。每日的事務他都要當天辦完，決不教留過明天，所以每天他得比別的教員遲一點離校。

他不願意住在學校裡，純是因爲延禧的原故。他不願意小學生在寄宿舍住，說孩子應當多得一點家庭生活，若住在寄宿舍裡，管理上難保不近乎待遇人犯的方法。然而他的家庭也不像個完全的家庭。一個家庭若沒有了女主人，還配稱爲家庭麼？

他的妻子能於十年前到比國留學，早說要回來，總接不到動身的信。十幾年來，家中的度支都是他一人經理，甚至晚飯也是他自己做。除星期以外，他每早晨總是到學校去，有時同延禧一起走，有時他走遲一點。家裡沒人時，總把大門關鎖了，中飯就在學校裡吃，三點半後延禧先回家。他辦完事，在市上隨便買些菜蔬回來，自己烹調，或是到外邊館子裡去。但星期日，他每同孩子出城去，在野店裡吃。他並不是因爲雇不起人才過這樣的生活，是因他的怪思想，老想著他是替別人經理錢財，不好隨便用。他的思想和言語，有時非常迂腐，性情又很固執，朋友們都怕和他辯論，但他從不苟且，爲學做事都很認眞，所以朋友們都很喜歡他。

天色越黑了，孩子到看得不分明的時候，才覺得今日叔叔誤了時候回來。他很著急，因爲他餓了。他叔叔從來沒曾過了六點半才回來，在六點一刻，門環定要響的。孩子把燈點著，放在桌上，抽出抽屜，看看有什麼東西吃沒有。夢鹿的桌子有四個抽屜，其中一個擱錢，一個藏餅乾。這日抽屜裡趕巧剩下些餅屑，孩子到這時候也不管得許多，掏著就望口裡塡塞。他一面咀嚼著，一面數著地上的瓶子。

在西牆邊書架前的地上排列著二十幾個牛奶瓶子。他們兩個人每天喝一瓶牛奶。夢鹿有許多怪癖，牛奶連瓶子買，是其中之一。離學校不遠有一所牛奶房，他每清早自己要到那裡，買他親眼看著工人搾出來的奶。奶房允許給他送來，老是被他拒絕了。不但如此，他用過的瓶子，也不許奶房再收回去，所以每次他得多花幾分瓶子錢。瓶子用完，就一個一個排在屋裡的牆下，也不叫收買爛銅鐵錫的人收去。屋裡除椅桌以外，幾乎都是瓶子，書房裡所有的書架都是用瓶子疊起來的，每一格用九個瓶子作三行支柱，架上一塊板；再用九個瓶子作支柱，再加上一塊板；一連疊五六層，約有四尺多高。桌上的筆筒，花插，水壺，墨洗，沒有一樣不是奶瓶子！那排在地上的都是新近用過的。到排不開的時候，他才教孩子搬出外頭扔了。

孩子正在數瓶子的時候，門環響了。他知道是夢鹿回來，喜歡到了不得，趕緊要出去開門，不提防踢碎了好幾個瓶子。

門開時，頭一聲是「你一定很餓了。」

孩子也很誠實，一直回答他：「是，餓了，餓到了不得。我剛在抽屜裡抓了一把餅屑吃了。」

「我知道你當然要餓的，我回來遲了一點鐘了，我應當早一點回來。」他手中提著一包一包的東西，一手提著書包，走進來，把東西先放在桌上。他看見地上的碎玻璃片，便對孩子說：「這些瓶子又該清理了，明天有工夫就把它們扔出去罷，你嬸嬸在這下午來電，說她後天可以到香港，我在學校裡等著香港船公司的回電，所以回來遲了。」

孩子雖沒有會過他的嬸嬸，但看見叔叔這麼喜歡，說她快要回來，也就很高興。他說：「是麼？我們不用自己做飯了！」

「不要太高興，你嬸嬸和別人兩樣，她一向就不曾到過廚房去。但這次回來，也許能做很好的飯。她會做衣服，幾年來，你的衣服都是裁縫做的，此後就不必再找他們了。她是很好的，我想你一定很喜歡她。」

他脫了外衣，把東西拿到廚房去，孩子幫著他，用半點鐘工夫，就把晚餐預備好了。他把飯端到書房來，孩子已把一張舊報紙鋪在小桌上，舊報紙是他們的桌中，他們每天都要用的。夢鹿的書桌上也覆著很厚的報紙，他不擦桌子，桌子髒了，只用報紙糊上，一層層地糊，到他覺得不舒服的時候，才把桌子扛到院子裡，用水洗刮乾淨，重新糊過，這和買瓶奶子的行爲，正相矛盾，但他就是這樣做。他的餐桌可不用糊，食完，把剩下的包好，送到垃圾桶去。

桌上還有兩個紙包，一包是水果，一包是餅乾。他教孩子把餅乾放在抽屜裡，留做明天的早飯。坐定後，他給孩子倒了一杯水，自己也倒了一杯放在面前。孩子坐在一邊吃，一面對叔叔說：「我盼望嬸嬸一回來，就可以煮好東西給我們吃。」

「很想偷懶的孩子！做飯不一定是女人的事，我方才不說過你嬸嬸沒下過廚房嗎？你敢是嫌我做得不好？難道我做的還比學堂的壞麼？一樣的米，還能煮出兩樣的飯麼？」

「你說不是兩樣，怎樣又有乾飯，又有稀飯？怎樣我們在家煮的有時是爛漿飯，有時是半生不熟的飯？這不都是兩樣麼？我們煮的有時實在沒有學堂的好吃，有時候我想著街上賣的餛飩麵，比什麼都好吃。」

他笑了。放下筷子，指著孩子說：「正好，你喜歡學堂的飯。明後天的晚飯你可以在學堂裡吃，我已經爲你吩咐妥了。我明天下午要到香港去接你嬸嬸，晚間教人來陪你。我最快得三天才能回來，你自然要照常上課。我告訴你，街上賣的餛飩，以後可不要隨便買來吃。」

孩子聽見最後這句話，覺得說得有原故，便問：「怎麼啦？我們不是常買餛飩麵麼？以後不買，是不是因爲麵粉是外國來的？」

夢鹿說：「倒不是這個原故。我發現了他們用什麼材料來做餛飩餡了。我不信個個都是如此，不過給我看見了一個，別人的我也不敢吃了。我早晨到學校去，爲抄近道，便經過一條小巷，那巷裡住的多半是小本商販。我有意無意地東張西望，恰巧看見一挑餛飩擔子放在街門口，屋裡那人正在宰割著兩隻肥嫩老鼠。我心裡想，這無疑是用來冒充豬肉做餛飩餡的。我於是盤問那人，那人臉上立時一陣一陣紅，很生氣地說：『你是巡警還是市長呢？我宰我的，我吃我的，你管得了這些閒事？』我說，你若是用來冒充豬肉，那就是不對。我能夠報告衛生局，立刻教巡警來罰你。你只顧謀利，不怕別人萬一會吃出病來。」

「那人看我眞像要去叫巡警的神氣，便改過臉來，用好話求我饒他這次。他說他不是常常幹這個，因爲前個月妻子死了，欠下許多債，目前沒錢去稱肉，沒法子。我看他說得很誠實，不像撒謊的樣子，便進去看看他屋裡，果然一點富裕的東西都沒有。桌上放著一座新木主，好像證明了他的話是可靠的。我於是從袋裡掏出一張十元票子遞給他做本錢，教他把老鼠扔掉。他允許以後絕不再幹那事，我就離開他了。」

孩子說：「這倒新鮮！他以後還宰不宰，我們哪裡知道呢！」

夢鹿說：「所以教你以後不要隨便買街上的東西吃。」

他們吃了一會，夢鹿又問孩子說：「今天汪先生教你們什麼來？」

「不倒翁。」

「他又給了你們什麼『教訓』沒有？」

「有的，問不倒翁爲什麼不倒？有人說，『因爲它沒有兩條腿。』先生笑說，『不對』。阿鑒說，『因爲它底下重，上頭輕。』先生說，『有一部分對了，重還要圓才成。國家也是一樣，要在下的分子沉重，團結而圓活，那在上頭的只要裝裝樣子就成了。你們給它打鬼臉，或給它打加官臉都成。』」

「你做好了麼？」

「做好了，還沒上色，因爲阿鑒允許給我上。」孩子把碗箸放下，要立刻去取來給他看。他止住說：「吃完再拿吧，吃飯時候不要做別的事。」

飯吃完了，他把最後那包水果解開，拿出兩個蜜柑來，一個遞給孩子，一個自己留著。孩子一接過去便剝，他卻把果子留在手上把玩。他說：「很好看的蜜柑！我從來沒見過那麼好的！」

「我知道你又要把它藏起來了！前兩個星期的蘋果，現在還放在臥房裡咧，我看它的顏色越來越壞了。」孩子說。

「對呀，我還有一顆蘋果咧。」他把蜜柑放在桌上，進房裡去取蘋果。他拿出來對孩子說：「吃不得啦，扔了罷。」

「你的蜜柑不吃，過幾天也要『金玉其外，敗絮其中』了。」

「噢！好孩子，幾時學會引經據典！又是阿鑒教你的罷？」

孩子用指在頰上亂刮，癟著嘴回答說：「不要臉，誰待她教！這不是國文教科書裡的一課麼？說來還是你教的呢。」

「對的，但是果子也有兩樣，一樣當做觀賞用的，一樣才是食用的？好看的果子應當觀賞，不吃它也罷了。」

孩子說：「你不說過還有一樣藥用的麼？」

他笑著看了孩子一眼，把蜜柑放在桌上，問孩子日間的功課有不懂的沒有。孩子卻拿著做好的不倒翁來，說：「明天一上色，就完全了。」

夢鹿把小玩具拿在手裡，稱讚了一會，又給他說些別的。閒談以後，孩子自去睡了。

一夜過去了，夢鹿一早起來，取出些餅乾，又叫孩子出去買些油炸燴。

孩子說：「油炸燴也是街上賣的東西，不是說不要再買麼？」

「油炸的麵食不要緊。」

「也許還是用老鼠油炸的呢！」孩子帶著笑容出門去了。

他們吃完早點，便一同到學校去。

二

一天的工夫，他也不著急，把事情辦完，才回來取了行篋，出城搭船去，船於中夜到了香港，他在碼頭附近隨便找一所客棧住下，又打聽明天入口的船。一早他就起來，在棧裡還是一樣地做他日常的功課。他知道妻子所搭的船快要入港了，拿一把傘，就踱到碼頭，隨著一大幫接船的人下了小汽船。

他在小船上，很遠就看見他的妻子，嚷了幾聲，她總聽不見，只顧和旁邊一個男人說話。上了大船，妻子還和那人對談著，他不由得叫了一聲：「能妹，我來接你哪！」妻子才轉過臉來，從上望下端詳地看，看他穿一身青布衣服，腳上穿了一雙羽綾學士鞋，簡直是個鄉下人站在她面前。她笑著，進前兩步，摟著丈夫的脖子，把面伏在他的肩上。她是要丈夫給她一個久別重逢的親嘴禮，但他的臉被羞恥染得通紅，在妻子的耳邊低聲說：「尊重一點，在人叢中摟摟抱抱，怪不好看的。」妻子也不覺得不好意思，把胳臂鬆了，對他說：「我只顧談話，萬想不到你會來得這樣早。」她看著身邊那位男子對丈夫說：「我應先介紹這位朋友給你。這位是我的同學卓斐，卓先生。」她又用法語對那人說：「這就是我的丈夫東野夢鹿。」

那人伸出手來，夢鹿卻對他鞠了一躬。他用法語回答她：「你若不說，我幾乎失敬了。」

「出去十幾年居然說得滿口西洋話了！我是最笨的，到東洋五六年，東洋話總也沒說好。」

「那是你少用的原故。你爲我預定客棧了麼？卓先生已經爲我預定了皇家酒店，因爲我想不到你竟會出來接我。」

「我沒給你預定宿處，昨晚我住在泰安棧三樓，你如願意，……」

「那麼，你也搬到皇家酒店去罷，中國客棧我住不慣。在船上好幾十天，我想今晚在香港歇歇，明天才進省城去。」

丈夫靜默了一會說：「也好，我定然知道你在外國的日子多了，非皇家酒店住不了。」

妻子說：「還有卓先生也是同到省城去的，他也住皇家酒店。」

妻子和卓斐先到了酒店，夢鹿留在碼頭辦理一切的手續。他把事情辦完，才到酒店來，問櫃上說：「方才上船的那位姓卓的客人和一位太太在那間房住？」夥計以為他是卓先生的僕人，便告訴他卓先生和卓太太在四樓。又說本酒店沒有僕人住的房間，教他到中國客棧找地方住去。夢鹿說：「不要緊，請你先領我上樓去。那位是我的太太，不是卓太太。」夥計們上下打量了他幾次，愣了一回。他們心裡說：穿一件破藍布大褂，來住這樣的酒店，沒見過！

樓上一對遠客正對坐著，一個含著煙，一個弄著茶碗，各自無言。夢鹿一進來，便對妻子說：「他們當我做傭人，幾乎不教我上來！」

妻子說：「城市的人都是這般眼淺，誰教你不穿得光鮮一點？也不是置不起。」卓先生也忙應酬著說：「請坐，用一碗茶罷，你一定累了。」他隨即站起來，說：「我也得到我房間去檢點一下，回頭再來看你們。」一面說，一面開門出去了。

他坐下，只管喝茶，妻子的心神倒像被什麼事情牽掛住似地，她的愁容被丈夫理會了。

「你整天嘿嘿地，有什麼不高興的地方？莫不是方才我在船上得罪了你麼？」

妻子一時倒想不出話來敷衍丈夫，她本不是納悶方才丈夫不擁抱她的事，因為這時她什麼都忘了。她的心事雖不能告訴丈夫，但是一問起來，她總得回答。她說：「不，我心裡喜歡極了，倒沒的可說，我非常喜歡你來接我。」

「喜歡麼？那我更喜歡了。為你，使我告了這三天的假，這是自我當教員以來第一次告假，第一次為自己耽誤學生的功課。」

「很抱歉，又很感激你為我告的第一次假。」

「你說的話簡直像外國人說中國話的氣味。不要緊的，我已經請一位同事去替我了，我把什麼事情都安排好了才出來的，即如延禧的晚膳，我也沒有忽略了。」

「哪一個延禧？」

「你忘了麼？我不曾在信中向你說過我收養了一個孩子麼？他就是延禧。」

追憶往事，妻子才想起延禧是十幾年前夢鹿收養的一個孤兒。在往來的函件中，他只向妻子提過一兩次，怪不得她忘卻了。他們的通信很少，夢鹿幾乎是一年一封，信裡也不說家常，只說他在學校的工作。

「是呀，我想起來了。你不是說他是什麼人帶來給你的麼？你在信中總沒有說得明白，我到現在還是不知道延禧到底是個什麼樣子，你是要當他做養子麼？」

「不，我待遇他如侄兒一樣，因為那送他來的人教我當他做侄兒。」

「什麼意思，我不明白。」妻子注目看著他。

「你當然不明白。」停一會，他接著說：「就是我自己也不明白，到現在我還不明白他的來歷咧。」

「那麼，你從前是怎樣收他的？」

「並沒有什麼原故。不過他父親既把他交給我，教我以侄兒的名份待遇他，我只得照辦罷了。我想這事的原委，我已寫信告訴你了，你怎麼健忘到這步田地？」

「也許是忘記了。」

「因為他父親的功勞，我培養他，說來也很應當。你既然忘記，我當為你重說一遍，省得明天相見時惹起你的錯謬。

「你記得辛亥年三月二十九日麼？那時你還在不魯捨路，記得麼？在事前幾天，我忘了是二十五或二十六晚上，有一個人來敲我的門。我見了他，開口就和我說東洋話。他問我：『預備好了沒有？』我當時不明白他的意思，只回問他我應當預備什麼？他像知道我是岡山的畢業生，對我說：『我們一部分的人都已經來到了，怎麼你還裝呆？你是漢家子孫，能爲同胞出力的地方，應當盡力地幫助。』我說，我以爲若是事情來得太倉促，一定會失敗的。那人說，『凡革命都是在倉促間成功的。如果有個全盤計畫，那就是政治行爲，不是革命行動了。』我說，我就不喜歡這種沒計畫的行動。他很忿怒地說：『你怕死麼？』我隨即回答說，我有時怕，有時不怕，一個好漢自然知道怎樣『捨生取義』，何必你來苦苦相勸？他沒言語就走了。一會兒他又回來，說：『你是義人，我信得你不把大事洩漏了。』我聽了，有一點氣，說：『廢話少說，好好辦你的事去。若信不過我，可以立刻把我殺死。』

「二十八晚上，那人抱了一個嬰孩來。他說那是他的兒子，要寄給我保養，當他做侄兒看待，等他的大事辦完，才來領回去。我至終沒有問他的姓名，就讓他走了，我只認得他左邊的耳殼是沒有了的，二十九下午以後，過了三天，他的同志們被殺戮的，到現在都成黃花崗的烈士了。但他的屍首過了好幾天才從狀元橋一家米店的樓上被找出來。那地方本來離我們的家不遠，一聽見，我就趕緊去看他，我認得他。他像是中傷後從屋頂爬下來躲在那裡的。他那圍著白毛巾的右手裡還揑著一把手槍，可是子彈都沒有了。我對著屍首說，壯士，我當爲你看顧小侄兒。米店的人怕惹橫禍，揚說是店裡的夥伴，把他臂上的白毛巾除下，模模糊糊掩埋了。他雖不葬在黃花崗，但可算爲第七十三個烈士。

「他的兒子是個很可造就的孩子。他到底姓什麼，誰也不知道。我又不配將我的姓給他，所以他在學校裡，人人只叫他做延禧。」

這下午，足談了半天夢鹿所喜歡談的事。他的妻子只是聽著，並沒提出什麼材料來助談。晚間卓先生邀他們倆同去玩台球。他在娛樂的事上本來就很缺乏知識和興趣，他教志能同卓先生去，自己在屋裡看他的書。

第二天船入珠江了。卓先生在船上與他們兩人告辭便向西關去了。妻子和夢鹿下了船，同坐在一輛車裡。夢鹿問她那位卓先生來廣州幹什麼事？妻子只是含糊地回答。其實那卓先生也是負著一種革命的使命來的，他不願意把他的秘密說出來。不一會，來到家裡，孩子延禧在裡頭跳出來，現出很親切的樣子，夢鹿命他給嬸嬸鞠躬。妻子見了他，也很讚美他是個很好看的孩子。

妻子進屋裡，第一件刺激她的，便是滿地的瓶子。她問：「你做了什麼買賣來麼？哪裡來的這些瓶子？」

「哈哈！在西洋十幾年，連牛奶瓶子也不懂得？中國的牛奶瓶和外國的牛奶瓶豈是兩樣？」夢鹿笑了一回，接著說：「這些都是我們兩人用過的舊瓶子，你不懂麼？」

妻子心裡自問：為什麼喝牛奶連瓶子買回來？她看見滿屋的「瓶子傢具」，不免自己也失笑了，她暗笑丈夫過的窮生活。她仰頭看四圍的壁上滿貼了大小不等的畫。孩子說：「這些都是叔叔自己畫的。」她看了，勉強對丈夫說：「很好的，你既然喜歡輪船、火車，我給你帶一個攝影器回來，有工夫可以到處去照，省得畫。」

丈夫還沒回答，孩子便說：「這些畫得不好麼？他還用來賞學生們呢。我還得著他一張，是上月小考賞的。」他由抽屜拿出一張來，遞給志能看。丈夫在旁邊像很得意，得意他妻子沒有嫌他畫得不好，他說：「這些輪子不是很可愛很要緊的麼？我想我們各人都短了幾個輪子。若有了輪子，什麼事情都好辦了。」這也是他很常說的話。他在學校裡，賞給學生一兩張自己畫的輪船和火車，就像一個王者頒賜勳章給他的臣僚一般地鄭重。

這樣簡單的生活，妻子自然過不慣。她把丈夫和小孩搬到芳草街。那裡離學校稍微遠一點，可是不像從前那麼逼仄了。芳草街的住宅本是志能的舊家，因爲她母親於前年去世，留下許多產業給他們兩夫婦。夢鹿不好高貴的生活，所以沒搬到岳母給她留下的房子去住。這次因爲妻子的相強，也就依從了。其實他應當早就搬到這裡來。這屋很大，夢鹿有時自己就在書房裡睡，客廳的後房就是孩子住，樓上是志能和老媽子住。

夢鹿自從東洋回國以來，總沒有穿過洋服，連皮鞋也要等下雨時節才穿的。有一次妻子鼓勵他去做兩身時式的洋服，他反大發起議論，說中華民國政府定什麼「大禮服」、「小禮服」的不對。用外國的「燕尾服」爲大禮服，簡直是自己藐視自己，因爲堂堂的古國，連章身的衣服也要跟隨別人，豈不太笑話了！不但如此，一切禮節都要跟隨別人，見面拉手，兵艦下水擲瓶子，用女孩子升旗之類，都是無意義地模仿人家的禮節。外人用武力來要土地，或經濟侵略，只是物質的被征服；若自己去採用別人的衣冠和禮儀，便是自己在精神上屈服了人家，這還成一個民族嗎？話說歸根，當然中國人應當說中國話，吃中國飯，穿中國衣服。但妻子以爲文明是沒有國界的，在生活上有好的利便的事物，就得跟隨人家。她反問他：「你為什麼又跟著外國人學剪髮？」他也就沒話可回答了。他只說：「是故惡乎佞者！你以爲穿外國衣服就是文明的表示麼？」他好辯論，幾乎每一談就辯起來。他至終爲要討妻子的喜歡，便到洋服店去定了一身衣服，又買了一雙黃皮鞋，一頂中摺氈帽。帽子既不入時，鞋子又小，衣服又穿得不舒服，倒不如他本來的藍布大褂自由。

志能這位小姐實在不是一個主持中饋的能手，連輕可的茶湯也弄得濃淡不適宜。志能的娘家姓陳，原是廣西人，在廣州落戶。她從小就與東野訂婚，訂婚後還當過他的學生。她母親是個老寡婦，只有她一個獨生女，家裡的資財很富裕，恐怕沒人承繼，因爲夢鹿的人品好，老太太早就有意將一切交付與他。夢鹿留學日本時，她便在一個法國天主教會的學堂念書。到他畢業回國，才舉行婚禮，不久，她又到歐洲去。因爲從小就被嬌養慣，而且她又常在交際場上出頭面，家裡的事不得不雇人幫忙。

她正在等著丈夫回來吃午飯，所有的都排列在膳堂的桌上，自己呆呆地只看著時計，孩子也急得了不得。門環響時，孩子趕著出去開門，果然是他回來了。妻子也迎出來，見他的面色有點不高興，知道他又受委曲了。她上下端詳地觀察丈夫的衣服、鞋、帽。

「你不高興，是因你的鞋破了麼？」妻子問。

「鞋破了麼？不。那是我自己割開的。因爲這雙鞋把我的腳趾挾得很痛，所以我把鞋頭的皮割開了。現在穿起來，很覺得舒服。」

「咦，大哥，你眞是有一點瘋氣！鞋子太窄，可以送到鞋匠那裡請他給你掙一下；再不然，也可以另買一雙，現在弄得把襪子都露出來，像個什麼樣子？」

「好妻子，就是你一個人第一次說我是瘋子。你怎麼不會想鞋子豈是永遠不破的？就是拿到鞋匠那裡，難保他不給掙裂了。早晚是破，我又何必費許多工夫？我自己帶著腳去配鞋子，還配錯了，可怨誰來？所以無論如何，我得自己穿上。至於另買的話，那筆款項還沒上我的預算哪。」其實他的預算也和別人的兩樣，因爲他用自己的錢從沒記在帳本上。但他有一樣好處，就是經理別人的或公共的款項，絲毫也不苟且。

孩子對於他的不樂另有一番想像。他發言道：「我知道了，今天是教員會，莫不是叔叔又和黃先生辯論了？」

「我何嘗爲辯論而生氣？」他回過臉去向著妻子，「我只不高興校長忽然在教員會裡，提起要給我加薪俸。我每月一百塊錢本自夠用了，他說我什麼辦事認眞，什麼教導有方，所以要給我長薪水。然而這兩件事是我的本務，何必再加四十元錢來獎勵我？你說這校長豈不是太看不起我麼？」說著把他腳下的破而新的皮鞋脫下，換了一雙布鞋，然後同妻子到飯廳去。

他坐下對妻子說：「一個人所得的薪水，無論做的是什麼事，應當量他的需要給才對。若是他得了他所需的，他就該盡其所能去做，不該再有什麼獎勵。用金錢獎勵人是最下等的，想不到校長會用這方法來待遇我！」

妻子說：「不受就罷了，値得生那無益的氣。我們有的是錢，正不必靠著那些束修。此後一百塊定是不夠你用的，因爲此地離學校遠了，風雨時節總得費些車錢。我看你從前的生活，所得的除書籍伙食以外，別的一點也不整置，弄得衣、帽、鞋、襪，一塌糊塗，自然這些應當都是妻子管的。好罷，以後你的薪水可以盡量用，其餘需要的，我可以爲你預備。」

丈夫用很驚異的眼睛望著她，回答說：「又來了，又來了！我說過一百塊錢準夠我和延禧的費用。既然辭掉學校給我加的，難道回頭來領受你的『補助費』不成？連你也看不起我了！」他帶著氣瞧了妻子一眼，拿起飯碗來狠狠地扒飯，扒得筷與碗相觸的聲音非常響亮。

妻子失笑了，說：「得啦，不要生氣啦，我們不『共產』就是了。你常要發你的共產議論，自己卻沒有絲毫地實行過，連你我的財產也要弄得界限分明，你簡直是個個人主義者。」

「我決不是個人主義者，因為我要人幫助，也想幫助別人，這世間若有眞正的個人主義者是不成的。人怎能自滿到不求於人，又怎能自傲到不容人求？但那是兩樣的。你知道若是一個丈夫用自己的錢以外還要依賴他的妻子，別人要怎樣評論他？你每用什麼『共產』、『無政府』來激我，是的，我信無政府主義，然而我不能在這時候與你共產或與一切的人共產。我是在預備的時候呢，現在人們的毛病，就是預備的工夫既然短少，而又急於實行，那還成麼？」他把碗放下，拿著一雙筷子指東揮西，好像拿教鞭在講壇上一樣。因為他妻子自回來以後，常把歐戰時的經濟狀況，大戰後俄國的情形，和社會黨共產黨的情形告訴他，所以一提起，他又興奮地繼續他的演說：「我請問你，一件事情要知道它的好處容易，還是想法子把它做好了容易？誰不知道最近的許多社會政治的理想的好處呢？然而，要實現它豈是暴動所能成事？要知道私產和官吏是因為制度上的錯誤而成的一種思想習慣，一般人既習非成是，最好的是能使他們因理啓悟，去非歸是。我們生在現時，應當做這樣的工夫，爲將來的人預備。……」

妻子要把他的怒氣移轉了，教他不要想加薪的事，故意截著話流，說：「知就要行，還預備什麼？」

「很好聽！」他用筷子指著妻子說：「爲什麼要預備？說來倒很平常。凡事不預備而行的，雖得暫時成功，終要歸於失敗。縱使你一個人在這世界內能實行你的主張，你的力量還是有限，終不能敵過以非爲是的群眾。所以你第一步的預備，便是號召同志，使人起信，是不是？」

「是很有理。」妻子這樣回答。

丈夫這才把筷子收回來，很高興地繼續地說：「你以爲實行和預備是兩樣事麼？現在的行，就是預備將來。好，我現在可以給你一個比喻。比如有所果園，只有你知道裡頭有一種果子，吃了於人有益。你若需要，當然可以進去受用，只因你的心很好，不願自己享受，要勸大家一同去享受。可是那地方的人們因爲風俗習慣迷信種種關係，不但不敢吃，並且不許人吃。因爲他們以爲人吃了那果子，便能使社會多災多難，所以凡是吃那果子的人，都得受刑罰，在這情形之下，你要怎辦？

大家都不明白，你一進去，他們便不容你分說，重重地刑罰你，那時你還能不能享受裡頭的果子？同時他們會說，恐怕以後還有人進來偷果子，不如把這園門封鎖了罷。這一封鎖，所有的美果都在裡頭腐爛了。所以一個救護時世的人，在智慧方面當走在人們的前頭；在行爲方面，當爲人們預備道路。這並不是知而不行，乃是等人人、至少要多數人都預備好，然後和他們同行。一幅完美的錦，並不是千緯一經所能成，也不能於一秒時間所能織就的。用這個就可以比方人間一切的造作，你要預備得有條有理，還要用相當的勞力，費相當的時間。你對於織造新社會的錦不要貪快，還不要生作者想，或生受用想。人間一切事物好像趨於一種公式，就是凡眞作者在能創造使人民康樂的因，並不期望他能親自受用他所成就的果，一個人倘要把他所知所信的強別人去知去信去行，這便是獨裁獨斷，不是共和合作。……」

他越說越離題，把方才爲加薪問題生氣的事情完全消滅了。伶俐的妻子用別的話來阻止他再往下說。她拿起他的飯碗說：「好哥哥，你只顧說話，飯已涼到吃不得了！待我給你換些熱的來罷。」

孩子早已吃飽了，只是不敢離座。夢鹿所說的他不懂，也沒注意。他忽然想起一件事來，對夢鹿說：「方才黃先生來找你呢。」

「是麼，有甚事？」

「不知道呢！他沒說中國話，問問嬸嬸便知道。」

妻子端過一碗熱飯來，隨對孩子說：「你吃完了，可以到院子去玩玩，等一會，也許你叔叔要領你出城散步去。」孩子得了令，一溜煙地跑了。

「方才黃先生來過麼？」

「是的，他要請你到黨部去幫忙。我已經告訴他說，恐怕你沒有工夫。我知道你不喜歡跟市黨部的人往來，所以這樣說。」妻子這樣回答。

「我並不是不喜歡同他們來往，不過他們老說要做這事，要做那事，到頭來一點也不辦。我早告訴他們，我今生唯一的事情，便是當小學教員，別的事情，我就不能兼顧了。」

「我也是這樣說，你現在已是過勞了，再加上幾點鐘的工夫，就恐怕受不了，他隨即要求我去，我說等你回來，再和你商量，我去好不好？」

他點頭說：「那是你的事，有工夫去幫幫忙，也未嘗不可。」

「那麼，我就允許他了，下午你還和延禧出城去麼？」

「不，今晚上還得到學校去。」

他吃完了，歇一會又到學校去了。

黃昏已到，站在樓頭總不見燦爛的晚霞，只見凹凸而濃黑的雲山映在玻璃窗上。志能正在樓上整理書報，程媽進來，報道：「卓先生在客廳等候著。」她隨著下來。卓先生本坐在一張矮椅上，一看門鈕動時，趕緊搶前幾步，與她拉手。志能說：「裴立，我告訴你好幾次，我不能跟你，也不能再和你一同工作，以後別再來找我。」

「你時時都是這樣說，只不過要想恐嚇我罷了。我是鐘鼓樓的家雀，這樣的聲音，已經聽慣了。」

他們並肩坐在一張貴妃榻上。裴立問道：「他呢？」

「到學校去了。」

「好，正好，今晚上我們可以出去歡樂一會。你知道我們在不久要來一個大暴動麼？我們所做的事，說不定過兩三天後還有沒有性命，且不管它，快樂一會是一會。快穿衣服去，我們就走。」

「裴立，我已經告訴過你好幾次了。我們從前爲社會爲個人的計畫，我想都是很笨，很沒理由，還是打消了罷。」

「呀，你又來哄我！」

「不，我並不哄你，我將盡我這生愛敬你，同時我要懺悔從前對於他一切的誤解，以致做出許多對不起他和你的事。」她的眼睛一紅，珠淚像要滴出來。

卓先生失驚道：「然則你把一切的事都告訴他了？」

「不，你想那事是一個妻子應當對她的丈夫說的麼？如能避免掉，我永遠不對他提及。」她哭起來了。她接著說：「把從前的事忘記了罷，我已定志不離開他。當然，我只理會他於生活上有許多怪癖，沒理會他有很率眞的性情，故覺得他很討厭。現在我已明白了他，跟他過得好好地，捨不得與他分離了。」

在卓先生心裡，這是出於人意料之外的事情。他想那麼伶俐的志能，會愛上一個半瘋的男子！她一會說他的性情好，一會說他的學問好，一會又說他的道德好，時時把夢鹿讚得和聖人一樣，他想其實聖人就是瘋子。學問也不是一般人所需要的，只要幾個書獃子學好了，人人都可以沾光。至於道德，他以爲更沒有什麼準則，壞事情有時從好道德的人幹出來。他又信人倫中所謂夫婦的道德，更沒憑據。一個丈夫，若不被他的妻子所愛，他若去同別的女人來往，在她眼中，他就是一個壞人，因此便覺得他所做的事都是壞事。男子對於女人也是如此，他沉默著，雙眼盯在婦人臉上，又像要發出大議論的光景。

婦人說：「請把從前一切的意思打消了罷，我們可以照常來往。我越來越覺得我們的理想不能融洽在一起。你的生活理想是爲享樂，我的是爲做人。做人便是犧牲自己的一切去爲別人；若是自己能力薄弱，就用全力去幫助那能力堅強的人們。我覺得我應當幫助夢鹿，所以寧把愛你的情犧牲了。我現在才理會在世上還有比私愛更重要的事，便是同情。我現在若是離開夢鹿，他的生活一定要毀了，延禧也不能好好地受教育了。從前我所看的是自己，現在我已開了眼，見到別人了。」

「那可不成，我什麼事情都爲你預備好了。到這時候你才變卦！」他把頭擰過一邊，沉吟地說，「早知道是這樣，你在巴黎時爲什麼引誘我，累我跟著你東跑西跑。」

婦人聽見他說起引誘，立刻從記憶的明鏡裡映出他們從前同在巴黎一個客店裡的事情。她在外國時，一向本沒曾細細地分別過朋友和夫婦是兩樣的。也許是在她的環境中，這兩樣的界限不分明。自從她回國以後，尊敬夢鹿的情一天強似一天，使她對於從前的事情非常地慚愧。這並不是東方式舊社會的勢力和遺傳把她揪回來，乃是她的責任心與同情心漸次發展的原故。他們兩人在巴黎始初會面，大戰時同避到英倫去，戰後又在莫斯科同住好些時，可以說是對對兒飛來飛去的。她愛裴立，早就想與夢鹿脫離關係。在外國時，夢鹿雖不常寫信，她的寡母卻時時有信給她。每封信都把夫婿讚美得像聖人一般，爲母親的原故，她對於另有愛人的事情一句也不提及。這次回家，她漸漸證實了她亡母的話，因敬愛而時時自覺昔日所爲都是慚愧。她以羞惡心回答卓先生說：「我的裴立，我對不起你。從前種種都是我的錯誤，可是請你不要說我引誘你，我很怕聽這兩個字。我還是與前一樣地愛你，並且盼望你另找一位比我強的女子。像你這樣的男子，還怕沒人愛你麼？何必定要……」

「你以爲我是爲要妻子而娶妻，像舊社會一樣麼？男人的愛也是不輕易給人的。現在我身心中一切的都付與你了。」

「噢，裴立，我很慚愧，我錯受了你的愛了。千恨萬恨只恨我對你不該如此。現在我和他又一天比一天融洽，心情無限，而人事有定，也是無可奈何的啊。總之，我對不起你。」志能越說越惹起他的妒嫉和怨恨，至終不能向他說個明白。

裴立說：「你未免太自私了！你的話，使我懷疑從前種種都是爲滿足你自己而玩弄我的。你到底沒曾當我做愛人看！請罷，我明白了。」

在她心裡有兩副臉，一副是夢鹿莊嚴的臉，一副是裴立可愛的臉。這兩副臉的威力，一樣地可以懾服她。裴立忿忿地抽起身來，要向外走。志能急揪著他說：「裴立，我所愛的，不要誤會了我，請你沉靜坐下，我再解釋給你聽。」

「不用解釋，我都明白了。我知道你的能幹，嚥下一口唾沫，就可以撒出一萬八千個謊來。你的愛情就像你臉上的粉，敷得容易，洗得也容易。」他甩開婦人，逕自去了。她的心緒像屋角裡炊煙輕輕地消散，一點微音也沒有。沒辦法，掏出手帕來，掩著臉暗哭了一陣。回到自己的房裡，伏在鏡台前還往下哭。

晚飯早又預備好了，夢鹿從學校裡攜回一包郵件，到他書房裡，一件一件細細地拆閱看。延禧上樓去叫她，她才抬起頭來，從鏡裡照出滿臉的淚痕，眼珠紅絡還沒消退。於是她把手裡那條濕手巾扔在衣櫃裡，從抽屜取出乾淨的來，又到鏡台邊用粉撲重新把臉來勻拭一遍，然後下來。

丈夫帶著幾卷沒拆開的書報，進到飯廳，依著他的習慣，一面吃飯一面看。偶要對妻子說話，他看見她的眼都紅了，問道：「爲什麼眼睛那麼紅？」妻子敷衍他說：「方才安排櫃裡的書，搬動時，不提防教一套書打在臉上，塵土入了眼睛，到現在還沒復原呢。」說時，低著頭，心裡覺得非常慚愧。夢鹿聽了，也不十分注意。他沒說什麼，低下頭，又看他的郵件。

他轉過臉向延禧說：「今晚上青年會演的是『法國革命』，想你一定很喜歡去看一看。若和你嬸嬸同去，她就可以給你解釋。」

孩子當然很喜歡。晚飯後，立刻要求志能與他同去。

夢鹿把一卷從日本來的郵件拆開，見是他的母校岡山師範的同學錄，不由得先找找與他交情深厚的同學，翻到一篇，他忽然蹦起來，很喜歡地對著妻子說：「可怪雁潭在五小當教員，我一點也不知道！呀，好些年沒有消息了。」他用指頭指著本子上所記雁潭的住址，說：「他就住在豪賢街，明天到學堂，當要順道去拜訪他。」

雁潭是他在日本時一位最相得的同學。因為他是湖南人，故夢鹿絕想不到他會來廣州當小學教員。志能間嘗聽他提過好幾次，所以這事使他喜歡到什麼程度，她已理會出來。

孩子吃完飯，急急預備到電影院去。她晚上因日間的事，很怕夢鹿看出來，所以也樂得出去避一下。她裝飾好下來，到丈夫身邊，拍著他的肩膀說：「到時候自己睡去，不要等我們了。你今晚上在書房睡罷，恐怕我們回來晚了攪醒你。你明天不是要一早出門麼？」

夢鹿在書房一夜沒曾閉著眼，心裡老惦念著一早要先去找雁潭，好容易天亮了。他爬起來，照例盥漱一番，提起書包也沒同妻子告辭，便出門去了。

路上的人還不很多，除掉賣油炸燴的便是出殯的。他拐了幾個彎，再走過幾條街，便是雁潭的住處。他依著所記的門牌找，才知道那一家早已搬了。他很惆悵地在街上徘徊著，但也沒有辦法，看看表已到上課的時候，趕緊坐一輛車到學校去。

早晨天氣還好，不料一過晌午，來去無常的夏雨越下越大。夢鹿把應辦的事情都趕著辦完，一心只趕著再去打聽雁潭的住址。他看見那與延禧同級的女生丁鑒手裡拿著一把黑油紙傘，便向她借，說：「把你的雨傘借給我用一用，若是我趕不及回來，你可以同延禧共坐一輛車回家，明天我帶回來還你。」他掏出幾毛錢交給她，說：「這是你和延禧的車錢。」女孩子把傘遞給他，把錢接過來，說聲「是」，便到休息室去了。夢鹿打著傘，在雨中一步一步慢移。一會，他走遠了，只見大黑傘把他蓋得嚴嚴地，直像一朵大香蕈在移動著。

他走到豪賢街附近的派出所，爲要探聽雁潭搬到哪裡，只因時日相隔很久，一下子不容易查出來。無可奈何，只得沿著早晨所走的道回家。

一進門，黃先生已經在客廳等著他。黃先生說：「東野先生，想不到我來找你罷。」

他說：「實在想不到。你一定是又來勸我接受校長的好意，加我的薪水吧。」

黃先生說：「不，不。我來不爲學校的事，有一個朋友要我來找你到黨部去幫忙，不是專工的，一星期到兩三次便可以了。你願意去幫忙麼？」

夢鹿說：「辦這種事的人材濟濟，何必我去呢？況且我又不喜歡談政治，也不喜歡當老爺。我這一生若把一件事做好了，也就夠了。在多方面活動，個人和社會必定下會產出什麼好結果，我還是教我的書罷。」

黃先生說：「可是他們急於要一個人去幫忙，如果你不願去，請嫂夫人去如何？」

「你問她，那是她的事。她昨天已對我說過了，我也沒反對她去。」他於是向著樓上叫志能說：「妹妹，妹妹，請你下來，這裡有事要同你商量。」妻子手裡打著線活，慢慢地踱下樓來。他說：「黃先生要你去辦黨，你能辦麼？我看你有時雖然滿口民族主義，民權主義，民生主義，若眞是教你去做，你也未必能成。」妻子知道丈夫給她開玩笑，也就順著說：「可不是，我哪有本領去辦黨呢？」

黃先生攔著說：「你別聽夢鹿兄的話，他總想法子攔你，不要你出去做事。」他說著，對夢鹿笑。

他們正在談著，孩子跑進來說：「嬸嬸，外面有一個人送信來，說要親自交給你。」她立時放下手活說了一聲「失陪」，便隨著孩子出去了。夢鹿目送著她出了廳門，黃先生低聲對他說：「你方才那些話，她聽了不生氣麼？這教我也很難為情。你這一說，她一定不肯去了。」夢鹿回答說：「不要緊，我常用這樣的話激她。我看，現在有許多女子在公共機關服務，不上一年半載若不出差錯，便要厭膩她們的事情，尤其是出洋回來的女學生，裝束得怪模怪樣，講究的都是宴會跳舞，哪曾為所要做的事情預備過？她還算是好的。回國後還不十分洋化，可喜歡談政治，辦黨的事情她也許會感興趣，只與我不相投便了，但無論如何，我總不阻止她，只要她肯去辦就成。」

他們說著，妻子又進來了。夢鹿問：「誰來的信，那麼要緊？」

妻子靦腆地說：「是卓先生的，那個人做事，有時過於鄭重，一封不要緊的信，也值得這樣張羅！」說著，一面走到原處坐下做她的活。

丈夫說：「你始終沒告訴我卓先生是幹什麼事的人。」妻子沒說什麼。他怕她有點不高興，就問她黃先生要她去辦黨的事，她答應不答應。她沒有拒絕，算是允許了。

黃先生得了她的允許，便站立起來，志能止住說：「現在快三點鐘，請坐一回，用過點心再走未晚。」

黃先生說：「我正要請東野先生一同到會賢居去吃炒米粉，不如我們都去罷，也把延禧帶去。」

她說：「家裡雇著廚子，倒叫客人請主人出去外頭吃東西，實在難爲情了。」

夢鹿站起來，向窗外一看，說：「不要緊，天早晴了。黃先生既然喜歡會賢居，讓我做東，我們就一同陪著走走罷。」

妻子走到樓梯旁邊順便問她丈夫早晨去找雁潭的事，他搖搖頭說：「還沒找著，過幾天再打聽去。他早已搬家了。」

妻子換好衣服下來，一手提著鏡囊，一手拿著一個牛奶瓶子，對丈夫說：「大哥，你今天忘了喝你的奶子了，還喝不喝？」

「噢，是的，我們正渴得慌，三個人分著喝完再走罷。」

妻子說：「我不喝，你們二位喝罷。我叫他們拿兩個杯來。」她順手在門邊按電鈴。丈夫說：「不必攪動他們了，這裡有現成的茶杯，爲什麼不拿出來用？」他到牆角，把那古董櫃開了，拿出一個茶碗，在抽屜裡拿出一張白紙來揩拭幾下，然後倒滿了一杯遞給客人。黃先生讓了一回，就接過去了。他將瓶子送到唇邊，把剩下的奶子全灌入嘴裡。

妻子不覺笑起來，對客人說：「你看我的大夫，喝牛乳像喝汽水一樣，也不怕教客人笑話。」正說著，老媽子進來，妻回頭對她說：「沒事了，你等著把瓶子拿去吧。噢，是的，你去把延禧少爺找來。」老媽應聲出去了。她又轉過來對黃先生笑說：「你見過我丈夫的瓶子書架麼？」

「哈，哈，見過！」

夢鹿笑著對黃先生說：「那有什麼希奇，她給我換了些很笨的木櫃，我還覺得不方便哪。」

他們說著，便一同出門去了。

四

慇勤的家雀一破曉就在屋角連跳帶噪，爲報睡夢中人又是一天的起首。延禧看見天氣晴朗，吃了早飯，一溜煙地就跑到學校園裡種花去了。

那時學校的時計指著八點二十分，夢鹿提著他的書包進教務室，已有幾位同事先在那裡預備功課。不一會，上課鈴響了。夢鹿這一堂是教延禧那班的歷史，鈴聲還沒止住，他已比學生先入了講堂，在黑板上畫沿革圖。

他點名點到丁鑾，忽然想起昨天借了她的雨傘，允許今天給帶回來，但他忘記了。他說：「丁鑾，對不起，我忘了把你的雨傘帶回來。」

丁鑾說：「不要緊，下午請延禧帶來，或我自己去取便了。」

她說到「延禧」時，同學在先生面前雖不敢怎樣，坐在延禧後面的，卻在暗地推著他的背脊。有些用書擋著向到教壇那面，對著她裝鬼臉。

夢鹿想了一想，說：「好，我不能失信，我就趕回去取來還你罷，下一堂是自由習作，不如調換上來，你們把文章做好，我再給你們講歷史，待我去請黃先生來指導你們。」他果然去把黃先生請來，對他說如此這般，便急跑回家辦那不要緊的大事去了。大家都知道他的瘋氣，所以不覺得希奇。

這芳草街的寓所，忽然門鈴怪響起來。老媽子一開門，看見他跑得氣喘喘地，問他什麼原故，他只回答：「拿雨傘！」

老媽子看著他發怔，因爲她想早晨的天氣很好。妻子在樓上問是誰，老媽子替回答了。她下來看見夢鹿額上點點的汗，忙用自己的手中替他擦。她說：「什麼事體，值得這樣著急？」

他喘著說：「我忘了把丁鑒的雨傘帶回去！到上了課，才記起來，眞是對不起她！」說完，拿著雨傘翻身就要走。

妻子把他揪住說：「爲什麼不坐車子回來，跑得這樣急喘喘地？且等一等，雇一輛車子回去罷。小小事情，也值得這麼忙，明天帶回去給她不是一樣麼？看你跑得這樣急，若惹出病來，待要怎辦？」

他不由得坐下，歇一回，笑說：「我怎麼沒想到坐車子回來？」妻子在一旁替他拭額上的汗。

女僕雇車回來，不一會，門鈴又響了。妻子心裡像預先知道來的是誰，在老媽子要出去應門的時候告訴她說：「若是卓先生來，就說我不在家。」老媽子應聲「哦」，便要到大門去。

夢鹿很詫異地對妻子說：「怎麼你也學起官僚派頭來了！明明在家，如何撒謊？」他拿著丁鑒的雨傘，望大門跑。女僕走得慢，門倒教他開了；來的果然是卓先生！

「夫人在家麼？」

「在家。」夢鹿回答得很乾脆。

「我可以見見她麼？」

「請進來罷。」他領著卓先生進來，妻子坐在一邊，像很納悶。他對妻子說：「果然是卓先生來。」又對卓先生說：「失陪了，我還得到學校去。」

他回到學校來，三小時的功課上完，已經是十一點半了。他挾著習作本子跑到教務室去，屋裡只有黃先生坐在那裡看報。

「東野先生，功課都完了麼？方才習作堂延禧問我『安琪兒』怎解，我也不曉得要怎樣給他解釋，只對他說這是外國話，大概是『神童』或是『有翅膀的天使』的意思。依你的意思，要怎樣解釋？可怪人們偏愛用西洋翻來的字眼，好像西洋的老鴉，也叫得比中國的更有音節一般。」

「你說的大概是對的，這些新名詞我也不大高明，我們從前所用的字眼，被人家罵做『盲人瞎馬的新名詞』，但現在越來越新了，看過之後，有時總要想了一陣，才理會說的是什麼意思，延禧最喜歡學那些怪字眼。說他不懂呢？他有時又寫得像一點樣子。說他懂呢？將他的東西拿去問他自己，有時他自己也莫名其妙，我們試找他的本子來看看。」

他拿起延禧的卷子一翻，看他自定的題目是「失戀的安琪兒」，底下加了兩個字「小說」在括弧當中，夢鹿和黃先生一同念。

「失戀的安琪兒，收了翅膀，很可憐變成一隻灰色的小丑鴨，在那薔薇色的日光底下顫動。嘴裡咒詛命運的使者，說：『上帝呵，這是何等異常的不幸呢？』赤色的火焰像微波一樣跟著夜幕驀然地捲來，把她女性的美麗都吞嚥了！這豈不又是一場赤色的火災麼？」

黃先生問：「什麼叫做『灰色的』、『赤色的』、『火災』、『上帝呵』等等，我全然不懂！這是什麼話？」

夢鹿也笑了，「這就是他的筆法，他最喜歡在報上雜誌上抄襲字眼，這都是從口袋裡那本自抄的《袖珍錦字》翻出來的。我用了許多工夫給他改，也不成功，只得隨著他所明白的順一順罷了。」

黃先生一面聽著，一面提著書包望外走，臨出門時，對夢鹿說：「昨天所談的事，我已告訴了那位朋友，不曉得嫂夫人在什麼時候能見他？」

夢鹿說：「等我回去再問問她罷。」他整整衣冠，把那些本子收在包裡，然後到食堂去。

下午功課完了，他又去打聽雁潭的地址，他回家的時候恰打六點。女僕告訴他太太三點鐘到澳門去了。她遞給他一封信，夢鹿拆開一看，據說是她的姑母病危，電報到時已到開船時候，來不及等他，她應許三四天後回家。夢鹿心裡也很難過，因爲志能的親人只剩下在澳門的姑母，萬一有了危險，她一定會很傷心。

他到書房看見延禧在那裡寫字，便對他說：「你嬸嬸到澳門去了，今晚上沒有人給你講書。你喜歡到長堤走走麼？」孩子說：「好罷，我跟叔叔去。」他又把日間所寫的習作批評了一會，便和他出門去。

五

志能去了好幾天沒有消息，夢鹿也不理會。他只一心惦著找雁潭的下落，下完課，就在豪賢街一帶打聽。

又是一個下午，他經過一條小巷，恰巧遇見那個賣過鼠肉餛飩的，夢鹿已經把他忘掉，但他一見便說：「先生，這幾天常遇見，莫不是新近從別處搬到這附近來麼？」夢鹿略一定神，才記起來。他搖頭說：「不，我不住在這附近，我只要找一個朋友。」他把事由給賣餛飩的述說一遍。眞是湊巧，那人聽了便說他知道，他把那家的情形對夢鹿說，夢鹿喜出望外，連說：「對對！」他謝過那人，一直走到所說的地址。

那裡是個營業的花園，花匠便是園主，就在園裡一座小屋裡住，挨近金魚池那邊還有兩座小屋，一座堆著肥料和塘泥，旁邊一座，屋脊上瓦塊凌亂，間用茅草鋪蓋著，一扇殘廢的蠔殼窗，被一枝粘滿泥漿的竹竿支住。地上一行小坳，是屋簷的溜水所滴成，破門裡便是一廳一房，窗是開在房中的南牆上，所以廳裡比較地暗。

廳上只有一張黃到帶出黑色的破竹床，一張三腳不齊的桌子，還有一條長凳。牆下兩三個大小不等欲裂不裂的破烘爐，落在地下一搁燒了半截的雜柴。從一個爐裡的殘灰中還隱約透出些少零星的紅焰。壁上除被炊煙薰得黝黑以外，沒有什麼裝飾。桌上放著兩雙筷子和兩個碗，一碗盛著不曉得吃過多少次的腐乳，一碗盛著蘿蔔，還有幾莢落花生分散在舊報紙上。夢鹿看見這光景，心裡想一定是那賣餛飩的說錯了。他站在門外躊躇著，不敢動問屋裡的人。在張望間，一個二十左右的女孩子從裡間扶著一位瞎眼的老太太出來。她穿的雖是經過多數次補綴的衣服，卻還光潔，黑油油的頭髮，映著一副不施脂粉的黃瘦臉龐，若教她披羅戴翠，人家便要讚她清俊；但是從百補的布衫襯出來，可就差遠了。

夢鹿站了一會，想著雁潭的太太雖曾見過，可不像裡頭那位的模樣，想還是打聽明白再來，他又到花匠那裡去。

屋裡，女兒扶著老太太在竹床上，把筷子和飯碗遞到她手裡。自己對坐在那條長凳上，兩條腿夾著桌腿，爲的是使它不左右地搖晃，因爲那桌子新近缺了一條腿，她還沒叫木匠來修理。

「娘，今天有你喜歡的蘿蔔。」女兒隨即挾起幾塊放在老太太碗裡，那蘿蔔好像是專爲她預備的，她還把花生剝好，盡數給了母親，自己的碗裡只有些腐乳。

「慧兒，你自己還沒得吃，爲什麼把花生都給了我？」其實花生早已完了，女兒恐怕母親知道她自己沒有，故意把空莢捏得呼呼地響。她說：「我這裡還有呢。」正說著，夢鹿又回來，站在門外。

她回頭見破門外那條泥濘的花徑上，一個穿藍布大褂的人在那裡徘徊。起先以爲是買花的人，並不介意。後來覺得他只在門外探頭探腦，又以爲他是「花公子」之流，急得放下飯碗，要把關不嚴的破門掩上。因爲向來沒有人在門外這樣逗留過，女孩子的羞恥心使她忘了兩腿是替那三腿不齊的桌子支撐著的，起來時，不提防，砰然一聲，桌子翻了！母親的碗還在手裡，桌上的器具滿都摔在地上，碎的碎，缺的缺，裂的裂了。

「什麼原故？怎麼就滑倒了？」瞎母親雖沒生氣，卻著急得她手裡的筷子也掉在地上。

女兒沒回答她，直到門邊，要把破門掩上。夢鹿已進一步踏入門裡。他很和藹地對慧兒說：「我是東野夢鹿，是雁潭哥的老同學，方才才知道你們搬到這裡來。想你，就是環妹罷？我雖然沒見過你，但知道你。」慧兒不曉得要怎樣回答，門也關不成，站在一邊發愣。夢鹿轉眼看見瞎老太太在竹床上用破袖掩著那聲淚俱盡的臉。身邊放著半碗剩下的稀飯，地下破碗的片屑與菜醬狼藉得很，桌子翻倒的時候，正與他腳踏進來同時，是他眼見的。他俯身把桌子扶起來，說：「很對不起，攪擾你們的晚飯。」女兒這才蹲在地上，收拾那些殘屑，屋裡三個人都靜默了，夢鹿和女孩子撿著碎片，只聽見一塊一塊碗片相擊的聲，他總想不到雁潭的家會窮到這個地步。少停，他說一聲「我一會兒回來」，便出門去了。

原來雁潭於前二年受聘到廣州，只授了三天課，就一病不起。他有兩個妹妹，一個名叫翠環，一個就叫慧兒。他的妻子是在東洋時候娶的。自他死後，不久便投到無著庵帶髮修行去了。老母因兒子死掉，更加上兒媳婦出家，悲傷已極。去年忽然來了一個人，自稱爲雁潭的朋友，獻過許多慇勤，不到四個月，便送上二百元聘金，把翠環娶去。家人時常聚在一起，很熱鬧了一些時日。但過了不久，女婿忽然說要與翠環一同到美國留學去。他們離開廣州以後大約二十天，翠環在太平洋中來信，說她已被賣，那人也沒有蹤跡了！

一天，母親忽得了一封沒貼郵票的欠資信，拆開是一幅小手絹，寫著：「環被賣，決計蹈海，痛極！書不成字。兒血。」她知道事情不好，可是「外江人」既沒有親戚，又不詳知那人的鄉里，幫忙的只有她自己的眼淚罷了。她本有網膜炎，每天緊握著那血絹，哭時便將它拭淚。

母親哭瞎了，也沒地方訴冤枉去。慧兒想著家裡既有了殘疾的母親，又沒有生利的人，於是不得不輟學。豪賢街的住宅因拖欠房租也被人驅逐了，母女們至終搬到這花園的破小屋。慧兒除做些活計，每天還替園主修葉，養花，飼魚，汲水，凡園中輕省的事，都是她做，借此過活。

自她們搬到花園裡住，只有兒媳婦間中從庵裡回來探望一下。夢鹿算是第一個男子，來拜訪她們的。他原先以爲這一家搬到花園裡過清幽的生活，哪知道一來到，所見的都出乎他意料之外。

慧兒把那碗涼粥仍舊倒在沙鍋裡，安置在竹床底下，她正要到門邊拿掃帚掃地，夢鹿已捧著一副磁碗盤進來說：「舊的碎了，正好換新的。我知道你們這頓飯給我攪擾了，非常對不起。我已經教茶居裡給你們送一盤炒麵來，待一會就到了。」瞎母親還沒有說什麼，他自己便把條長凳子拉過一邊來坐下。他說：「眞對不起，驚擾了老伯母。伯母大概還記得我，我就是東野夢鹿。」

老太太聽見他的聲音，只用小手中去擦她暗盲的眼，慧兒在旁邊向夢鹿搖手，教他不要說。她用手勢向他表示她哥哥已不在人間，夢鹿在訪問雁潭住址的時候，也曾到過第五小學去打聽。那學校的先生們告訴他雁潭到校不到兩個星期便去世，家眷原先住在豪賢街，以後搬到那裡或回籍，他們都不知道。他見老太太雙眼看不見，料定是傷心過度。當然不要再提起雁潭的名字，但一時也想不出什麼話來說。他愣著，坐在一邊，還是老太太先用顫弱的聲音告訴他兩年來的經過。隨後又說：

「現在我就指望著慧兒了。」她拉著女兒的手對她說：「慧兒，這就是東野先生。你沒見過他，你就稱他做夢鹿哥哥罷。」她又轉向夢鹿說：「我們也不知道你在這裡，若知道，景況一定不致這麼苦了。」

夢鹿歎了一聲說：「都是我懶得寫信所致，我自從回國以後，只給過你們兩封信，那都是到廣州一個月以內寫的。我還記得第二封是告訴你們我要到梧州去就事。」

老太太說：「可不是！我們一向以爲你在梧州。」

夢鹿說：「因爲岳母不肯放我走，所以沒去得成。」

老太太又告訴他：「二兒和二媳婦在辛亥年正月也到過廣州。但自四月以後，他們便一點消息也沒有。後來才聽他的朋友們說，他們倆在三月二十九晚鬧革命被人殺死了。但他們的小嬰孩，可惜也沒下落。我們要到廣州，也是因爲要打聽他們的下落，直到現在，一點死活的線索都找不出來，雁潭又死了！」她說到此地，悲痛的心制止了她的舌頭。

夢鹿傾聽著一聲也沒響，到聽見老太太說起三月二十九的事，他才說：「二哥我沒會過，因爲他在東京，我在岡山，他去不久，我便回國了，他是不是長得像雁潭一樣？」

老太太說：「不，他瘦得多，他不是學化學的麼？庚戌那年，他回上海結婚，在家裡製造什麼炸藥，不留神把左臉炸傷了，到病好以後，卻只丟了一個耳朵。」

他聽到此地，立刻站起來說：「嚇！眞的！那麼令孫現在就在我家裡。我這十幾年來的謎，到現在才猜破了。」於是把他當日的情形細細地述說一遍，並告訴她延禧最近的光景。

老太太和慧兒聽他這一說，自然轉愁爲喜。但老太太忽然搖頭說：「沒用處，沒用處，慧兒怎能養得起他。我也瞎了，不能看見他，帶他回來有什麼用呢？」

夢鹿說：「當然我要培養他，教他成人，不用你掛慮。你和二妹都可以搬到我那裡去住，我那裡有的是房間。我方才就這樣想著，現在加上這層關係，更是義不容辭了。後天來接你們。」他站起來說聲「再見」，又從口袋裡掏出一張鈔票放在桌上說：「先用著罷，我快回去告訴延禧，教他大快樂一下。」他不等老太太說什麼，大踏大步跳出門去。在門窗下那枝支著蠔窗的竹竿，被他的腳踏著，窗戶立即落下來。他自己也絆倒在地上，起來時，濺得一身泥。

慧兒趕著送出門，看他在那裡整理衣服，說：「我給你擦擦罷。」他說聲「不要緊，不要緊」，便出了園門。在道上又遇見那賣餛飩的，夢鹿直向著他行禮道謝。他莫名其妙，看見走遠了，手裡有意無意地敲著竹板，自己說：「嚇，眞奇怪啦！」

八

夢鹿回到家中，便嚷「延禧，延禧」，但沒聽見她回答。他到小孩的屋裡，見他伏在桌上哭。他撫著孩子的背，問：「又受什麼委屈啦，好孩子？」延禧搖著頭，抽噎著說：「嬸嬸在天字碼頭給人打死了！」孩子告訴他，午後跟同學們到長堤去玩，經過天字碼頭，見一群人圍著刑場，聽說是槍斃什麼反動份子，裡頭有五六個女的，他的同學們都鑽入人圈裡頭看，出來告訴他說，人們都說裡頭有一個女的是法國留學生名叫志能，他們還斷定是他的嬸嬸。他聽到這話，不敢鑽進去看，一氣地跑回家來。

夢鹿不等他細說，趕緊跑上樓，把他妻子的東西翻查一下。他一向就沒動過她的東西，所以她的秘密，他一點也不知道。他打開那個小黑箱，翻出一疊一疊的信，多半是洋文，他看不懂。他搖搖頭自己說：「不至於罷？孩子聽錯了罷？」坐在一張木椅上，他搔搔頭，搓搓手，想不出理由。最後他站起來，抽出他放錢鈔的抽屜，發現裡頭多出好些張五十元的鈔票，還有一張寫給延禧的兩萬元支票。

自從志能回家以後，家政就不歸夢鹿管了。但他用的錢，妻子還照數目每星期放在他的抽屜裡。夢鹿自妻子管家以後，用錢也不用預算了，他抽屜裡放著的，在名目上是他每月的薪水，但實際上志能每多放些，爲的是補足他臨時或意外的費用。他喜歡周濟人，若有人來求他幫助，或他所見的人，他若認爲必得資助的，就資助他。但他一向總以爲是用著他自己的錢，決不想到已有許多是志能的補助費。他數一數那疊五十元的鈔票，才皺著眉頭想，我哪裡來的這麼些錢呢？莫不是志能知道她要死，留給我作埋葬費的麼？不，她決不會去幹什麼秘密工作。不，她也許會。不然，她怎麼老是鬼鬼祟祟，老說去赴會，老跟那卓先生在一起呢？也許那卓先生是與她同黨罷？不，她決不是，不然，她爲什麼又應許黃先生去辦市黨部呢？是與不是的懷疑，使他越想越玄。他把鈔票放在口袋裡，正要出房門，無意中又看見志能鏡台底下壓著一封信。他抽出來一看，原來就是前幾天卓先生送來的那封信，打開一看，滿是洋文。他把從箱子撿出來的和那一封一起捧下樓來，告訴延禧說：「你快去把黃先生請來，請他看看這些信裡頭說的都是什麼。快去，馬上就去。」他說著，自己也就飛也似地出門去了。

他一氣跑到天字碼頭，路上的燈還沒有亮，可是見不著太陽了。刑場上圍觀的人們比較少些，笑罵的有人，談論的有人，咒詛的也有人，可是垂著頭髮憐憫心的人，恐怕一個也沒有。那幾個女屍躺在地上裸露著，因爲衣服都給人剝光了。人們要她們現醜，把她們排成種種難堪的姿勢。夢鹿走進人圈裡，向著陳屍一個一個地細認，談論和旁觀的人們自然用笑、侮辱的態度來對著他。他搖頭說：「這像什麼樣子呢！」說著從人叢中鑽出來，就在長堤一家百貨店買了幾匹白布，還到刑場去。他把那些屍體一個一個放好，還用白布蓋著。天色已漸次昏黑了。他也認不清哪個是志能屍體，只把一個他以爲就是的抱起來，便要走出人圈外，兩個守兵上前去攔他，他就和他們理論起來，罵他們和觀眾沒人道和沒同情心，旁觀的人見他太殺風景，有些罵他：「又不是你的老婆，你管這許多閒事。」有些說：「他們那麼搗亂，死有餘辜，何必這麼好待他們？」有些說：「大概他也是反動份子罷！」有些說：「他這樣做便是反動！」有些嚷「打」，有些嚷「殺」，嘈雜的聲音都向著夢鹿的犯眾的行爲發出來。至終有些兵士和激烈的人們在群眾喧嘩中，把夢鹿包圍起來，拳腳交加，把他打個半死。

巡警來了，夢鹿已經暈倒在血泊當中，群眾還要求非把他送局嚴辦不可。巡警搜查他的口袋，才知道他是誰，於是爲他雇了一輛車，護送他回家。方才蓋在屍頭的白布，在他被扛上車時，仍舊一絲也沒留存。那些可憐的屍體，仍裸露在鐵石般的人圈當中，像已就屠的豬羊，毛被刮掉，橫倒在屠戶門外一般。

夢鹿躺在床上已有兩三天，身上和頭上的傷稍微好些，不過那雙眼和那兩隻胳臂不見得能恢復原狀。黃先生已經把志能的那疊信細看過一遍，內中多半是卓先生給她的情書，間或談到政治，最後那封信，在黃先生看來，是志能致死的關鍵。那信的內容是卓先生一方面要她履行在歐洲所應許的事。一方面說時機緊迫，暴動在兩三天以內便要辦到。他猜那一定是黨的活動，但他一句也不敢對夢鹿說起。他看見他的朋友在床上呻吟著怪可憐的，便走到他跟前問他要什麼？夢鹿說把孩子叫來。

黃先生把延禧領到床前，夢鹿對他說：「好孩子，你不要傷心，我已找著你的祖母和姑姑了。過一兩天請黃先生去把她們接來同住。她們雖然很窮，可是你嬸嬸已給了你兩萬元。萬一我有什麼事故，還有黃先生可以照料你們。」孩子哭了，黃先生在旁邊勸說：「你叔叔過幾天就好了，哭什麼？回頭我領你去見你祖母去。」他又對夢鹿說：「東野先生，不必太失望，醫生說不要緊。你只放心多歇幾天就可以到學校上課去。你歇歇罷，待一會我先帶孩子去見見他祖母，一切的事我替你辦去得啦。」他拉著延禧下樓來，教先去把醫生找來，再去見他祖母。

他在書房裡踱著，忽聽見街門的鈴響，便出去應門。衝進來的不是別人，乃是志能。黃先生瞪眼看著她，一句話也說不出來。

志能問：「爲什麼這樣看我。」

黃先生說：「大嫂！你……你……」

「說來話長，我們進屋裡再談罷。」

黃先生從她手裡接了一個小提包，隨手掩上門。

志能問：「夢哥呢？」

「在樓上躺著咧。」

「莫不是爲我走，就氣病了？」

「唔！唔！」

他們到書房去。志能坐定，對黃先生說：「我實在對不起任何人，但我已盡了我的能力了。」

黃先生不明白她的意思，請她略爲解釋一下。志能便把她從前和卓先生在政治上秘密活動的經過略說了一遍。又說她不久才與他們脫離關係，因爲對於工作的意見不同的原故。那天，她走的那天，卓先生來說他們的機密洩漏了，要藏在她家裡暫避一兩天。她沒應許他，恐怕連累了夢鹿。她教他到澳門去避一下。不料他出門不久，便有人打電話來說他在道上教人捉住了。她想她有幾位住在澳門的朋友與當局幾位要人很有交情，便留下一封信給夢鹿，匆匆地出門，要搭船到那裡去找他們，求他們援救。剛一出門，她又退回來。她怕萬一她也遭卓先生一樣的命運，在道上被人逮去。在自己的房裡坐下，想了一會，她還是不顧一切，決定要去冒這分險，於是把所餘的現錢都移放在夢鹿的抽屜裡，還簽了一張支票給延禧。她想著縱然她的目的達不到，不能回家，夢鹿的生活一時也不致於受障礙。那時離開船的時候已經很近，她在倉促間什麼都來不及檢點，便趕到碼頭去了。

她到澳門，朋友們雖然找著，可都不肯援助，都說案情重大，不便出面求情，省得擔當許多干係。在澳門奔走了好幾天，一點結果都沒有，不得已，只有回家。她在回家以前，已經知道許多舊同志們的命都完了。

志能說了許久，黃先生只是傾耳聽著。她很懊惱地說：「我希望這些事永遠不會教我丈夫知道。我很慚愧，我不是一個好妻子，也不是一個好愛人，更不是一個革命家。最使我心痛的是我的行爲證明了他們的話說：有資產的人們是不會革命的。」

黃先生說：「他已多少知道一點你們的事。但你也不必悔恨，因爲他自你去後，一點忿恨的神氣卻未曾發露出來，可見他還是愛你。至於說你不革命的話，那又未必然。你不是應許到黨部去幫忙麼？那不也是革命工作麼？」

志能很詫異地說：「他怎樣知道呢？」

「你們的通信，他都教我看過，但我沒告訴他什麼。」黃先生又把夢鹿在刑場上被打的情形告訴她。

她說：「不錯，是有一個王志能女士，但他們用的都是假名字。這次不幸卓先生也死在裡頭。」她說時，現出很傷感的模樣。她沉吟了一會，站起來，說：「好罷，我要去求他饒恕，我要將一切的事情都告訴他。」

黃先生也站起來說：「你要仔細一點，醫生說他的眼睛和胳臂都被打壞了。縱然能好，也是一個殘廢人了。所以最好先別對他說這些事，自然我知道他一定會饒恕你，但你得爲他忍一忍。」

志能的眼眶紅了。黃先生說：「我同你上去，等延禧回來，再同他去見他祖母。你知道東野先生最近把那孩子的家世發現了。一會他自然會告訴你。」志能沒說什麼，默默地隨著上樓。

「東野先生，你看誰回來了！東野先生！」黃先生把門打開，讓志能進去，然後反扣上門，一步一步下樓去等候延禧。

命命鳥

敏明坐在席上，手裡拿著一本《八大人覺經》，流水似地念著。她的席在東邊的窗下，早晨的日光射在她臉上，照得她的身體全然變成黃金的顏色。她不理會日光曬著她，卻不歇地抬頭去瞧壁上的時計，好像等什麼人來似的。

那所屋子是佛教青年會的法輪學校。地上滿鋪了日本花席，八九張矮小的几子橫在兩邊的窗下。壁上掛的都是釋迦應化的事跡，當中懸著一個（卍）字徽章和一個時計。一進門就知那是佛教的經堂。

敏明那天來得早一點，所以屋裡還沒有人。她把各樣功課念過幾遍，瞧壁上的時計正指著六點一刻。她用手擋住眉頭，望著窗外低聲地說：「這時候還不來上學，莫不是還沒有起床？」

敏明所等的是一位男同學加陵。他們是七八年的老同學，年紀也是一般大。他們的感情非常的好，就是新來的同學也可以瞧得出來。

「鏗鐺……鏗鐺……」一輛電車循著鐵軌從北而來，駛到學校門口停了一會。一個十五六歲的美男子從車上跳下來。他的頭上包著一條蘋果綠的絲巾；上身穿著一件雪白的短褂；下身圍著一條紫色的絲裙；腳下踏著一雙芒鞋，儼然是一位緬甸的世家子弟。這男子走進院裡，腳下的芒鞋拖得拍答拍答地響。那聲音傳到屋裡，好像告訴敏明說：「加陵來了！」

敏明早已瞧見他，等他走近窗下，就含笑對他說：「哼哼，加陵！請你的早安。你來得算早，現在才六點一刻咧。」加陵回答說：「你不要譏誚我，我還以爲我是第一早的。」他一面說一面把芒鞋脫掉，放在門邊，赤著腳走到敏明跟前坐下。

加陵說：「昨晚上父親給我說了好些故事，到十二點才讓我去睡，所以早晨起得晚一點。你約我早來，到底有什麼事？」敏明說：「我要向你辭行。」加陵一聽這話，眼睛立刻瞪起來，顯出很驚訝的模樣，說：「什麼？你要往哪裡去？」敏明紅著眼眶回答說：「我的父親說我年紀大了，書也念夠了，過幾天可以跟著他專心當戲子去，不必再像從前念幾天唱幾天那麼勞碌。我現在就要退學，後天將要跟他上普朗去。」加陵說：「你願意跟他去嗎？」敏明回答說：「我爲什麼不願意？我家以演劇爲職業是你所知道的。我父親雖是一個很有名、很能賺錢的俳優，但這幾年間他的身體漸漸軟弱起來，手足有點不靈活，所以他願意我和他一塊兒排演。我在這事上很有長處，也樂得順從他的命令。」加陵說：「那麼，我對於你的意思就沒有換回的餘地了。」敏明說：「請你不必爲這事納悶。我們的離別必不能長久的。仰光是一所大城，我父親和我必要常在這裡演戲。有時到鄉村去，也不過三兩個星期就回來。這次到普朗去，也是要在那裡耽擱八九天。請你放心……」

加陵聽得出神，不提防外邊早有五六個孩子進來，有一個頑皮的孩子跑到他們的跟前說：「請『玫瑰』和『蜜蜂』的早安。」他又笑著對敏明說：「『玫瑰』花裡的甘露流出來咧。」——他瞧見敏明臉上有一點淚痕，所以這樣說。西邊一個孩子接著說：「對呀！怪不得『蜜蜂』捨不得離開她。」加陵起身要追那孩子，被敏明攔住。她說：「別和他們胡鬧。我們還是說我們的罷。」加陵坐下，敏明就接著說：「我想你不久也得轉入高等學校，盼望你在念書的時候要忘了我，在休息的時候要記念我。」加陵說：「我決不會把你忘了。你若是過十天不回來，或者我會到普朗去找你。」敏明說：「不必如此。我過幾天準能回來。」

說的時候，一位三十多歲的教師由南邊的門進來。孩子們都起立向他行禮。教師蹲在席上，回頭向加陵說：「加陵，曇摩蜱和尚叫你早晨和他出去乞食。現在六點半了，你快去罷。」加陵聽了這話，立刻走到門邊，把芒鞋放在屋角的架上，隨手拿了一把油傘就要出門。教師對他說：「九點鐘就得回來。」加陵答應一聲就去了。

加陵回來，敏明已經不在她的席上。加陵心裡很是難過，臉上卻不露出什麼不安的顏色。他坐在席上，仍然念他的書。晌午的時候，那位教師說：「加陵，早晨你走得累了，下午給你半天假。」加陵一面謝過教師，一面檢點他的文具，慢慢地走回家去。

加陵回到家裡，他父親婆多瓦底正在屋裡嚼檳榔。一見加陵進來，忙把沫紅唾出，問道：「下午放假麼？」加陵說：「不是，是先生給我的假。因為早晨我跟曇摩蜱和尚出去乞食，先生說我太累，所以給我半天假。」他父親說：「哦，曇摩蜱在道上曾告訴你什麼事情沒有？」加陵答道：「他告訴我說，我的畢業期間快到了，他願意我跟他當和尚去，他又說：這意思已經向父親提過了。父親啊，他實在向你提過這話麼？」婆多瓦底說：「不錯，他曾向我提過。我也很願意你跟他去。不知道你怎樣打算？」加陵說：「我現在有點不願意。再過十五六年，或者能夠從他。我想再入高等學校念書，盼望在其中可以得著一點西洋的學問。」他父親詫異說：「西洋的學問，啊！我的兒，你想差了。西洋的學問不是好東西，是毒藥喲。你若是有了那種學問，你就要藐視佛法了。你試瞧瞧在這裡的西洋人，多半是幹些殺人的勾當，做些損人利己的買賣，和開些誹謗佛法的學校。什麼聖保羅因斯提丟啦、聖約翰海斯苦爾啦，沒有一間不是誹謗佛法的。我說你要求西洋的學問會發生危險就在這裡。」加陵說：「誹謗與否，在乎自己，並不在乎外人的煽惑。若是父親許我入聖約翰海斯苦爾，我準保能持守得住，不會受他們的誘惑。」婆多瓦底說：「我是很愛你的，你要做的事情，若是沒有什麼妨害，我一定允許你。要記得昨晚上我和你說的話。我一想起當日你叔叔和你的白象主（緬甸王尊號）提婆的事，就不由得我不恨西洋人。我最沉痛的是他們在蠻得勒將白象主擄去；又在瑞大光塔設駐防營。瑞大光塔是我們的聖地，他們竟然叫些行兇的人在那裡住，豈不是把我們的戒律打破了嗎？……我盼望你不要入他們的學校，還是清清淨淨去當沙門。一則可以爲白象主懺悔；二則可以爲你的父母積福；三則爲你將來往生極樂的預備。出家能得這幾種好處，總比西洋的學問強得多。」加陵說：「出家修行，我也很願意。但無論如何，現在決不能辦。不如一面入學，一面跟著曇摩埤學些經典。」婆多瓦底知道勸不過來，就說：「你既是決意要入別的學校，我也無可奈何，我很喜歡你跟曇摩蜱學習經典。你畢業後就轉入仰光高等學校罷。那學校對於緬甸的風俗比較保存一點。」加陵說：「那麼，我明天就去告訴曇摩蜱和法輪學校的教師。」婆多瓦底說：「也好。今天的天氣很清爽，下午你又沒有功課，不如在午飯後一塊兒到湖裡逛逛。你就叫他們開飯罷。」婆多瓦底說完，就進臥房換衣服去了。

原來加陵住的地方離綠綺湖不遠。綠綺湖是仰光第一大、第一好的公園，緬甸人叫他做干多支。「綠綺」的名字是英國人替它起的。湖邊滿是熱帶植物。那些樹木的顏色、形態，都是很美麗，很奇異。湖西遠遠望見瑞大光，那塔的金色光襯著湖邊的椰樹、蒲葵，眞像王后站在水邊，後面有幾個宮女持著羽葆隨著她一樣。此外好的景致，隨處都是。不論什麼人，一到那裡，心中的憂鬱立刻消滅。加陵那天和父親到那裡去，能得許多愉快是不消說的。

過了三個月，加陵已經入了仰光高等學校。他在學校裡常常思念他最愛的朋友敏明。但敏明自從那天早晨一別，老是沒有消息。有一天，加陵回家，一進門僕人就遞封信給他。拆開看時，卻是敏明的信。加陵才知道敏明早已回來，他等不得見父親的面，翻身出門，直向敏明家裡奔來。

敏明的家還是住在高加因路，那地方是加陵所常到的。女僕瑪彌見他推門進來，忙上前迎他說：「加陵君，許久不見啊！我們姑娘前天才回來的。你來得正好，待我進去告訴她。」她說完這話就速速進裡邊去，大聲嚷道：「敏明姑娘，加陵君來找你呢。快下來罷。」加陵在後面慢慢地走，待要踏入廳門，敏明已迎出來。

敏明含笑對加陵說：「誰教你來的呢？這三個月不見你的信，大概因爲功課忙的原故罷？」加陵說：「不錯，我已經入了高等學校，每天下午還要到曇摩蜱那裡……唉，好朋友，我就是有工夫，也不能寫信給你。因爲我抓起筆來就沒了主意，不曉得要寫什麼才能叫你覺得我的心常常有你在裡頭。我想你這幾個月沒有信給我，也許是和我一樣地犯了這種毛病。」敏明說：「你猜的不錯。你許久不到我屋裡了，現在請你和我上去坐一會。」敏明把手搭在加陵的肩胛上，一面吩咐瑪彌預備檳榔、淡巴菰和些少細點，一面攜著加陵上樓。

敏明的臥室在樓西。加陵進去，瞧見裡面的陳設還是和從前差不多。樓板上鋪的是土耳其絨毯。窗上垂著兩幅很細緻的帷子。她的奩具就放在窗邊。外頭懸著幾盆風蘭。瑞大光的金光遠遠地從那裡射來。靠北是臥榻，離地約一尺高，上面用上等的絲織物蓋住。壁上懸著一幅提婆和率斐雅洛觀劇的畫片。還有好些繡墊散佈在地上。加陵拿一個墊子到窗邊，剛要坐下，那女僕已經把各樣吃的東西捧上來。「你嚼檳榔啵。」敏明說完這話，隨手送了一個檳榔到加陵嘴裡，然後靠著她的鏡台坐下。

加陵嚼過檳榔，就對敏明說：「你這次回來，技藝必定很長進，何不把你最得意的藝術演奏起來，我好領教一下。」敏明笑說：「哦，你是要瞧我演戲來的。我死也不演給你瞧。」加陵說：「有什麼妨礙呢？你還怕我笑你不成？快演罷，完了咱們再談心。」敏明說：「這幾天我父親剛剛教我一套雀翎舞，打算在涅槃節期到比古演奏，現在先演給你瞧罷。我先舞一次，等你瞧熟了，再奏樂和我。這舞蹈的譜可以借用『達撒羅撒』，歌調借用『恩斯民』。這兩支譜，你都會嗎？」加陵忙答應說：「都會，都會。」

加陵擅於奏巴打拉（一種竹製的樂器，詳見《大清會典圖》），他一聽見敏明叫他奏樂，就立刻叫瑪彌把那種樂器搬來。等到敏明舞過一次，他就跟著奏起來。

敏明兩手拿住兩把孔雀翎，舞得非常的嫺熟。加陵所奏的巴打拉也還跟得上，舞過一會，加陵就奏起「恩斯民」的曲調，只聽敏明唱道：

孔雀！孔雀！你不必讚我生得俊美；
我也不必嫌你長得醜劣。
咱們是同一個身心，
同一副手腳。
我和你永遠同在一個身裡住著，
我就是你啊，你就是我。
別人把咱們的身體分做兩個，
是他們把自己的指頭壓在眼上，
所以會生出這樣的錯。
你不要像他們這樣的眼光，
要知道我就是你啊，你就是我。

敏明唱完，又舞了一會。加陵說：「我今天才知道你的技藝精到這個地步。你所唱的也是很好。且把這歌曲的故事說給我聽。」敏明說：「這曲倒沒有什麼故事，不過是平常的戀歌，你能把裡頭的意思聽出來就夠了。」加陵說：「那麼，你這支曲是爲我唱的。我也很願意對你說：我就是你，你就是我。」

他們二人的感情幾年來就漸漸濃厚。這次見面的時候，又受了那麼好的感觸，所以彼此的心裡都承認他們求婚的機會已經成熟。

敏明願意再幫父親二三年才嫁，可是她沒有向加陵說明。加陵起先以爲敏明是一個很信佛法的女子，怕她後來要到尼庵去實行她的獨身主義，所以不敢動求婚的念頭。現在瞧出她的心志不在那裡，他就決意回去要求婆多瓦底的同意，把她娶過來。照緬甸的風俗，子女的婚嫁本沒有要求父母同意的必要，加陵很尊重他父親的意見，所以要履行這種手續。

他們談了半晌工夫，敏明的父親宋志從外面進來，抬頭瞧見加陵坐在窗邊，就說：「加陵君，別後平安啊！」加陵忙回答他，轉過身來對敏明說：「你父親回來了。」敏明待下去，她父親已經登樓。他們三人坐過一會，談了幾句客套，加陵就起身告辭。敏明說：「你來的時間不短，也該回去了。你且等一等，我把這些舞具收拾清楚，再陪你在街上走幾步。」

宋志眼瞧著他們出門，正要到自己屋裡歇一歇，恰好瑪彌上樓來收拾東西。宋志就對她說：「你把那盤檳榔送到我屋裡去罷。」瑪彌說：「這是他們剩下的，已經殘了。我再給你拿些新鮮的來。」

瑪彌把檳榔送到宋志屋裡，見他躺在席上，好像想什麼事情似的。宋志一見瑪彌進來，就起身對她說：「我瞧他們兩人實在好得太厲害。若是敏明跟了他，我必要吃虧。你有什麼好方法叫他們二人的愛情冷淡沒有？」瑪彌說：「我又不是蠱師，哪有好方法離間他們？我想主人你也不必想什麼方法，敏明姑娘必不至於嫁他。因為他們一個是屬蛇，一個是屬鼠的（緬甸的生肖是算日的，禮拜四生的屬鼠，禮拜六生的屬蛇），就算我們肯將姑娘嫁給他，他的父親也不願意。」宋志說：「你說的雖然有理，但現在生肖相剋的話，好些人都不注重了。倒不如請一位蠱師來，請他在二人身上施一點法術更為得計。」

印度支那間有一種人叫做蠱師，專用符咒替人家製造命運。有時叫沒有愛情的男女，忽然發生愛情；有時將如膠似漆的夫妻化為仇敵。操這種職業的人以暹羅的僧侶最多，且最受人信仰。緬甸人操這種職業的也不少。宋志因為瑪彌的話提醒他，第二天早晨他就出門找蠱師去了。

晌午的時候，宋志和蠱師沙龍回來。他讓沙龍進自己的臥房。瑪彌一見沙龍進來，木雞似的站在一邊。她想到昨天在無意之中說出蠱師，引起宋志今天的實行，實在對不起她的姑娘。她想到這裡，就一直上樓去告訴敏明。

敏明正在屋裡念書，聽見這消息，急和瑪彌下來，躡步到屏後，傾耳聽他們的談話。只聽沙龍說：「這事很容易辦。你可以將她常用的貼身東西拿一兩件來，我在那上頭畫些符，念些咒，然後給回她用，過幾天就見功效。」宋志說：「恰好這裡有她一條常用的領巾，是她昨天回來的時候忘記帶上去的。這東西可用嗎？」沙龍說：「可以的，但是能夠得著……」

敏明聽到這裡已忍不住，一直走進去向父親說：「阿爸，你何必擺弄我呢？我不是你的女兒嗎？我和加陵沒有什麼意，請你放心。」宋志驀地裡瞧見他女兒進來，簡直不知道要用什麼話對付她。沙龍也停了半晌才說：「姑娘，我們不是談你的事。請你放心。」敏明斥他說：「狡猾的人，你的計我已知道了。你快去辦你的事罷。」宋志說，「我的兒，你今天瘋了嗎？你且坐下，我慢慢給你說。」

敏明哪裡肯依父親的話，她一味和沙龍吵鬧，弄得她父親和沙龍很沒趣。不久，沙龍垂著頭走出來；宋志滿面怒容蹲在床上吸煙；敏明也忿忿地上樓去了。

敏明那一晚上沒有下來和父親用飯。她想父親終久會用蠱術離間他們，不由得心裡難過。她躺在床上翻來覆去。繡枕早已被她的眼淚濕透了。

第二天早晨，她到鏡台梳洗，從鏡裡瞧見她滿面都是鮮紅色，——因爲繡枕褪色，印在她的臉上——不覺笑起來。她把臉上那些印跡洗掉的時候，瑪彌已捧一束鮮花、一杯咖啡上來。敏明把花放在一邊，一手倚著窗櫺，一手拿住茶杯向窗外出神。

她定神瞧著圍繞瑞大光的彩雲，不理會那塔的金光向她的眼瞼射來，她精神因此就十分疲乏。她心裡的感想和目前的光融洽，精神上現出催眠的狀態。她自己覺得在瑞大光塔頂站著，聽見底下的護塔鈴叮叮噹噹地響。她又瞧見上面那些王侯所獻的寶石，個個都發出很美麗的光明。她心裡喜歡得很，不歇用手去摩弄，無意中把一顆大紅寶石摩掉了。她忙要俯身去撿時，那寶石已經掉在地上，她定神瞧著那空兒，要求那寶石掉下的原故，不覺有一種更美麗的寶光從那裡射出來。她心裡覺得很奇怪，用手扶著金壁，低下頭來要瞧瞧那空兒裡頭的光景。不提防那壁被她一推，漸漸向後，原來是一扇寶石的門。

那門被敏明推開之後，裡面的光直射到她身上。她站在外邊，望裡一瞧，覺得裡頭的山水、樹木，都是她平生所不曾見過的。她在不知不覺中，已經向前走了幾十步。耳邊恍惚聽見有人對她說：「好啊！你回來啦。」敏明回頭一看，覺得那人很熟悉，只是一時不能記出他的名字。她聽見「回來」這兩字，心裡很是納悶，就向那人說：「我不住在這裡，爲何說我回來？你是誰？我好像在哪裡與你會過似的。這是什麼地方？」那人笑說：「哈哈！去了這些日子，連自己家鄉和平日間往來的朋友也忘了。肉體的障礙眞是大喲。」敏明聽了這話，簡直莫名其妙。又問他說：「我是誰？有那麼好福氣住在這裡。我眞是在這裡住過嗎？」那人回答說：「你是誰？你自己知道。若是說你不曾住過這裡，我就領你到處逛一逛，瞧你認得不認得。」

敏明聽見那人要領她到處去逛逛，就忙忙答應，但所見的東西，敏明一點也記不清楚，總覺得樣樣都是新鮮的。那人瞧見敏明那麼迷糊，就對她說：「你既然記不清，待我一件一件告訴你。」

敏明和那人走過一座碧玉牌樓。兩邊的樹羅列成行，開著很好看的花。紅的、白的、紫的、黃的，各色齊備。樹上有些鳥聲，唱得很好聽。走路時，有些微風慢慢吹來，吹得各色的花瓣紛紛掉下：有些落在人的身上；有些落在地上；有些還在空中飛來飛去。敏明的頭上和肩膀上也被花瓣貼滿，遍體熏得很香。那人說：「這些花木都是你的老朋友，你常和它們往來。它們的花是長年開放的。」敏明說：「這眞是好地方，只是我總記不起來。」

走不多遠，忽然聽見很好的樂音。敏明說：「誰在那邊奏樂？」那人回答說：「那裡有人奏樂，這裡的聲音都是發於自然的。你所聽的是前面流水的聲音。我們再走幾步就可以瞧見。」進前幾步果然有些泉水穿林而流。水面浮著奇異的花草，還有好些水鳥在那裡游泳。敏明只認得些荷花、溪鶒，其餘都不認得。那人很不耐煩，把各樣的東西都告訴她。

他們二人走過一道橋，迎面立著一片琉璃牆。敏明說：「這牆眞好看，是誰在裡面住？」那人說：「這裡頭是喬答摩宣講法要的道場。現時正在演說，好些人物都在那裡聆聽法音。轉過這個牆角就是正門。到的時候，我領你進去聽一聽。」敏明貪戀外面的風景，不願意進去。她說：「咱們逛會兒再進去罷。」那人說：「你只會聽粗陋的聲音，看簡略的顏色和聞污劣的香味。那更好的、更微妙的，你就不理會了。……好，我再和你走走，瞧你了悟不了悟。」

二人走到牆的盡頭，還是穿入樹林。他們踏著落花一直進前，樹上的鳥聲，叫得更好聽。敏明抬起頭來，忽然瞧見南邊的樹枝上有一對很美麗的鳥呆立在那裡，絲毫的聲音也不從他們的嘴裡發出。敏明指著向那人說：「只隻鳥兒都出聲吟唱，爲什麼那對鳥兒不出聲音呢？那是什麼鳥？」那人說：「那是命命鳥。爲什麼不唱，我可不知道。」

敏明聽見「命命鳥」三字，心裡似乎有點覺悟。她注神瞧著那鳥，猛然對那人說：「那可不是我和我的好朋友加陵麼，爲何我們都站在那裡？」那人說：「是不是，你自己覺得。」敏明搶前幾步，看來還是一對呆鳥。她說：「還是一對鳥兒在那裡，也許是我的眼花了。」

他們繞了幾個彎，當前現出一節小溪把兩邊的樹林隔開。對岸的花草，似乎比這邊更新奇。樹上的花瓣也是常常掉下來。樹下有許多男女：有些躺著的，有些站著的，有些坐著的。各人在那裡說說笑笑，都現出很親密的樣子。敏明說：「那邊的花瓣落得更妙，人也多一點，我們一同過去逛逛罷。」那人說：「對岸可不能去。那落的叫做情塵，若是望人身上落得多了就不好。」敏明說：「我不怕。你領我過去逛逛罷。」那人見敏明一定要，過去就對她說：「你必要過那邊去，我可不能陪你了。你可以自己找一道橋過去。」他說完這話就不見了。敏明回頭瞧見那人不在，自己循著水邊，打算找一道橋過去。但找來找去總找不著，只得站在這邊瞧過去。

她瞧見那些花瓣越落越多，那班男女幾乎被葬在底下。有一個男子坐在對岸的水邊，身上也是滿了落花。一個紫衣的女子走到他跟前說：「我很愛你，你是我的命。我們是命命鳥。除你以外，我沒有愛過別人。」那男子回答說：「我對於你的愛情也是如此。我除了你以外不曾愛過別的女人。」紫衣女子聽了，向他微笑，就離開他。走不多遠，又遇著一位男子站在樹下，她又向那男子說：「我很愛你，你是我的命。我們是命命鳥，除你以外，我沒有愛過別人。」那男子也回答說：「我對於你的愛情也是如此。我除了你以外不曾愛過別的女人。」

敏明瞧見這個光景，心裡因此發生了許多問題，就是：那紫衣女子爲什麼當面撒謊，和那兩位男子的回答爲什麼不約而同？她回頭瞧那坐在水邊的男子還在那裡，又有一個穿紅衣的女子走到他面前，還是對他說紫衣女子所說的話。那男子的回答和從前一樣，一個字也不改。敏明再瞧那紫衣女子，還是挨著次序向各個男子說話。她走遠了，話語的內容雖然聽不見，但她的形容老沒有改變。各個男子對她也是顯出同樣的表情。

敏明瞧見各個女子對於各個男子所說的話都是一樣；各個男子的回答也是一字不改，心裡正在疑惑，忽然來了一陣狂風把對岸的花瓣刮得乾乾淨淨，那班男女立刻變成很兇惡的容貌，互相嚙食起來。敏明瞧見這個光景，嚇得冷汗直流。她忍不住就大聲喝道：「嗳呀！你們的感情眞是反覆無常。」

敏明手裡那杯咖啡被這一喝，全都瀉在她的裙上。樓下的瑪彌聽見樓上的喝聲，也趕上來。瑪彌瞧見敏明週身冷汗，撲在鏡台上頭，忙上前把她扶起，問道：「姑娘你怎樣啦？燙著了沒有？」敏明醒來，不便對瑪彌細說，胡亂答應幾句就打發她下去。

敏明細想剛才的異象，抬頭再瞧窗外的瑞大光，覺得那塔還是被彩雲繞住，越顯得十分美麗。她立起來，換過一條絳色的裙子，就坐在她撲臥榻上頭。她想起在樹林裡忽然瞧見命命鳥變做她和加陵那回事情，心中好像覺悟他們兩個是這邊的命命鳥，和對岸自稱爲命命鳥的不同。她自己笑著說：「好在你不在那邊。幸虧我不能過去。」

她自經過這一場恐慌，精神上遂起了莫大的變化。對於婚姻另有一番見解，對於加陵的態度更是不像從前。加陵一點也覺不出來，只猜她是不舒服。

自從敏明回來，加陵沒有一天不來找她。近日覺得敏明的精神異常，以爲自己沒有向她求婚，所以不高興。加陵覺得他自己有好些難解決的問題，不能不對敏明說。第一，是他父親願意他去當和尚；第二，縱使准他娶妻，敏明的生肖和他不對，頑固的父親未必承認。現在瞧見敏明這樣，不由得不把衷情吐露出來。

加陵一天早晨來到敏明家裡，瞧見她的態度越發冷靜，就安慰她說：「好朋友，你不必憂心，日子還長呢。我在咱們的事情上頭已經有了打算。父親若是不肯，咱們最終的辦法就是『照例逃走』。你這兩天是不是爲這事生氣呢？」敏明說：「這倒不值得生氣。不過這幾晚睡得遲，精神有一點疲倦罷了。」

加陵以爲敏明的話是眞，就把前日向父親要求的情形說給她聽。他說：「好朋友，你瞧我的父親多麼固執。他一意要我去當和尚，我前天向他說些咱們的事，他還要請人來給我說法，你說好笑不好笑？」敏明說：「什麼法？」加陵說：「那天晚上，父親把曇摩蜱請來。我以爲有別的事要和他商量，誰知他叫我到跟前教訓一頓。你猜他對我講什麼經呢？好些話我都忘記了。內中有一段是很有趣、很容易記的。我且念給你聽：

「佛問摩鄧曰：『女愛阿難何似？』女言：『我愛阿難眼；愛阿難鼻；愛阿難

口；愛阿難耳；愛阿難聲音；愛阿難行步。』佛言：『眼中但有淚；鼻中但有洟；口中但有唾；耳中但有垢；身中但有屎尿，臭氣不淨。』」

「曇摩蜱說得天花亂墜，我只是偷笑。因爲身體上的污穢，人人都有，那能因著這些小事，就把愛情割斷呢？況且這經本來不合對我說；若是對你念，還可以解釋得去。」

敏明聽了加陵末了那句話，忙問道：「我是摩鄧嗎？怎樣說對我念就可以解釋得去？」加陵知道失言，忙回答說：「請你原諒，我說錯了。我的意思不是說你是摩鄧，是說這本經合於對女人說。」加陵本是要向敏明解嘲，不意反觸犯了她。敏明聽了那幾句經，心裡更是明白。他們兩人各有各的心事，總沒有盡情吐露出來。加陵坐不多會，就告辭回家去了。

涅槃節近啦。敏明的父親直催她上比古去，加陵知道敏明明日要動身，在那晚上到她家裡，爲的是要給她送行。但一進門，連人影也沒有，轉過角門，只見瑪彌在她屋裡縫衣服。那時候約在八點鐘的光景。

加陵問瑪彌說：「姑娘呢？」瑪彌抬頭見是加陵，就陪笑說：「姑娘說要去找你，你反來找她。她不曾到你家去嗎？她出門已有一點鐘工夫了。」加陵說：「眞的麼？」瑪彌回了一聲：「我還騙你不成。」低頭還是做她的活計。加陵說：「那麼，我就回去等她。……你請。」

加陵知道敏明沒有別處可去，她一定不會趁瑞大光的熱鬧。他回到家裡，見敏明沒來，就想著她一定和女伴到綠綺湖上乘涼。因爲那夜的月亮亮得很，敏明和月亮很有緣；每到月圓的時候，她必招幾個朋友到那裡談心。

加陵打定主意，就向綠綺湖去。到的時候，覺得湖裡靜寂得很。這幾天是涅槃節期，各廟裡都很熱鬧，綠綺湖的冷月沒人來賞玩，是意中的事。加陵從愛德華第七的造像後面上了山坡，瞧見沒人在那裡，心裡就有幾分詫異。因爲敏明每次必在那裡坐，這回不見她，諒是沒有來。

他走得很累，就在凳上坐一會。他在月影朦朧中瞧見地下有一件東西，撿起來看時，卻是一條蟬翼紗的領巾。那巾的兩端都繡一個吉祥海雲的徽識，所以他認得是敏明的。

加陵知道敏明還在湖邊，把領巾藏在袋裡，就抽身去找她。他踏一彎虹橋，轉到水邊的樂亭，瞧沒有人，又折回來。他在山丘上注神一望，瞧見西南邊隱隱有個人影，忙上前去，見有幾分像敏明。加陵躡步到野薔薇垣後面，意思是要嚇她。他瞧見敏明好像是找什麼東西似的，所以靜靜伏在那裡看她要做什麼。

敏明找了半天，隨在樂亭旁邊摘了一枝優鉢曇花，走到湖邊，向著瑞大光合掌禮拜。加陵見了，暗想她爲什麼不到瑞大光膜拜去？於是再躡足走近湖邊的薔薇垣，那裡離敏明禮拜的地方很近。

加陵恐怕再觸犯她，所以不敢做聲。只聽她的祈禱。

女弟子敏明，稽首三世諸佛：我自萬劫以來，迷失本來智性，因此墮入輪迴，成女人身。現在得蒙大慈，示我三生因果。我今悔悟，誓不再戀天人，致受無量苦楚。願我今夜得除一切障礙，轉生極樂國土。願勇猛無畏阿彌陀，俯聽懇求接引我。南無阿彌陀佛。

加陵聽了她這番祈禱，心裡很受感動。他沒有一點悲痛，竟然從薔薇垣裡跳出來，對著敏明說：「好朋友，我聽你剛才的祈禱，知道你厭棄這世間，要離開它。我現在也願意和你同行。」

敏明笑道：「你什麼時候來的？你要和我同行，莫不你也厭世嗎？」加陵說：「我不厭世。因爲你的原故，我願意和你同行。我和你分不開。你到那裡，我也到那裡。」敏明說：「不厭世，就不必跟我去。你要記得你父親願你做一個轉法輪的能手。你現在不必跟我去以後還有相見的日子。」加陵說：「你說不厭世就不必死，這話有些不對。譬如我要到蠻得勒去，不是嫌惡仰光，不過我未到過那城，所以願意去瞧一瞧。但有些人很厭惡仰光，他巴不得立刻離開才好。現在，你是第二類的人，我是第一類的人，爲什麼不讓我和你同行？」敏明不料加陵會來，更不料他一下就決心要跟從她。現在聽他這一番話語，知道他與自己的覺悟雖然不同，但她常感得他們二人是那世界的命命鳥，所以不甚阻止他。到這裡，她才把前幾天的事告訴加陵。加陵聽了，心裡非常的喜歡，說：「有那麼好的地方，爲何不早告訴我？我一定離不開你了，我們一塊兒去罷。」

那時月光更是明亮。樹林裡螢火無千無萬地閃來閃去，好像那世界的人物來赴他們的喜筵一樣。

加陵一手搭在敏明的肩上，一手牽著她。快到水邊的時候，加陵回過臉來向敏明的唇邊啜了一下。他說：「好朋友，你不親我一下麼？」敏明好像不曾聽見，還是直地走。

他們走入水裡，好像新婚的男女攜手入洞房那般自在，毫無一點畏縮。在月光水影之中，還聽見加陵說：「咱們是生命的旅客，現在要到那個新世界，實在叫我快樂得很。」

現在他們去了！月光還是照著他們所走的路；瑞大光遠遠送一點鼓樂的聲音來；動物園的野獸也都爲他們唱很雄壯的歡送歌；惟有那不懂人情的水，不願意替他們守這旅行的秘密，要找機會把他們的軀殼送回來。

綴網勞蛛

「我像蜘蛛，
命運就是我的網。」
我把網結好，
還住在中央。
呀，我的網甚時節受了損傷！
這一壞，教我怎地生長？
生的巨靈說：「補綴補綴罷。」
世間沒有一個不破的網。
我再結網時，
要結在玳瑁梁棟
珠璣簾櫳；

或結在斷井頹垣
荒煙蔓草中呢？
生的巨靈按手在我頭上說：
「自己選擇去罷，
你所在的地方無不興隆、亨通。」
雖然，我再結的網還是像從前那麼脆弱，
敵不過外力衝撞；
我網的形式還要像從前那麼整齊——
平行的絲連成八角、十二角的形狀嗎？
他把「生的萬花筒」交給我，說：
「望裡看罷，
你愛怎樣，就結成怎樣。」
呀，萬花筒裡等等的形狀和顏色
仍與從前沒有什麼差別！
求你再把第二個給我，

我好謹慎地選擇。
「咄咄！貪得而無智的小蟲！
自而今回溯到濛鴻，
從沒有人說過裡面有個形式與前相同。
去罷，生的結構都由這幾十顆『彩琉璃屑』幻成種種，
不必再看第二個生的萬花筒。」

那晚上的月色格外明朗，只是不時來些微風把滿園的花影移動得不歇地作響。素光從椰葉下來，正射在尙潔和她的客人史夫人身上。她們二人的容貌，在這時候自然不能認得十分清楚，但是二人對談的聲音卻像幽谷的迴響，沒有一點模糊。

周圍的東西都沉默著，像要讓她們密談一般，樹上的鳥兒把喙插在翅膀底下；草裡的蟲兒也不敢做聲；就是尙潔身邊那隻玉狸，也當主人所發的聲音爲催眠歌，只管齁齁地沉睡著。她用纖手撫著玉狸，目光注在她的客人身上，懶懶地說：「奪魁嫂子，外間的閒話是聽不得的。這事我全不計較——我雖不信定命的說法，然而事情怎樣來，我就怎樣對付，毋庸在事前預先謀定什麼方法。」

她的客人聽了這場冷靜的話，心裡很是著急，說：「你對於自己的前程太不注意了！若是一個人沒有長久的顧慮，就免不了遇著危險，外人的話雖不足信，可是你得把你的態度顯示得明瞭一點，教人不疑惑你才是。」

尙潔索性把王狸抱在懷裡，低著頭，只管摩弄。一會兒，她才冷笑了一聲，說：「嚇嚇，奪魁嫂子，你的話差了，危險不是顧慮所能閃避的。後一小時的事情，我們也不敢說準知道，哪哪能顧到三四個月、三兩年那麼長久呢？你能保我待一會不遇著危險，能保我今夜裡睡得平安麼？縱使我準知道今晚上會遇著危險，現在的謀慮也未必來得及。我們都在雲霧裡走，離身二三尺以外，誰還能知道前途的光景呢？經裡說：『不要爲明日自誇，因爲一日要生何事，你尙且不能知道。』這句話，你忘了麼？……唉，我們都是從渺茫中來，在渺茫中住，望渺茫中去。若是怕在這條雲封霧鎖的生命路程裡走動，莫如止住你的腳步；若是你有漫遊的興趣，縱然前途和四圍的光景曖昧，不能使你賞心快意，你也是要走的。橫豎是往前走，顧慮什麼？

「我們從前的事，也許你和一般僑寓此地的人都不十分知道。我不願意破壞自己的名譽，也不忍教他出醜。你既是要我把態度顯示出來，我就得略把前事說一點給你聽，可是要求你暫時守這個秘密。

「論理，我也不是他的……」

史夫人沒等她說完，早把身子挺起來，作很驚訝的樣子，回頭用焦急的聲音說：「什麼？這又奇怪了！」

「這倒不是怪事，且聽我說下去。你聽這一點，就知道我的全意思了。我本是人家的童養媳，一向就不曾和人行過婚禮——那就是說，夫婦的名分，在我身上用不著。當時，我並不是愛他，不過要仗著他的幫助，救我脫出殘暴的婆家。走到這個地方，依著時勢的境遇，使我不能不認他為夫……」

「原來你們的家有這樣特別的歷史。……那麼，你對於長孫先生可以說沒有精神的關係，不過是不自然的結合罷了。」

尚潔莊重地回答說：「你的意思是說我們沒有愛情麼？誠然，我從不曾在別人身上用過一點男女的愛情，別人給我的，我也不曾辨別過那是真的，這是假的。夫婦，不過是名義上的事，愛與不愛，只能稍微影響一點精神的生活，和家庭的組織是毫無關係的。」

「他怎樣想法子要奉承我，凡認識我的人都覺得出來。然而我卻沒有領他的情，因爲他從沒有把自己的行爲檢點一下。他的嗜好多，脾氣壞，是你所知道的。我一到會堂去，每聽到人家說我是長孫可望的妻子，就非常的慚愧。我常想著從不自愛的人所給的愛情都是假的。」

「我雖然不愛他，然而家裡的事，我認爲應當替他做的，我也樂意去做。因爲家庭是公的，愛情是私的。我們兩人的關係，實在就是這樣。外人說我和譚先生的事，全是不對的。我的家庭已經成爲這樣，我又怎能把它破壞呢？」

史夫人說：「我現在才看出你們的眞相，我也回去告訴史先生，教他不要多信閒話。我知道你是好人，是一個純良的女子，神必保佑你。」說著，用手輕輕地拍一拍尙潔的肩膀，就站立起來告辭。

尙潔陪她在花蔭底下走著，一面說：「我很願意你把這事的原委單說給史先生知道。至於外間傳說我和譚先生有秘密的關係，說我是淫婦，我都不介意。連他也好幾天不回來啦。我估量他是爲這事生氣，可是我並不辯白。世上沒有一個人能夠把眞心拿出來給人家看；縱然能夠拿出來，人家也看不明白，那麼，我又何必多費唇舌呢？人對於一件事情一存了成見，就不容易把眞相觀察出來。凡是人都有成見，同一件事，必會生出歧異的評判，這也是難怪的。我不管人家怎樣批評我，也不管他怎樣疑惑我，我只求自己無愧，對得住天上的星辰和地下的螻蟻便了。你放心罷，等到事情臨到我身上，我自有方法對付。我的意思就是這樣，若是有工夫，改天再談罷。」

她送客人出門，就把玉狸抱到自己房裡。那時已經不早，月光從窗戶進來，歇在椅桌、枕席之上，把房裡的東西染得和鉛製的一般。她伸手向床邊按了一按鈴子，須臾，女傭妥娘就上來。她問：「佩荷姑娘睡了麼？」妥娘在門邊回答說：「早就睡了。消夜已預備好了，端上來不？」她說著，順手把電燈擰著，一時滿屋裡都著上顏色了。

在燈光之下，才看見尚潔斜倚在床上。流動的眼睛，軟潤的頷頰，玉蔥似的鼻，柳葉似的眉，桃綻似的唇，襯著蓬亂的頭髮……凡形體上各樣的美都湊合在她頭上。她的身體，修短也很合度。從她口裡發出來的聲音，都合音節，就是不懂音樂的人，一聽了她的話語，也能得著許多默感。她見妥娘把燈擰亮了，就說：「把它擰滅了吧。光太強了，更不舒服。方才我也忘了留史夫人在這裡消夜。我不覺得十分飢餓，不必端上來，你們可以自己方便去。把東西收拾清楚，隨著給我點一支洋燭上來。」

妥娘遵從她的命令，立刻把燈滅了，接著說：「相公今晚上也許又不回來，可以把大門扣上嗎？」

「是，我想他永遠不回來了。你們吃完，就把門關好，各自歇息去罷，夜很深了。」

尚潔獨坐在那間充滿月亮的房裡，桌上一枝洋燭已燃過三分之二，輕風頻拂火焰，眼看那枝發光的小東西要淚盡了。她於是起來，把燭火移到屋角一個窗戶前頭的小几上。那裡有一個軟墊，幾上擱幾本經典和祈禱文。她每夜睡前的功課就是跪在那墊上默記三兩節經句，或是誦幾句禱詞。別的事情，也許她會忘記，惟獨這聖事是她所不敢忽略的。她跪在那裡冥想了許多，睜眼一看，火光已不知道在什麼時候從燭台上逃走了。

她立起來，把臥具整理妥當，就躺下睡覺，可是她怎能睡著呢？呀，月亮也循著賓客的禮，不敢相擾，慢慢地辭了她，走到園裡和它的花草朋友、木石知交周旋去了！

月亮雖然辭去，她還不轉眼地望著窗外的天空，像要訴她心中的秘密一般。她正在床上輾來轉去，忽聽園裡「嚁嚁」一聲，響得很厲害，她起來，走到窗邊，往外一望，但見一重一重的樹影和夜霧把園裡蓋得非常嚴密，教她看不見什麼。於是她躡步下樓，喚醒妥娘，命她到園裡去察看那怪聲的出處。妥娘自己一個人哪裡敢出去，她走到門房把團哥叫醒，央他一同到圍牆邊察一察。團哥也就起來了。

妥娘去不多會，便進來回話。她笑著說：「你猜是什麼呢？原來是一個蹇運的竊賊摔倒在我們的牆根。他的腿已摔壞了，腦袋也撞傷了，流得滿地都是血，動也動不得了。團哥拿著一枝荊條正在抽他哪。」

尙潔聽了，一霎時前所有的恐怖情緒一時盡變爲慈祥的心意。她等不得回答妥娘，便跑到牆根。團哥還在那裡，「你這該死的東西……不知厲害的壞種！……」一句一鞭，打罵得很高興。尙潔一到，就止住他，還命他和妥娘把受傷的賊扛到屋裡來。她吩咐讓他躺在貴妃榻上。僕人們都顯出不願意的樣子，因爲他們想著一個賊人不應該受這麼好的待遇。

尙潔看出他們的意思，便說：「一個人走到做賊的地步是最可憐憫的。若是你們不得著好機會，也許……」她說到這裡，覺得有點失言，教她的傭人聽了不舒服，就改過一句說話：「若是你們明白他的境遇，也許會體貼他。我見了一個受傷的人，無論如何，總得救護的。你們常常聽見『救苦救難』的話，遇著憂患的時候，有時也會脫口地說出來，爲何不從『他是苦難人』那方面體貼他呢？你們不要怕他的血沾髒了那墊子，儘管扶他躺下獸。」團哥只得扶他躺下，口裡沉吟地說：

「我們還得爲他請醫生去嗎？」

「且慢，你把燈移近一點，待我來看一看。救傷的事，我還在行。妥娘，你上樓去把我們那個常備藥箱，捧下來。」又對團哥說：「你去倒一盆清水來罷。」

僕人都遵命各自幹事去了。那賊雖閉著眼，方才尙潔所說的話，卻能聽得分明。他心裡的感激可使他自忘是個罪人，反覺他是世界裡一個最能得人愛惜的青年。這樣的待遇，也許就是他生平第一次得著的。他呻吟了一下，用低沉的聲音說：「慈悲的太太，菩薩保佑慈悲的大太！」

那人的太陽邊受了一傷很重，腿部倒不十分厲害。她用藥棉蘸水輕輕地把傷處周圍的血跡滌淨，再用繃帶裹好。等到事情做得清楚，天早已亮了。

她正轉身要上樓去換衣服，驀聽得外面敲門的聲很急，就止步問說：「誰這麼早就來敲門呢？」

「是警察罷。」

妥娘提起這四個字，叫她很著急。她說：「誰去告訴警察呢？」那賊躺在貴妃榻上，一聽見警察要來，恨不能立刻起來跪在地上求恩。但這樣的行動已從他那雙勞倦的眼睛表白出來了。尙潔跑到他跟前，安慰他說：「我沒有叫人去報警察……」正說到這裡，那從門外來的腳步已經踏進來。

來的並不是警察，卻是這家的主人長孫可望。他見尙潔穿著一件睡衣站在那裡和一個躺著的男子說話，心裡的無明業火已從身上八萬四千個毛孔裡發射出來。他第一句就問：「那人是誰？」

這個問實在叫尙潔不容易回答，因爲她從不曾問過那受傷者的名字，也不便說他是賊。

「他……他是受傷的人……」

可望不等說完，便拉住她的手，說：「你辦的事，我早已知道。我這幾天不回來，正要偵察你的動靜，今天可給我撞見了。我何嘗辜負你呢？……一同上去罷，我們可以慢慢地談。」不由分說，拉著她就往上跑。

安娘在旁邊，看得情急，就大聲嚷著：「他是賊！」

「我是賊，我是賊！」那可憐的人也嚷了兩聲。可望只對著他冷笑，說：「我明知道你是賊。不必報名，你且歇一歇罷。」

一到臥房裡，可望就說：「我且問你，我有什麼對你不起的地方？你要入學堂，我便立刻送你去；要到禮拜堂聽道，我便特地為你預備車馬。現在你有學問了，也入教了，我且問你，學堂教你這樣做，教堂教你這樣做麼？」

他的話意是要詰問她為什麼變心，因為他許久就聽見人說尚潔嫌他鄙陋不文，要離棄他去嫁給一個姓譚的。夜間的事，他一概不知，他進門一看尚潔的神色，老以為她所做的是一段愛情把戲。在尚潔方面，以為他是不喜歡她這樣待遇竊賊。她的慈悲性情是上天所賦的，她也覺得這樣辦，於自己的信仰和所受的教育沒有衝突，就回答說：「是的，學堂教我這樣做，教會也教我這樣做。你敢是……」

「是嗎？」可望喝了一聲，猛將懷中小刀取出來向尚潔的肩膀上一擊。這不幸的婦人立時倒在地上，那玉白的面龐已像漬在胭脂膏裡一樣。

她不說什麼，但用一種沉靜的和無抵抗的態度，就足以感動那愚頑的兇手。可望見此情景，心中恐怖的情緒已把兇猛的怒氣克服了。他不再有什麼動作，只站在一邊出神。他看尚潔動也不動一下，估量她是死了。那時，他覺得自己的罪惡壓住他，不許再逗留在那裡，便溜煙似地往外跑。

妥娘見他跑了，知道樓上必有事故，就趕緊上來，她看尚潔那樣子，不由得

「啊，天公！」喊了一聲，一面上去，要把她攙扶起來。尚潔這時，眼睛略略睜開，像要對她說什麼，只是說不出。她指著肩膀示意，妥娘才看見一把小刀插在她肩上。妥娘的手便即酥軟，週身發抖，待要扶她，也沒有氣力了。她含淚對著主婦說：「容我去請醫生罷。」

「史……史……」妥娘知道她是要請史夫人來，便回答說：「好，我也去請史夫人來。」她教團哥看門，自己雇一輛車找救星去了。

醫生把尚潔扶到床上，慢慢施行手術，趕到史夫人來時，所有的事情都弄清楚啦。醫生對史夫人說：「長孫夫人的傷不甚要緊，保養一兩個星期便可復元。幸而那刀從肩胛骨外面脫出來，沒有傷到肺葉——那兩個創口是不要緊的。」

醫生辭去以後，史夫人便坐在床沿用法子安慰她。這時，尚潔的精神稍微恢復，就對她的知交說：「我不能多說話，只求你把底下那個受傷的人先送到公醫院去，其餘的，待我好了再給你說。……唉，我的嫂子，我現在不能離開你，你這幾天得和我同在一塊兒住。」

史夫人一進門就不明白底下爲什麼躺著一個受傷的男子。妥娘去時，也沒有對她詳細地說。她看見尚潔這個樣子，又不便往下問。但尚潔的穎悟性從不會被刀所傷，她早明白史夫人猜不透這個悶葫蘆，就說：「我現在沒有氣力給你細說，你可以向妥娘打聽去。就要速速去辦，若是他回來，便要害了他的性命。」

史夫人照她所吩咐的去做，回來，就陪著她在房裡，沒有回家。那四歲的女孩佩荷更不知道這是怎麼一回事，還是啼啼笑笑，過她的平安日子。

一個星期，兩個星期，在她病中默默地過去。她也漸次復元了。她想許久沒有到園裡去，就央求史夫人扶著她慢慢走出來。她們穿過那晚上談話的柳蔭，來到園邊一個小亭下，就歇在那裡。她們坐的地方滿開了玫瑰，那清靜溫香的景色委實可以消滅一切憂悶和病害。

「我已忘了我們這裡有這麼些好花，待一會，可以折幾枝帶回屋裡。」

「你且歇歇，我爲你選擇幾枝罷。」史夫人說時，便起來折花。尙潔見她腳下有一朵很大的花，就指著說：「你看，你腳下有一朵很大、很好看的，爲什麼不把它摘下？」

「怎麼啦？」

史夫人低頭一看，用手把花提起來，便歎了一口氣。

史夫人說：「這花不好。」因爲那花只剩地上那一半，還有一邊是被蟲傷了。

她怕說出傷字，要傷尙潔的心，所以這樣回答。但尙潔看的明明是一朵好花，直叫遞過來給她看。

「奪魁嫂，你說它不好麼？我在此中找出道理咧！這花雖然被蟲傷了一半，還開得這麼好看，可見人的命運也是如此——若不把他的生命完全奪去，雖然不完全，也可以得著生活上一部分的美滿，你以爲如何呢？」

史夫人知道她聯想到自己的事情上頭，只回答說：「那是當然的，命運的偃蹇和亨通，於我們的生活沒有多大關係。」

談話之間，妥娘領著史奪魁先生進來。他向尙潔和他的妻子問過好，便坐在她們對面一張凳上。史夫人不管她丈夫要說什麼，頭一句就問：「事情怎樣解決呢？」

史先生說：「我正是爲這事情來給長孫夫人一個信。昨天在會堂裡有一個很激烈的紛爭，因爲有些人說可望的舉動是長孫夫人迫他做成的，應當剝奪她赴聖筵的權利。我和我奉眞牧師在席間極力申辯，終歸無效。」他望著尙潔說：「聖筵赴與不赴也不要緊。因爲我們的信仰決不能爲儀式所束縛，我們的行爲，只求對得起良心就算了。」

「因爲我沒有把那可憐的人交給警察，便責罰我麼？」

史先生搖頭說：「不，不，現在的問題不在那事上頭。前天可望寄一封長信到會裡，說到你怎樣對他不住，怎樣想棄絕他去嫁給別人。他對於你和某人、某人往來的地點、時間都說出來。且說，他不願意再見你的面，若不與你離婚，他永不回家。信他所說的人很多，我們怎樣申辯也挽不過來。我們雖然知道事實不是如此，可是不能找出什麼憑據來證明，我現在正要告訴你，若是要到法庭去的話，我可以幫你的忙。這裡不像我們祖國，公庭上沒有女人說話的地位。況且他的買賣起先都是你拿資本出來，要離異時，照法律，最少總得把財產分一半給你。……像這樣的男子，不要他也罷了。」

尚潔說：「那事實現在不必分辯，我早已對嫂子說明了。會裡因爲信條的原故，說我的行爲不合道理，便禁止我赴聖筵——這是他們所信的，我有什麼可說的呢！」她說到末一句，聲音便低下了。她的顏色很像爲同會的人誤解她和誤解道理惋惜。

「唉，同一樣道理，爲何信仰的人會不一樣？」

她聽了史先生這話，便興奮起來，說：「這何必問？你不常聽見人說：『水是一樣，牛喝了便成乳汁，蛇喝了便成毒液』嗎？我管保我所得能化爲乳汁，哪能干涉人家所得的變成毒液呢？若是到法庭去的話，倒也不必。我本沒有正式和他行過婚禮，自毋須乎在法庭上公佈離婚。若說他不願意再見我的面，我盡可以搬出去。財產是生活的贅瘤，不要也罷，和他爭什麼？……他賜給我的恩惠已是不少，留著給他……」

「可是你一把財產全部讓給他，你立刻就不能生活。還有佩荷呢？」

尚潔沉吟半晌便說：「不妨，我私下也曾積聚些少，只不能支持到一年罷了。但不論如何，我總得自己掙扎。至於佩荷……」她又沉思了一會，才續下去說：「好罷，看他的意思怎樣，若是他願意把那孩子留住，我也不和他爭。我自己一個人離開這裡就是。」

他們夫婦二人深知道尚潔的性情，知道她很有主意，用不著別人指導。並且她在無論什麼事情上頭都用一種宗教的精神去安排。她的態度常顯出十分冷靜和沉毅，做出來的事，有時超乎常人意料之外。

史先生深信她能夠解決自己將來的生活，一聽了她的話，便不再說什麼，只略略把眉頭皺了一下而已。史夫人在這兩三個星期間，也很爲她費了些籌劃。他們有一所別業在土華地方，早就想教尙潔到那裡去養病，到現在她才開口說：「尙潔妹子，我知道你一定有更好的主意，不過你的身體還不甚復元，不能立刻出去做什麼事情，何不到我們的別莊裡靜養一下，過幾個月再行打算？」史先生接著對他妻子說：「這也好。只怕路途遠一點，由海船去，最快也得兩天才可以到。但我們都是慣於出門的人，海濤的顚簸當然不能制服我們，若是要去的話，你可以陪著去，省得寂寞了長孫夫人。」

尙潔也想找一個靜養的地方，不意他們夫婦那麼仗義，所以不待躊躇便應許了。她不願意爲自己的原故教別人麻煩，因此不讓史夫人跟著前去。她說：「寂寞的生活是我嘗慣的。史嫂子在家裡也有許多當辦的事情，哪裡能夠和我同行？還是我自己去好一點。我很感謝你們二位的高誼，要怎樣表示我的謝忱，我卻不懂得；就是懂，也不能表示得萬分之一。我只說一聲『感激莫名』便了。史先生，煩你再去問他要怎樣處置佩荷，等這事弄清楚，我便要動身。」她說著，就從方才摘下的玫瑰中間選出一朵好看的遞給史先生，教他插在胸前的鈕門上。不久，史先生也就起立告辭，替她辦交涉去了。

土華在馬來半島的西岸，地方雖然不大，風景倒還幽致。那海裡出的珠寶不少，所以住在那裡的多半是搜寶之客。尙潔住的地方就在海邊一叢棕林裡。在她的門外，不時看見採珠的船往來於金的塔尖和銀的浪頭之間。這採珠的工夫賜給她許多教訓。因爲她這幾個月來常想著人生就同入海採珠一樣，整天冒險入海裡去，要得著多少，得著什麼，採珠者一點把握也沒有。但是這個感想決不會妨害她的生命。她見那些人每天迷濛蒙地搜求，不久就理會她在世間的歷程也和採珠的工作一樣。要得著多少，得著什麼，雖然不在她的權能之下，可是她每天總得入海一遭，因爲她的本分就是如此。

她對於前途不但沒有一點灰心，且要更加奮勉。可望雖是剝奪她們母女的關係，不許佩荷跟著她，然而她仍不忍棄掉她的責任，每月要托人暗地裡把吃的用的送到故家去給她女兒。

她現在已變主婦的地位爲一個珠商的記室了。住在那裡的人，都說她是人家的棄婦，就看輕她，所以她所交遊的都是珠船裡的工人。那班沒有思想的男子在休息的時候，便因著她的姿色爭來找她開心。但她的威儀常是調伏這班人的邪念，教他們轉過心來承認她是他們的師保。

她一連三年，除幹她的正事以外，就是教她那班朋友說幾句英吉利語，念些少經文，知道些少常識。在她的團體裡，使令、供養、無不如意。若說過快活日子，能像她這樣也就不劣了。

雖然如此，她還是有缺陷的。社會地位，沒有她的分；家庭生活，也沒有她的分；我們想想，她心裡到底有什麼感覺？前一項，於她是不甚重要的；後一項，可就繚亂她的衷腸了！史夫人雖常寄信給她，然而她不見信則已，一見了信，那種說不出來的傷感就加增千百倍。

她一想起她的家庭，每要在樹林裡徘徊，樹上的蛁蟧常要幻成她女兒的聲音對她說：「母思兒耶？母思兒耶？」這本不是奇跡，因爲發聲者無情，聽音者有意；她不但對於那些小蟲的聲音是這樣，即如一切的聲音和顏色，偶一觸著她的感官，便幻成她的家庭了。

她坐在林下，遙望著無涯的波浪，一度一度地掀到岸邊，常覺得她的女兒踏著浪花踴躍而來，這也不止一次了。那天，她又坐在那裡，手拿著一張佩荷的小照，那是史夫人最近給她寄來的。她翻來翻去地看，看得眼昏了。她猛一抬頭，又得著常時所現的異象。她看見一個人攜著她的女兒從海邊上來，穿過林樾，一直走到跟前。那人說：「長孫夫人，許久不見，貴體康健啊！我領你的女兒來找你哪。」

尙潔此時，展一展眼睛，才理會果然是史先生攜著佩荷找她來。她不等回答史先生的話，便上前用力摟住佩荷，她的哭聲從她愛心的深密處殷雷似地震發出來。佩荷因爲不認得她，害怕起來，也放聲哭了一場。史先生不知道感觸了什麼，也在旁邊只儘管擦眼淚。

這三種不同情緒的哭泣止了以後，尙潔就嗚咽地問史先生說：「我實在喜歡。想不到你會來探望我，更想不到佩荷也能來！……」她要問的話很多，一時摸不著頭緒。只摟定佩荷，眼看著史先生出神。

史先生很莊重地說：「夫人，我給你報好消息來了。」

「好消息！」

「你且鎭定一下，等我細細地告訴你。我們一得著這消息，我的妻子就教我和佩荷一同來找你。這奇事，我們以前都不知道，到前十幾天才聽見我奉眞牧師說的。我牧師自那年爲你的事卸職後，他的生活，你已經知道了。」

「是，我知道。他不是白天做裁縫匠，晚間還做製餅師嗎？我信得過，神必要幫助他，因爲神的兒子說：『爲義受逼迫的人是有福的。』他的事業還順利嗎？」

「倒沒有什麼過不去的地方。他不但日夜勞動，在合宜的時候，還到處去傳福音哪。他現在不用這樣地吃苦，因爲他的老教會看他的行爲，請他回國仍舊當牧師去，在前一個星期已經動身了。」

「是嗎！謝謝神！他必不能長久地受苦。」

「就是因爲我牧師回國的事，我才能到這裡來。你知道長孫先生也受了他的感化麼？這事詳細地說起來，倒是一種神跡。我現在來，也是爲告訴你這件事。」

「前幾天，長孫先生忽然到我家裡找我。他一向就和我們很生疏，好幾年也不過訪一次，所以這次的來，教我們很詫異。他第一句就問你的近況如何，且訴說他的懊悔。他說這反悔是忽然的，是我牧師警醒他的。現在我就將他的話，照樣他說一遍給你聽——

「『在這兩三年間，我牧師常來找我談話，有時也請我到他的麵包房裡去聽他講道。我和他來往那麼些次，就覺得他是我的好師傅。我每有難決的事情或疑慮的問題，都去請教他。我自前年生事，二人分離以後，每疑惑尙潔官的操守，又常聽見家裡傭人思念她的話，心裡就十分懊悔。但我總想著，男人說話將軍箭，事已做出，哪裡還有臉皮收回來？本是打算給它一個錯到底的。然而日子越久，我就越覺得不對。到我牧師要走，最末次命我去領教訓的時候，講了一個章經，教我很受感動。散會後，他對我說，他盼望我做的是請尚潔官回來。他又念《馬可福音》十章給我聽，我自得著那教訓以後，越覺得我很卑鄙、凶殘、淫穢，很對不住她。現在要求你先把佩荷帶去見她，盼望她爲女兒的原故赦免我。你們可以先走，我隨後也要親自前往。』」

「他說懊悔的話很多，我也不能細說了。等他來時，容他自己對你細說罷。我很奇怪我牧師對於這事，以前一點也沒有對我說過，到要走時，才略提一提；反教他來到我那裡去，這不是神跡嗎？」

尚潔聽了這一席話，卻沒有顯出特別愉悅的神色，只說：「我的行爲本不求人知道，也不是爲要得人家的憐恤和讚美；人家怎樣待我，我就怎樣受，從來是不計較的。別人傷害我，我還饒恕，何況是他呢？他知道自己的魯莽，是一件極可喜的事。——你願意到我屋裡去看一看嗎？我們一同走走罷。」

他們一面走，一面談。史先生問起她在這裡的事業如何，她不願意把所經歷的種種苦處盡說出來，只說：「我來這裡，幾年的工夫也不算浪費，因爲我已找著了許多失掉的珠子了！那些靈性的珠子，自然不如入海去探求那麼容易，然而我竟能得著二三十顆。此外，沒有什麼可以告訴你。」

尙潔把她事情結束停當，等可望不來，打算要和史先生一同回去。正要到珠船裡和她的朋友們告辭，在路上就遇見可望跟著一個本地人從對面來。她認得是可望，就堆著笑容，搶前幾步去迎他，說：「可望君，平安哪！」可望一見她，也就深深地行了一個敬禮，說：「可敬的婦人，我所做的一切事都是傷害我的身體，和你我二人的感情，此後我再不敢了。我知道我多多地得罪你，實在不配再見你的面，盼望你不要把我的過失記在心中。今天來到這裡，爲的是要表明我悔改的行爲，還要請你回去管理一切所有的。你現在要到哪裡去呢？我想你可以和史先生先行動身，我隨後回來。」

尙潔見他那番誠懇的態度，比起從前，簡直是兩個人，心裡自然滿是愉快，且暗自謝她的神在他身上所顯的奇跡。她說：「呀！往事如夢中之煙，早已在虛幻裡消散了，何必重新提起呢？凡人都不可積聚日間的怨恨、怒氣和一切傷心的事到夜裡，何況是隔了好幾年的事？請你把那些事情擱在腦後罷。我本想到船裡去，向我那班同工的人辭行。你怎樣不和我們一起回去，還有別的事情要辦麼？史先生現時在他的別業——就是我住的地方——我們一同到那裡去罷，待一會，再出來辭行。」

「不必，不必。你可以去你的，我自己去找他就可以。因爲我還有些正當的事情要辦。恐怕不能和你們一同回去，什麼事，以後我才叫你知道。」

「那麼，你教這土人領你去罷，從這裡走不遠就是。我先到船裡，回頭再和你細談。再見哪！」

她從土華回來，先住在史先生家裡，意思是要等可望來到，一同搬回她的舊房子去。誰知等了好幾天，也不見他的影。她才知道可望在土華所說的話意有所含蓄。可是他到哪裡去呢？去幹什麼呢？她正想著，史先生拿了一封信進來對她說：

「夫人，你不必等可望了，明後天就搬回去罷。他寄給我這一封信說，他有許多對不起你的地方，都是出於激烈的愛情所致，因他愛你的原故，所以傷了你。現在他要把從前邪惡的行爲和暴躁的脾氣改過來，且要償還你這幾年來所受的苦楚，故不得不暫時離開你。他已經到檳榔嶼了。他不直接寫信給你的原故，是怕你傷心，故此寫給我，教我好安慰你；他還說從前一切的產業都是你的，他不應獨自霸佔了許多，要求你盡量地享用，直等到他回來。」

「這樣看來，不如你先搬回去，我這裡派人去找他回來如何？唉，想不到他一會兒就能悔改到這步田地！」

她遇事本來很沉靜，史先生說時，她的顏色從不曾顯出什麼變態，只說：「爲愛情麼？爲愛而離開我麼？這是當然的，愛情本如極利的斧子，用來剝削命運常比用來整理命運的時候多一些。他既然規定他自己的行程，又何必費工夫去尋找他呢？我是沒有成見的，事情怎樣來，我怎樣對付就是。」

尙潔搬回來那天，可巧下了一點雨，好像上天使園裡的花木特地沐浴得很妍淨來迎接它們的舊主人一樣。她進門時，妥娘正在整理廳堂，一見她來，便嚷著：「奶奶，你回來了！我們很想念你哪！你的房間亂得很，等我把各樣東西安排好再上去。先到花園去看看罷，你手植各樣的花木都長大了。後面那棵釋迦頭長得像羅傘一樣，結果也不少，去看看罷。史夫人早和佩荷姑娘來了，他們現時也在園裡。」

她和妥娘說了幾句話，便到園裡。一拐彎，就看見史夫人和佩荷坐在樹蔭底下一張凳上——那就是幾年前，她要被刺那夜，和史夫人坐著談話的地方。她走來，又和史夫人並肩坐在那裡。史夫人說來說去，無非是安慰她的話。她像不信自己這樣的命運不甚好，也不信史夫人用定命論的解釋來安慰她，就可以使她滿足。然而她一時不能說出合宜的話，教史夫人明白她心中毫無憂鬱在內。她無意中一抬頭，看見佩荷拿著樹枝把結在玫瑰花上一個蜘蛛網撩破了一大部分。她注神許久，就想出一個意思來。

她說：「呀，我給這個比喻，你就明白我的意思。」

「我像蜘蛛，命運就是我的網。蜘蛛把一切有毒無毒的昆蟲吃入肚裡，回頭把網組織起來。它第一次放出來的游絲，不曉得要被風吹到多麼遠，可是等到粘著別的東西的時候，它的網便成了。」

「它不曉得那網什麼時候會破，和怎樣破法。一旦破了，它還暫時安安然然地藏起來，等有機會再結一個好的。」

「它的破網留在樹梢上，還不失爲一個網。太陽從上頭照下來，把各條細絲映成七色；有時粘上些少水珠，更顯得燦爛可愛。」

「人和他的命運，又何嘗不是這樣？所有的網都是自己組織得來，或完或缺，只能聽其自然罷了。」

史夫人還要說時，妥娘來說屋子已收拾好了，請她們進去看看。於是，她們一面談，一面離開那裡。

園裡沒人，寂靜了許久。方才那只蜘蛛悄悄地從葉底出來，向著網的破裂處，一步一步，慢慢補綴。它補這個幹什麼？因爲它是蜘蛛，不得不如此！

國家圖書館出版品預行編目資料

許地山作品選集 / 許地山著. -- 初版. -- 臺中市 :
好讀, 2019.04

面 ;　公分. --（典藏經典 ; 120）

ISBN 978-986-178-486-1（平裝）

848.5　　108003902

好讀出版

典藏經典 120

許地山作品選集

填寫線上讀者回函
獲得更多好讀資訊

作　　者 / 許地山
總 編 輯 / 鄧茵茵
文字編輯 / 莊銘桓
行銷企劃 / 劉恩綺
發 行 所 / 好讀出版有限公司
台中市407西屯區工業30路1號
台中市407西屯區大有街13號（編輯部）
TEL:04-23157795 FAX:04-23144188　　http://howdo.morningstar.com.tw
（如對本書編輯或內容有意見，請來電或上網告訴我們）
法律顧問 陳思成律師

總經銷 / 知己圖書股份有限公司
106台北市大安區辛亥路一段30號9樓
TEL：02-23672044　23672047 FAX：02-23635741
407台中市西屯區工業30路1號1樓
TEL：04-23595819 FAX：04-23595493
E-mail：service@morningstar.com.tw
網路書店 http://www.morningstar.com.tw
讀者專線：04-23595819 # 230
郵政劃撥 ：15060393（知己圖書股份有限公司）
印刷 / 上好印刷股份有限公司

初版 / 西元2019年4月15日
定價：250元
如有破損或裝訂錯誤，請寄回知己圖書更換

Published by How-Do Publishing Co., Ltd.
2019 Printed in Taiwan

ISBN 978-986-178-486-1